Klaus Paffrath

Frederike

Mord ohne Sühne

Ein Roman über das Versagen von Justiz und Politik

spielberg

1. Auflage 2017

Korrektorat: Maria Göckeritz, Sigrid Müller
Umschlaggestaltung: Spielberg Verlag
Umschlagbild: unter Verwendung eines Fotos von
© Hans von Möhlmann
Druck und Bindung: Inprint GmbH, Erlangen

Printed in Germany

ISBN: 978-3-95452-713-7

www.spielberg-verlag.de

»Den eigenen Tod, den stirbt man nur,
doch mit dem Tod der anderen muss man leben«

Aus »Memento« von
Mascha Kaléko (1907 – 1975)

Frederike

4. November 1981

Der Mittwoch Anfang November begann mit dem für die Jahreszeit typischen Herbstwetter, als wolle zäher Nebel alles Tragische verdecken, was am Ende des Tages über die Familie mit den beiden Töchtern hereinbrechen sollte. Aber nichts warnte die Familie vor, die annahm, es sei ein ganz normaler Schul- und Arbeitstag, der zu durchleben wäre wie jeder andere Tag auch. Die Mutter weckte ihre Töchter. Während der Verrichtungen in der Küche konzentrierte sie sich mit einem Ohr auf den Flur, um nebenbei zu kontrollieren, ob die Mädchen aufgestanden und ins Bad gegangen waren. Sie deckte den Tisch, servierte Kakao oder Saft, je nach Wunsch, und rief immer mal wieder die Uhrzeit durch die Küchentür in den Flur. Dieses Ritual des morgendlichen Antreibens hasste sie. Sie kam sich dann immer wie die Fahrerin eines Autos vor, in dem sie die Familie durchs Leben kutschieren und besonders am Morgen so viel Gas geben musste, dass der Schwung für den Rest des Tages reichte.

Die Mutter hatte die Pausenbrote geschmiert, alles für die Schultaschen verpackt und dabei stets den Kontrollblick auf die Uhr behalten.

«Frederike, schnell, der Bus kommt gleich. Hier, deine Pausenbrote. Denk an die Chorprobe heute Abend. Du rufst mich an, wenn ihr fertig seid?»

Frederike und ihre ältere Schwester waren Fahrschülerinnen und auf den Bus angewiesen, der morgens, mittags und am späten Nachmittag fuhr. Wenn eine Veranstaltung jedoch länger dauerte, Proben für das Schulfest oder Chorproben in der Kantorei anstanden, dann war auf die Buslinie auf dem Land kein Verlass. Fuhr kein Bus mehr, war das Familientaxi gefragt.

Wie immer war es knapp, die beiden Mädchen mussten laufen, doch wie jeden Tag schafften sie es auch an diesem Morgen, rechtzeitig zum Bus zu kommen.

Meistens war es die Menschentraube an der Bushaltestelle, die für ein ausreichendes Zeitpolster sorgte, denn bis alle eingestiegen waren, vergingen ein paar Minuten. Für die Letzten gab es allerdings keinen Sitzplatz mehr. Das hieß, stehen, festhalten und keine Chance, ein Buch zum Vokabellernen aufzuschlagen oder aus dem Heft des Sitznachbarn Hausaufgaben abzuschreiben. Manchmal hielt Isabelle, die zwei Haltestellen früher einstieg, Frederike einen Platz frei, aber das klappte nicht immer. Ältere Schüler aus der Oberstufe nutzten das Recht des Stärkeren und ignorierten das Freihalten. Nur die kleineren Schüler gingen maulend weiter und akzeptierten den Schulranzen von Isabelle auf dem freien Sitz neben ihr. Doch in dieser Woche fehlte die Freundin, sie lag mit einem grippalen Infekt im Bett.

Nach dem Unterricht fuhr Frederike mit dem Bus zurück und aß zu Hause zu Mittag. Sie setzte sich anschließend in ihr Zimmer, um ihre Hausaufgaben zu erledigen und für die

Mathearbeit am nächsten Tag zu lernen. Durch die Chorprobe am Abend würde ihr später dafür die Zeit und die Lust fehlen. Sich nach einem vollen Tag noch spät abends an den Schreibtisch zu setzen? Nein, da mochte sie schon eher die Lieblingsserie im Fernsehen oder einen Spielfilm auf dem Videorekorder, den ihre Mutter besorgt hatte, schauen.

«Du musst mir noch zwanzig Pfennig geben», forderte Frederike nachmittags, als es Zeit war, den Bus in die Stadt zu nehmen.

«Ja, ich schau, ob ich es passend habe.» Ihre Mutter angelte in der Schublade nach dem Portemonnaie. Das Klimpern klang schon mal gut. Sie fischte zwei Groschen heraus, die Frederike in die Hosentasche ihrer weißen Latzhose steckte. Sie hatte sich nach der Schule umgezogen, die Jeans gegen eine Latzhose getauscht, die Unterwäsche gewechselt und einen mittelblauen Pullover angezogen. Vor dem Flurspiegel kämmte sie sich noch durch die kurz geschnittenen blonden, leicht ins rötlich gehenden Haare. Jetzt, Anfang November, war vollends die letzte Bräune aus der Urlaubszeit verschwunden und mit ihr verblassten auch die wenigen Sommersprossen. Gegen 16.30 Uhr fuhr sie mit dem Bus wieder zurück in die Stadt. Mittwochs, so auch an diesem 4. November 1981, hatte sie in der Stadtkantorei Chorprobe, die gegen 19.30 Uhr endete. Anschließend ging sie mit einer Freundin und Mitsängerin in die Bahnhofsstraße, wo sie sich verabschiedeten. Der letzte Bus ins Heimatdorf war längst gefahren. Die Freundin sah noch, wie Frederike die Tür der Telefonzelle in der Bahnhofstraße öffnete und zum Hörer griff. Mit der freien Hand warf sie die zwei Groschen ein und wählte. Vermutlich war niemand zu Hause oder die Leitung besetzt, denn Frederike beschloss anschließend nach Hause zu trampen. Über die Gefährlichkeit des Trampens war schon öfter diskutiert worden, nicht nur mit ihrer Mutter, auch mit einem Lehrer sprach Frederike gelegentlich über das Fahren per Anhalter. Durch die Lage auf dem Land war es die einzige Gelegenheit nach Hause zu kommen, wenn die Eltern sie nicht abholen konnten. Frederike hatte sich selbst Regeln aufgestellt, die sie ihrer Mutter und auch dem Lehrer mitteilte, vielleicht, um in erster Linie sich selbst zu beruhigen, aber auch den anderen ihre Sorge zu nehmen. Zunächst, und das war ihre erste Bedingung, wollte sie nur in Autos einsteigen, die Nummernschilder aus dem Heimatkreis hatten. Die zweite Regel war, es sollten darin nicht mehr als zwei Personen sitzen. Um im Notfall schnell aussteigen zu können, wollte sie sich als dritte Schutzvorkehrung nicht anschnallen. Sollte der Autofahrer zudringlich werden, wollte sie auf ihn einreden, deeskalierend wirken und ihm ins Gewissen reden. Bisher hatte sie mit ihren selbst aufgestellten Voraussetzungen für gefahrminimiertes Trampen Erfolg gehabt. Passiert war ihr nie etwas, keine Aufdringlichkeiten, wenn auch das Telefonat nach Hause und das Abholen durch die Eltern weit häufiger waren als das Trampen. Allerdings hätten die selbst aufgestellten Regeln nur dann ihre Wirkung entfalten können, wenn es an diesem Novemberabend eine vernünftige Auswahl gegeben hätte. Je länger sie in der klammen Kälte auf einen anhaltenden Wagen warten musste, desto nachgiebiger hielt sie sich ihre Bedingungen vor Augen. Irgendwann an diesem Abend fuhr ein sportlicher BMW 1602 an ihr vorbei und verlangsamte das Tempo. Der Fahrer drehte den Kopf zu ihr, musterte sie, ließ die Bremsleuchten aufflammen, setzte den Blinker rechts und hielt am Fahrbahnrand an. Frederike schaute auf das Nummernschild. Es war eines aus ihrem Landkreis. Das passte. Sie lief zu dem Wagen hin, öffnete die Beifahrertür, fragte nach dem Ziel, verstand den Fahrer nicht sofort und nannte stattdessen ihre Adresse. Hinter dem Steuer saß ein junger Mann. Sein Nicken konnte sie nur schemenhaft erkennen, da sein Kopf und Oberkörper wie ein schwarzer Scherenschnitt vor dunklem Hintergrund nur schwer zu erkennen waren. Der leere Beifahrersitz war durch den Schein einer Straßenlaterne ausgeleuchtet, doch die Fahrerseite lag im Dunkeln. Dennoch, das warme goldgelbe Licht der Laterne, das auf den Beifahrersitz fiel, wirkte wie eine Einladung, und Frederike setzte sich und zog an der Armlehne die Tür des Wagens zu.

Der junge Mann besaß den Wagen erst seit einem Vierteljahr. Vom ersten Gehalt hatte er ihn sich gekauft, natürlich gebraucht und nicht neu. Es war ein schicker Wagen für einen jungen Fahrer, der erst etwas über zwanzig Jahre alt war. Vielleicht fühlte er sich einen Moment lang mit Frederike auf dem Beifahrersitz, als säße seine Freundin neben ihm, wie jemand, der es geschafft hatte, einen Beruf zu haben, einen schicken, schnittigen Wagen zu besitzen und zu allem eine junge hübsche Frau neben sich an der Seite zu sehen. Vielleicht spürte er kurze Zeit später, dass es mit der harmonischen Vorstellung einer jungen hübschen Frau als Begleiterin nicht passte, weil sie bald wieder aussteigen und er sie nicht würde besitzen können, so, wie er den BMW besaß. In diesem Moment musste er wohl den verhängnisvollen Plan entwickelt haben, sich mit Gewalt das zu holen, was für ihn nicht erreichbar war. Er fuhr wieder an und steuerte den Wagen zunächst in die Richtung von Frederikes Heimatort. Sie versuchte, ein Gespräch zu beginnen und fragte, wohin er selbst fahren müsse. Er murmelte undeutlich. Frederike hakte nach. Wieder nuschelte er, aber sie glaubte, einen Ort hinter ihrem Zuhause herausgehört zu haben. Auf jeden Fall war es ihre Richtung. «Ich hatte Chorprobe», sagte sie. «Mein Musiklehrer meinte, meine Stimme wäre ganz okay, na ja, vielleicht klappt's mal für eine Girls-Band. Für Suzi Quattro wär's ausreichend, meinte meine Freundin. Mal sehen, was kommt. Meistens haben wir für eine Band interessierte Nachfragen von fünf Sängerinnen und zehn Gitarristen. Aber keinen Bass, Schlagzeuger, Keyboarder. Du spielst kein Instrument, stimmt's?»

Wieder kam keine Reaktion. Komischer Kauz, dachte sie.

Solange ihr der Erzählstoff nicht ausging, fühlte sie sich sicher. «Finde ich toll, dass du gehalten hast», sagte sie, «die Busse sind ein Gräuel, ich meine, nicht die fahren, sondern die im Depot bleiben. Morgens, mittags, dann nochmal am Nachmittag, aber dann ist Schluss. Und wir auf dem Dorf werden abgehängt. Da ist Trampen die einzige Lösung, wenn die Eltern nicht können, so wie heute Abend. Na ja, die Hälfte haben wir schon, oder?»

Sie schaute nach links, aber der junge Kerl zuckte nicht, sah geradeaus, schien voller Stolz auf seinen teuren Wagen zu sein. Frederike musterte ihn, aber im Dunkeln blieb er die Silhouette, der schwarze Scherenschnitt, den sie bereits beim Einsteigen wahrgenommen und dessen Kontur noch nichts Plastisches angenommen hatte. Wortkarg war er, dachte sie, wenn sie das Murmeln und Nuscheln zwischendurch überhaupt als Wortbeitrag zählen konnte. Ihn zu beschreiben hieß, alles das aufzuzählen, was er nicht war. Gesprächig, nett, zuvorkommend – wenn sie sein Anhalten mal kurz ausblendete, seine bisher einzige freundliche Handlung, dachte sie. Ein Mann ohne Eigenschaften kam ihr in den Sinn. Der Buchtitel von Robert Musil stand auf der Bücherliste des Deutsch-Leistungskurses. Sie musste demnächst mal ein Buch davon für die Buchbesprechung auswählen. Aber es gab solche Menschen, dachte sie mit Blick auf den Fahrer, besonders die Jüngeren, verklemmt, nach innen gewandt, da war es schon eine Leistung, mal anzuhalten, wenn jemand am Straßenrand stand und den Daumen hob. Ganz klar Besitzerstolz, ihr zu zeigen, was er so fahren konnte und bestimmt auf ewige Dankbarkeit ihrerseits hoffend. Sie hielt ihn für verschlossen und nicht mit der Gabe versehen, auch nur für einen kurzen Moment eine Unterhaltung aufbauen zu können. So fuhren sie aus der Stadt an den hell erleuchteten Geschäften vorbei, raus durch die Vorstadt mit den symmetrisch angelegten Siedlungshäuschen, raus aufs Land, wo die Straßen enger und dunkler wurden.

Sie hasste Schweigen im Auto. Es sollte immer alles im Fluss sein, die Unterhaltung wie auch die Fahrt nach Hause. Ja, sie fand, die Ziele, denen sie sich nähern wollte, sollten ihr so geschwind entgegenströmen wie die grell angestrahlten Leitpfosten, die an dem Beifahrerfenster vorbeiflogen und sich im schwarzen Nichts hinter ihr auflösten.

Plötzlich bog der Fahrer ab und fuhr in eine schmalere Straße ein. Frederike kannte sich aus. Es gab eine Abkürzung, die mancher fuhr, aber für ihren Heimatort war das keine Option. Etwas stimmte nicht. Der junge Mann fuhr schnell, er musste mit der Gegend vertraut sein, jemand von hier, was ihr ja auch das Nummernschild verraten hatte. Sonst würde er auf der schmalen Straße auch nicht so schnell fahren. Angeber. «Mach langsam», sagte sie. Es blieb nicht mehr viel Zeit. «Was soll der Umweg? Das ist keine Abkürzung! Sag doch mal was!» Der Fahrer schwieg. Er drehte sich nicht einmal zu ihr um, als sei er taub und höre gar nicht, was sie von ihm wollte. Er verlangsamte nicht, sondern blieb auf der schmalen Nebenstrecke auf dem Gas. Ihr Sicherheits-Check kam ins Wanken. Sie drückte vorsichtig auf den roten Gurtauslöser. Das leise Klicken ging im hochtourigen Motorgeräusch unter. Jetzt war sie bereit zum Sprung aus dem Wagen. Doch sollte sie wirklich das Wagnis eines Sprungs eingehen? War das alles ein Missverständnis? Hatte sich der Fahrer schlicht verfahren? Dann hätte er das spätestens jetzt sagen müssen. Täte ihm leid, falschen Abzweig genommen, bin hier selten langgefahren. Aber der junge Mann schien immer noch nicht gesprächig. Möglicherweise war er unfähig, einen Fehler, auch den der geringeren Art, zuzugeben, dachte Frederike. Nach wenigen Kilometern bog der Fahrer erneut ab, er musste das Tempo verringern, um diesmal in einen noch schmaleren Waldweg einzubiegen. Jetzt wurde es Frederike schlagartig klar, dass sie in eine Falle geraten war. Ihr blieb nur noch diese eine letzte Chance, beim Abbiegen schnell aus dem Wagen zu springen.

Sie tastete nach dem Türöffner. Ihre rechte Hand lag auf dem Handgriff, der an der Türverkleidung angeschraubt und wie eine Armlehne ausgeformt war. Von der Position aus erkundete ihre Hand die Seitenverkleidung, was sie bereits ab dem Moment begonnen hatte, als der Fahrer wortlos, ohne den Kurswechsel erklären zu wollen, von der Hauptstraße in die Nebenstraße abgebogen war. Den Öffnungsbügel hatte sie immer noch nicht ertastet. Sollte der Fahrer die Tür manipuliert, den Öffner demontiert haben? Kindersicherungen gab es nur für die Fondtüren. In der Dunkelheit war für sie nichts zu erkennen. Keine Laterne strahlte auch nur für einen kurzen Moment ins Wageninnere, kein Gegenverkehr, kein Blender oder Hintermann, der den Wagen anstrahlte und wenigstens für einen kurzen Augenblick das Interieur so erhellt hätte, dass sie ohne Fehlgriff die Tür hätte öffnen können, ohne dem Fahrer eine Chance zur Reaktion zu bieten. Dabei wirkte der BMW durch die großen Glasflächen und filigranen A, B und C-Säulen wie ein kleines Gewächshaus auf Rädern. Andererseits gab es im Interieurdesign des BMW das Defizit der Übersichtlichkeit an einer wichtigen Stelle: Bei dem Modell BMW 1602 war der Türöffner verdeckt unter der Armlehne angebracht. Es war ein langer, verchromter, zierlich schlanker Hebel unter dem langgestreckten Handgriff, der im Knick nach oben führte, wie ein nach oben gebogener Bumerang, und der auf den Chromsteg zwischen dem Dreiecksausstellfenster und der Scheibe zeigte. Unter dem Knick verdeckt und auch am Tage schwer zu finden, lag der Hebel, in einer angedeuteten Mulde platziert. Sie tastete in zunehmender Panik nach dem Öffner. Verflucht, wo war der verdammte Hebel? Sie spürte ihren Herzschlag am Hals pochen. Sie wurde kurzatmig, Schweiß trat ihr aus den Poren. Endlich fühlte ihr Zeigefinger den länglichen Hebel unter dem Griff, doch im gleichen Augenblick bemerkte der Fahrer ihre Fluchtabsicht. Blitzschnell zog er ein stilettartiges Messer. Er griff es sich seitlich aus der

Fuge zwischen Sitz und Tür heraus, denn der BMW hatte keine Taschen in der Türverkleidung, was nur Varianten mit größeren Motoren vorbehalten war. Noch bevor sie den Hebel ziehen konnte, spürte sie das kalte Metall an ihrer Kehle. Der Fahrer war in den Waldweg eingebogen, hatte mit einer Hand das Lenkrad bedient, gab auf dem engen Weg Gas, bremste kurz darauf ab und löschte das Licht, alles mit seiner linken Hand, während er mit dem Messer in der Rechten noch immer Frederike bedrohte. Als der Wagen stand, schnellte sein linker Arm hervor, er drehte sich dabei zu ihr, sein Körper lehnte sich fast über sie, um an den Öffner zu kommen, drückte die Tür auf, gab Frederike einen derben Stoß, so dass sie aus dem Wagen nach draußen ins Gras fiel. Sofort schwang er seine Beine über Schaltknüppel und Kardantunnel und sprang über die Beifahrerseite aus dem Wagen, folgte ihr, zog Frederike hoch und zerrte sie ein paar Meter weg. «Ausziehen», herrschte er sie an, das einzige Wort, das in der Schwärze der Nacht fiel. Nur langsam und unmerklich gewöhnten sich ihre Augen nach Abschalten des Autolichts an die Dunkelheit. Konturen wurden erkennbar, ein kleines Birnchen, die Innenraumbeleuchtung des BMW, warf auf einige Stellen Streifen eines matten hellen Schleiers in den Wald. Frederike hatte einen möglichen Überfall mit ihrer Mutter besprochen. Wenn sie wirklich einmal in diese Lage kommen würde, dann blieb ihr keine andere Wahl, als den Anweisungen des bewaffneten Täters zu folgen und ihn nicht zu provozieren, damit er womöglich auf weitere Gewalt als die, die unerbittlich folgen würde, verzichtete. Sich fügen hieß auch, das eigene Leben zu retten. Der schwarze, bedeckte Himmel ließ weder Sterne noch Mond durchscheinen. Der orangefarbene Lichtschein der Stadt wurde durch den Wald absorbiert. Sie fühlte sich wie in einem schwarzen, schallisolierten Raum, eingesperrt mit einem unberechenbaren Raubtier. Auch diese Stille machte ihr Angst, das Alleingelassensein, das Gefühl, einem viel stärkeren, gewissen- und namenlosen Mann ausgeliefert zu sein. Die Stille machte ihr mit brutaler Wucht deutlich, dass niemand in der Nähe war, der sie jetzt noch vor der Vergewaltigung hätte retten können. Es war, als seien beide, sie als Opfer und er als Täter, die einzigen Menschen weit und breit. Verzweifelt erkannte sie, dass von außen keinerlei Hilfe zu erwarten war. Der Fahrer wusste, dass Frederike jede sich bietende Chance zur Flucht nutzen würde, was er auch dadurch erkannt hatte, dass sie fast aus dem fahrenden Wagen gesprungen wäre, hätte er sie nicht mit dem Messer bedroht.

Frederike war kein Mädchen, das vor Angst erstarrt war. Sie wirkte gefasst und nicht kopflos, bereit zum Widerstand, falls sie hierzu eine Chance sah. Er hielt weiterhin das Messer an ihren Hals. Sie musste den Pullover ausziehen, die Latzhose, den Slip, dann stieß er sie brutal zu Boden und vergewaltigte sie. Schwer lag er auf ihr, sie spürte den Schmerz in ihrem Unterleib. Steine, Äste und Wurzeln rieben unter ihrem Rücken. Sie roch seinen Atem und versuchte den Kopf von ihm abzuwenden. Sie roch den Waldboden, das Erdige, den Lehm, das matschige Gras, zusammengefallen von der Last des langen Sommers, vom ersten Frost, von den kürzer gewordenen Tagen und dem schwindenden Licht. Sie roch die Fäulnis, die den Teppich aus heruntergefallenem Laub zersetzte. Und sie roch die Ausdünstungen des Mannes, seinen Schweiß von körperlicher Arbeit und seiner Gier. Es waren für sie endlose Minuten, bis er endlich keuchend von ihr abließ. Es war vorbei. Sie tastete nach ihrem Slip, zog ihn mit zitternden Fingern an, griff nach der Latzhose, doch in diesem Moment fiel er erneut über sie her. Wie glühende Eisen stach es in ihrem Körper. Sie schrie vor Schmerzen, hob die Arme, um sich zu schützen, wollte ihn abwehren, sah jedoch nicht, woher der Angriff kam. Sie hielt die Arme vor ihr Gesicht. Sofort empfingen sie Messerhiebe, die wie Feuer in ihr brannten. Sie wollte sich nicht aufgeben, taumelte, schrie ihn an, raffte sich wieder auf, immer hoffend, der Angriff ginge vorüber, der Kerl würde in sein Auto steigen und flüchten, doch die Stiche, die in ihr brannten, nahmen kein Ende. Noch stand sie, gekrümmt, wollte schreien, doch fehlte ihr die Kraft dazu, nur ein mattes Stöhnen war zu hören. In ihrem Kopf drehte sich alles, ihr war schwindelig. Sie taumelte, kippte nach hinten, musste sich fangen, erhielt einen weiteren Schlag und merkte, dass sie sich nicht mehr auf den Beinen halten konnte. Sie fiel, fiel und fühlte nur noch Feuer. Eine Glut wütete in ihrem Inneren, gierig, alles zu verzehren, bis nichts mehr da war, was brennen konnte. Die Schwärze, die sie eben noch für etwas Bedrohliches gehalten hatte, hüllte sie ein wie eine sanfte Decke, in die sie sich kuscheln wollte. Leicht schaukelnd, einer Feder gleich, mit der der Wind spielt, schwebte sie sanft wiegend von dem Dunkel der Nacht umgeben dem Waldboden entgegen. Sie fühlte keinerlei Schmerzen mehr. Es war vorbei. Die Stille und die Zeit schienen ihr wie eingefroren, bis sich auch dieser Eindruck in Nichts auflöste.

Eine Autotür wurde zugeschlagen. Es war nach langer Zeit das einzige Geräusch in dem Waldstück, nachdem die Schreie einer jungen Frau immer matter wurden, in ein Stöhnen übergingen und schließlich erstarben. Dann startete ein Motor. Trotz der Dunkelheit war das Autolicht nicht eingeschaltet. Nur weiße Rückfahrscheinwerfer flammten für einen kurzen Augenblick auf. Die Räder drückten sich tief in den modrig feuchten Waldboden. Erst als der Wagen nach einer Bodenwelle festen Teer erreichte, leuchtete das Abblendlicht auf. Der Fahrer drehte. Mit aufheulendem Motor raste er auf dem schmalen Weg bis zur Hauptstraße, dann vermischten sich die Lichter des Wagens mit den in die Stadt ein- und auspendelnden Autos.

1. Oktober 2015

Hans-Jochen Kemper war 43 Jahre alt und seit über zehn Jahren Staatsanwalt. Dennoch war er der Jüngste im Kollegium. Nach seiner Auffassung war dieser Umstand, eine gewisse Überalterung des Kollegiums, Garant dafür, dass sie als erfahrene Staatsanwälte meistens mit ihren Plädoyers nah am Urteil lagen. Diese Meinung deckte sich mit der der Chefin, der Leitenden Oberstaatsanwältin, die zufrieden auf ihre Staatsanwaltschaft blicken konnte. Diese Staatsanwaltschaft würde aber in einigen Jahren mit einer noch stärkeren Überalterung zu kämpfen haben. Was würde einem der Erfahrungsschatz des Kollegiums nutzen, wenn die Krankheiten gravierender und Fehlzeiten daher länger wurden? Das sollte jedoch derzeit nicht das Problem von Hans-Jochen

Kemper sein. Auf der Fahrt in die Staatsanwaltschaft, die mal wieder durch hohes Verkehrsaufkommen ins Stocken geraten war, blickte er weniger in die Zukunft, sondern eher zurück auf sein Leben, auf das, was er erreicht oder nicht erreicht hatte. Er dachte dann an Caroline, auch Caro genannt, seine Frau, die er auf der Erstsemesterfete kennen- und lieben gelernt hatte. Dann und wann stellte er sich die Frage, was gewesen wäre, wenn er nicht Caro, sondern eine andere attraktive Studentin getroffen hätte. Damals hatte es zwischen ihnen gefunkt. Er, der Jurastudent, blond, sportliche Figur, groß, aber nicht zu groß, ein Meter achtzig, was ihm wichtig war, diese 1,80 m im Ausweis stehen zu haben. Sie die Pädagogikstudentin, brünett, einen halben Kopf kleiner als er, genauso wie die Unterschiede zwischen Paaren auf alten, sepiabraunen Bildern ihrer Vorfahren. Was ihm damals auch an ihr gefiel, war, dass sie nicht so aufgetakelt umherlief wie seine Kommilitoninnen, die immer zu viel Wert auf Äußeres denn auf Praktisches legten und in den Cafeteriapausen ihre Zehen außerhalb der stylischen Pumps dehnten, die sie ansonsten in ihre teuren Schuhe zwängten. Kemper fand rückblickend, es wäre seit dem ersten Kennenlernen schon ausgemacht gewesen, dass es eine ideale Verbindung sei, wenn sie sich als Lehrerin vormittags um den Beruf und nachmittags um die eigenen Kindern würde kümmern können, während er einen Job zu erfüllen hätte, der den ganzen Mann forderte. Er wusste nicht, warum er gerade in diesem Punkt so hochnäsig dachte. Erst viel später wurde ihm klar, wie sehr sie unter Druck stand, wie zermürbend der Unterricht an heutigen Schulen sein konnte. Wenn ihre Tochter Emma schon in der Grundschule mit einem Portfolio-Ordner, mit Formularen über die Selbstkompetenzeinschätzung oder über Zielvereinbarungen, nach Hause gekommen war, dann hatte er den Eindruck gewonnen, Emma sei keine Schülerin, sondern auf dem Karrieresprung, als handle es sich bei ihr um eine Nachwuchskraft im mittleren Management einer Investmentbank, eines Versicherungskonzerns oder eines Industriekonglomerats. Für fragwürdig hielt er die erzwungenen Selbsteinschätzungen der Schüler, weil die Grenze zum Selbstbelügen und zur Fehleinschätzung zu schnell überschritten war und ihnen dieser unnütze Verwaltungskram weder Vokabeln noch mathematische Formeln näherbrachte. Froh war er deshalb über jede Station seines Lebens, die er hinter sich gebracht hatte. Mit Emma mochte er nicht mehr tauschen, mit Caro auch nicht und schon gar nicht würde er zu heutigen Bedingungen ein Studentenleben führen wollen. Zu verschult und unfrei wirkte ihm die Moderne mit Bachelor und Master. Unverständlich, warum sie den deutschen Titel des Diplom-Ingenieurs wie eine heiße Kartoffel hatten fallen lassen, nur weil sie einer von außen vorgegebenen Moderichtung blind nachliefen wie ein Jagdhund der Blutspur. Daran dachte er häufig, auch wenn er als Jurist nicht betroffen war. Angst hatte er vor dem Tag, an dem die Langeweile sich auch an seiner Tätigkeit zu schaffen machen würde. Das alles ging ihm oft durch den Kopf, wenn er mit dem Wagen auf dem Weg zur Arbeit im Stau stand. Wie viele Stunden hatte er so schon im Auto verbracht. Stunden, die wie Niemandsland keinem gehörten, weder der Freizeit noch der Arbeit. In diesen Stunden wurde ihm auch klar, dass es nur bei Emma, nur bei ihrer einzigen Tochter bleiben würde. Es hatte noch ein paar Versuche gegeben, die leider mit Fehlgeburten zu Ende gegangen waren. Manchmal fragte er sich, ob sein Leben mit Caro auch in zehn oder zwanzig Jahren noch so weiterlief. Damals, am Ende des Studiums und nachdem beide den erwünschten Beruf erlangt hatten, waren sie an einem Punkt angekommen, an dem sie sich sagten, jetzt waren sie schon so viele Jahre zusammen, dann sollte man sich nicht ohne weiteres trennen. Oder doch? Erst da kam ihm die Bedeutung von Torschlusspanik in den Sinn. Die überraschende Schwangerschaft mit Emma räumte dann letzte Unsicherheiten aus dem Weg. Er wunderte sich selbst, welche Themen ihm in der Rushhour durch den Kopf gingen, und auch welche Gedankensprünge zwischen zwei Ampelphasen möglich waren.

In der Staatsanwaltschaft angekommen, lief er grüßend am Pförtner vorbei, nahm im Treppenhaus zwei Stufen auf einmal und eilte im dritten Stock über den Flur. Irgendwo stand eine Tür auf. Dahinter röchelte eine Kaffeemaschine und durch den Türspalt zog aromatischer Kaffeeduft auf die Etage. Gleich fing die Sitzung an. Er schloss sein Büro auf, holte die Robe und die weiße Krawatte aus dem Schrank. Er knotete sie und überprüfte am Spiegel an der Schrankinnentür den Sitz der Krawatte. Noch hatte er sich gut gehalten, dezente Geheimratsecken, die sich an beiden Stirnseiten festgesetzt und das blonde Haar verdrängt hatten und nur unmerklich weiterwuchsen, so langsam, dass es ihm erst auf zwei Jahre alten Bildern auffiel, dass da was auf dem Rückzug war. Die ersten Krähenfüße hatte er an sich ausgemacht, die noch als Lachfalten durchgingen, während er an Caro immer noch ihre glatte Haut bewunderte. 8.50 Uhr. Er nahm das Aktenbündel und machte sich im Justizzentrum auf den Weg in den Verhandlungssaal.

Im Gerichtssaal, wenn er den Beteuerungen der Angeklagten folgte, war er sich komischerweise stets sicher, ob der Angeklagte nun schuldig war oder nicht. Diese Gewissheit fehlte ihm manchmal in seinem eigenen Leben und er bedauerte, in viel einfacheren Sachverhalten von sich selbst nicht überzeugt zu sein, ob er nun die Rolle des Ehemanns und Vaters gewissenhaft ausübte und was er von der idealen Ehefrau und Tochter zu erwarten hatte. Dann gab es noch einen weiteren Punkt, eine Marginalie, die ihm aber dennoch als etwas Bemerkenswertes aufgefallen war. Hatte es nicht eine besorgniserregende Regelmäßigkeit? Sobald einem ein glückliches Ereignis auffiel und man sich bewusstmachte, unverschämtes Glück gehabt zu haben, kehrte bald darauf das Gegenteil ein. Wie neulich, als er den Steuerbescheid mit einer unerwarteten Rückzahlung erhielt und tags darauf die Wasserpumpe an seinem Wagen den Geist aufgab. Die Reparaturkosten saugten mühelos die Gutschrift des Finanzamts auf. Wenn ihm das schon an solchen Kleinigkeiten auffiel, verhielt es sich dann bei den großen Lebensentwürfen, die jeder für sich plante, ähnlich? Folgte dem Glück stets mit geringem Abstand der Tiefschlag?

An diesem Morgen um 8.45 Uhr, kurz nach Dienstbeginn, fiel ihm während des Krawattenbindens außerdem auf, dass Hainbergen nicht gerade ein Hort der Schwerkriminalität war. Der letzte Mord lag Monate zurück und eigentlich befand sich die Staatsanwaltschaft derzeit in einer ruhigen Phase, die sonst nur aus der sitzungsfreien Zeit der Sommerferien bekannt war.

Mittags, nachdem die Verhandlung unterbrochen worden war, hatte es nur kurz an der Tür geklopft und es hätte keine Unterschied gemacht, ob Kemper «Herein» oder «Moment noch» gerufen hätte, denn Peter Brandt stand bereits vor ihm, als wäre das, was er in Händen trug und was – wie sich später herausstellen sollte – er wohl über drei Jahrzehnte mit sich herum geschleppt hatte, ein aktueller und umgehend zu lösender Fall.

«Herr Koll ...», setzte er an, doch Kemper hob unwillkürlich den Zeigefinger, eine Geste, die er älteren Politikern abgeschaut hatte und die er eigentlich nicht in sein Gestikrepertoire aufnehmen wollte, doch es wirkte unmittelbar auf Peter Brandt und ließ auf eine postpreußische Sozialisation des dienstältesten Staatsanwalts schließen. Brandt verzichtete auf das «Herr Kollege» und besann sich noch rechtzeitig auf den richtigen Nachnamen. «Herr Kemper!» Er machte eine Pause, als erwartete er einen Tusch, weil er endlich die antiquierte Anrede «Herr Kollege» erstmalig hatte fallen lassen und den Nachnamen nannte, doch ihm lag wohl mehr an der vollen Aufmerksamkeit, die er jetzt von Kemper forderte. «Während dieser ereignisarmen Konsolidierungsphase unserer Behörde könnten Sie einen Blick in unsere ungelösten Fälle werfen», sagte er.

«Eigentlich wollte ich ...», begann Kemper und merkte, dass er damit schon falsch angefangen hatte. Wer «eigentlich» sagte, hatte schon verloren, weil das Füllwort über die Wichtig- oder Unwichtigkeit der Ausrede Bände sprach.

«Nein, ich mach es kürzer. Peter, guten Tag erstmal, bin ja verwundert, dich heute wiederzusehen.»

«Was denn, mit dir bin ich jetzt auch per Du?»

«Seit ungefähr ...», Kemper schaute auf die Armbanduhr, «jetzt um dreizehn Uhr sind es fast exakt zwölf Stunden, irgendwann kurz nach Mitternacht.»

«Na ja, gibt Schlimmeres», sagte Brandt nicht ganz ernst gemeint und hob dabei die Hand mit der dünnen Akte.

«Gestern war übrigens der 30. September», sagte Kemper, «es gibt keinen 31. Heute, am 1., bist du Pensionär und gestern als Staatsanwalt mit einer Wahnsinnsfeier von unserer Chefin verabschiedet worden. Schlimm verkatert, Filmriss, ist in der Nacht irgendetwas an dir vorbeigelaufen? Oder werden die Dinge in der Rückschau kleiner als sie in Wirklichkeit sind, so wie in amerikanischen Rückspiegeln?»

«Nein, wieso? Meine wilden Jahre sind definitiv vorbei und werden auch nicht wieder hochgespült», sagte Brandt, dessen belegte, heisere Stimme von aktiveren Jahren erzählen wollte und eine Oktave tiefer angelegt war als die des jüngsten Staatsanwalts der Behörde. Brandt wog gut über zwei Zentner, war dabei aber nicht größer als Kemper. Die vollen Wangen rahmten mit zwei tiefen Furchen eine kräftige Nase mit roten Äderchen ein, über der zwei dunkelbraune Augen, beschirmt von buschigen Augenbrauen, wachten. Zu dem kernigen Aussehen passte der tiefe Bass perfekt.

«Und warum willst du heute am frühen Nachmittag schon wieder Dienst spielen? Musst du aufräumen, oder was?»

«Macht das Kantinenpersonal. Die Handakte hier, die gibt es zum Dessert. Darf ich?» Brandt wartete keine Reaktion ab, zog sich einen Besucherstuhl an den Schreibtisch und setzte sich Kemper gegenüber.

Bei der Frage blickte Kemper um die stattliche Figur von Brandt herum zur Bürotür, die nur angelehnt war.

Brandt ahnte, dass er die Tür hätte schließen sollen und murmelte «mach ich gleich», sah dann Kemper direkt an und fuhr laut fort, «da müssen die Neuen durch, auch Sie, … auch du», korrigierte sich Brandt, «und da das letzte Stellenbesetzungsverfahren eines Staatsanwalts vor dir schon ein paar Jährchen zurückliegt, bist du gemäß Anciennität, also der Reihenfolge nach dem Dienstalter, der Jüngste.»

«Gut, soweit keine Anmerkungen meinerseits, das ist mir bekannt.»

«Offensichtlich aber nicht die Schlussfolgerung daraus», sagte Brandt.

Kemper schüttelte den Kopf, «spuck's aus», forderte er lässig.

«Ältere Vorgänge, an die wir nochmal Luft ranlassen sollten, werden in unserer altehrwürdigen Staatsanwaltschaft beim Ausscheiden eines Kollegen an den jüngsten Staatsanwalt weitergereicht.»

«Klingt nach Initiationsritus. Ich fühle mich mit meinen über vierzig Jahren zu alt für so einen …» Kemper verzichtete auf eine Fortführung des Satzes, zudem winkte Brandt bereits ungeduldig mit der Hand. «Um es abzukürzen», sagte Brandt, «es ist also ungeschriebenes Gesetz in unserer Behörde, die Akten an den Jüngsten weiterzugeben.»

«Da zeig her, ich blättere das bei Gelegenheit durch, wir können ja später in der Kantine beim Kaffee drüber reden.»

«In der Kantine? Gerne. Aber von welchem Tag, von welcher Woche, welchem Monat redest du? Die Mappe hier ist sozusagen das Deckblatt der Zigarre.»

Peter Brandt stand vom Stuhl auf, machte auf dem Absatz kehrt, drückte die Bürotür bis zum Anschlag auf und rollte eine Art dreietagigen Servierwagen herein. Die Rollen quietschten schrill. Stiller Protest über einen ungelösten Fall klang anders. Ein geschätztes Dutzend Aktenordner balancierte Brandt auf dem Vehikel. «Der Mordfall Frederike», sagte Brandt und setzte sich wieder auf den Besucherstuhl vor Kempers Schreibtisch. Alt ist er geworden, dachte Kemper. Seit über zehn Jahren kannte er Brandt, aber die letzten Monate, in denen sich die Dienstzeit Brandts dem Ende zugeneigt hatte, schienen dem Kollegen stark zugesetzt zu haben.

«Hans-Jochen, ich bin nicht mehr lange da.»

«Wie meinst du das?», fragte Kemper unsicher, fühlte sich bei seinen Gedanken ertappt und dachte an die Frau des Kollegen Brandt, die vor zwei Jahren an Krebs gestorben war. War er auch krank? Todkrank?

«In einem Monat habe ich meine Zulassung als Rechtsanwalt in der Tasche, bis dahin gehe ich auf Reisen, mal zwei Wochen ausspannen, mehr halte ich nicht aus. Dann die Kanzlei einrichten.»

«Eine Kanzlei? Was hast du vor? Willst du dich wirklich als Rechtsanwalt selbstständig machen?»

«Was spricht dagegen? Ich bin allein zu Hause. Mir wird die Decke auf den Kopf fallen. Und nur unterwegs auf Reisen sein, das wird doch auch langweilig. Wenn du an meiner Stelle wärst, würdest du doch nach der Pensionierung auch nicht sofort aufhören wollen, oder?»

Kemper nickte Brandt zu. «Die Sportler reden am Ende ihrer Karriere gerne vom ‹Abtrainieren›, ich kann dir das nachfühlen. Es ist ja kein gleitendes Aufhören. Ich hatte mal die Vorstellung, mich im Alter in einer Sozietät einzubringen, aber mehr als angestellter Anwalt, um nur ein paar ausgesuchte Fälle in der Woche oder im Monat zu bearbeiten. So denke ich heute. Wer weiß, was in zwanzig Jahren ist, ob ich dann überhaupt noch Paragrafen sehen kann.»

«Als angestellter Anwalt? Nein, das kommt für mich gar nicht in Frage. Ich will frei sein, ohne Anhang. Keiner setzt mich unter Druck, kein Senior aus der Sozietät zwingt mich, einen Fall zu übernehmen, den ich nicht annehmen würde. Es soll mir noch Spaß machen. Deshalb brauche ich die Freiheit, nur die Mandate anzunehmen, bei denen mich die Sache oder die Person des Mandanten überzeugen.»

«Lass mich raten», sagte Kemper, «den Fall hier», Kemper klopfte auf den Aktenstapel, «den gibst du nicht auf.»

«Richtig, denn das hier will ich zu Ende bringen. Das war auch ein Beweggrund, mich als Anwalt niederzulassen. Denn nur so bekommst du die Akteneinsicht.»

«Aber nur unter der Bedingung, auch tatsächlich ein Mandat in dem Fall erhalten zu haben», sagte Kemper.

«Korrekt, und das ist so gut wie sicher. Der Vater der ermordeten Frederike hat Interesse gezeigt. Verbindlich wird es ja erst, wenn ich die Anwaltszulassung habe und er die Vollmacht unterschrieben hat», bei den Worten wedelte Brandt wieder mit der dünnen Handakte. «Das hier», er drehte sich ächzend auf dem Stuhl um und zeigte auf den Aktenwagen hinter seinem Rücken, «waren ein paar Sargnägel für mich. Die ungelösten Fälle, die packen wir alle paar Jahre wieder an. Mord verjährt nicht. Wir brauchen einen langen Atem und manche Fälle kriegst du nicht eher gelöst, warum auch immer. Und wenn der Täter auf seinem Sterbebett ein Geständnis ablegt.» Er strich sich eine graue Haarsträhne aus der Stirn. Brandt hatte noch volles Haar, das er zurückgekämmt hatte und das im Nacken letzte blonde Spuren aufwies, als wären es die letzten herausgewachsenen blondierten Haarspitzen. Eine Weste hielt seine stämmige Figur unter dem Anzug im Zaum. Man sah ihn selten leger gekleidet, meistens formell im Anzug, während Kemper, eine Generation jünger, sich so kleidete wie am casual friday mit dem Unterschied, dass für die jüngere Generation jeden Tag Freitag war. Jeans, Businesshemd und bei Terminen ein Sakko, fertig. In den Verhandlungen ein weißes Hemd, im gleichen Ton, ohne Kontrast eine weiße Krawatte und die schwarze Robe. Die Richter hielten es genauso.

Es klopfte erneut an der Bürotür. Kemper rief kurz «ja», da hatte Staatsanwalt Sven Hollenbeck schon den Kopf in den Raum gesteckt. Er blickte zu Brandt, auf den Berg gestapelter Akten auf dem Rollwagen und nickte Kemper nur kurz zu. Offensichtlich war ihm mit einem Blick klargeworden, worum es ging. Er zog die Tür von außen wieder leise zu, als hätte er eine verschwiegene und vertrauliche Gesprächsrunde empfindlich gestört und wollte mit einem geräuschlosen Rückzieher alles ungeschehen machen.

Brandt saß mit dem Rücken zur Tür und sah Kemper fragend an. «Hollenbeck war es, keine Ahnung, wollte offensichtlich nichts Wichtiges.»

«Ach Hollenbeck!», Brandt machte eine abwehrende Handbewegung. «Mit Hollenbeck hatte ich auch schon über den Fall reden wollen. Aber als er den Berg an Akten gesehen hat, ging er zur Chefin. Und die LOStA hat ihm einen Persilschein ausgestellt, wegen Überlastung sollte ich ihn mit dem Fall nicht behelligen. Also, in ein oder zwei Wochen bin ich wieder da», wiederholte Brandt, «in meiner Tätigkeit als Staatsanwalt fehlte mir einfach die Muße, den Aktenberg nochmal zu durchforsten, vielleicht auf neue Spuren, neue Techniken einzugehen, vor allem aber einige knifflige Rechtsprobleme zu prüfen und am besten auch lösen zu können. Den Biss hätte ich schon gehabt. Denn der Fall ist anders als die anderen. Glaube mir.» Er machte eine Pause, stand auf, ging ein paar Schritte im Büro umher und sah aus dem Fenster Richtung Altstadt und Kirchturmspitze von Hainbergen. Kemper spürte, dass er nach Worten suchte oder zu bewegt war, um fortzufahren. Schließlich setzte er sich wieder und sah Kemper ernst an. «Dann nahm ich mir den Fall wieder vor, Jahre, nachdem der mutmaßliche Täter nach einem Wiederaufnahmeverfahren freigelassen werden musste. Ich suchte in Asservaten und Unterlagen nach neuen Spuren. Damals bei der Obduktion wurde ein Abstrich mit Wattestäbchen vorgenommen. Ich wollte, dass das Material nach heutigem kriminaltechnischen Stand untersucht wird.» Brandt machte eine Pause, als suche er erneut nach Worten.

«Was kam dabei heraus?», fragte Kemper.

«Das ist es ja. Nichts. Damals, 1981, ergab der Abstrich keinen Befund, den wir für die Fahndung hätten verwenden können. Folglich wurden die Wattestäbchen entsorgt.»

Kemper lehnte sich zurück. «Die Sache mit den Wattestäbchen ist nicht gerade ein Erfolgsmodell, wenn ich da an den NSU-Prozess denke.»

«Bei NSU denke ich an mein erstes Auto, ein schnittiger NSU Prinz, dann an den Nationalsozialistischen Untergrund. Ja ja», sagte Brandt nickend. «Da wurde jahrelang nach einem Phantom gejagt, das an allen Stellen, wo jemand ermordet wurde oder wo ein anderes schweres Verbrechen geschah, auftauchte und vermutlich auch der Täter war. Und wer war's?»

«Ich kenne die Geschichte», sagte Kemper. «Die Verpackerin der Wattestäbchen war‘s, die nochmal liebevoll mit ihrer Hand über die Watteköpfchen strich, bevor sie den Deckel drauf legte. Und damit sandte sie unwissentlich ihre DNA hinaus in die Welt, an alle kriminaltechnischen Dienste, die bei jeder Untersuchung einen Treffer landeten, eine Spur zu anderen Verbrechen. Jahrelang war die Kripo einem Phantom auf der Spur. Was wir da an Zeit, Personal und Kosten verschwendet haben, um letztlich eine ältere Dame nahe am Rentenalter zu ermitteln, die vermutlich in ihrem Leben nicht einmal eine Ordnungswidrigkeit wegen Falschparkens begangen hat.»

«Nach langem zeitlichem Abstand betrachtet man die Dinge nicht mehr mit der Betriebsblindheit, als wenn man tagtäglich mit ihnen zu tun hat. Also legte ich längere Pausen ein, manchmal auch Jahre, bis ich wieder zu den Akten griff. Dann bekam ich einen Anruf aus dem Innenministerium», sagte Brandt.

«Was wollten die denn?»

«Der Vater der Ermordeten hat sich an den Innenminister gewandt.»

«Das haben sie dir nur so mitgeteilt?»

«Sie wussten ja, dass ich zuständig war und mir der Fall bestens bekannt war. Mir ließ die Sache ja auch keine Ruhe. Deshalb verfolgte ich die Entwicklungen in der Kriminalistik. Dann endlich kam der Durchbruch zur Aufklärung, das Aufkommen der präzisen DNA-Tests. Der Innenminister hat sofort reagiert und eine Kommission eingesetzt, die alles auf den Prüfstand setzte. Schließlich fanden sie die entscheidende Spur zum Täter und das Ergebnis war noch schlimmer, als wir es erwartet hatten. Aber das erzähle ich dir, wenn ich aus dem Urlaub zurückkomme.» Er stand erneut auf, unruhig, was selbst Kemper nervös machte, denn der massige Körper Brandts war für ihn immer der Fels in der Brandung. Ja, das war er für ihn, ein Ruhepol. Wenn die Hektik am größten war und Brandt ruhig blieb, war das ein Signal für Kemper, dass es halb so wild war. Jetzt aber begegnete Kemper ihm und dem außergewöhnlichen Fall mit Respekt. Und mit einer Portion Reserviertheit. Peter Brandt war ein Hüne. Die richtige Figur für einen Ankläger. Wenn die Richter aus dem Beratungsraum kamen, standen alle auf. Wenn Brandt allein in den Gerichtssaal kam, die schwarze Robe bereits übergestreift, dann zuckte es allen in den Beinen, ebenfalls aufzustehen. Er war eine Autorität. Das fehlte Kemper. Er wirkte und fühlte sich blass und schmächtig gegen Brandt. Vielleicht hatte er deshalb mehr Energie in sorgfältiges, schon eher penibles Arbeiten gesteckt, was er Brandt, der Kraft seiner Autorität im Verhör schnellere Klarheit in undurchsichtigen Sachverhalten erzielte, gar nicht absprechen mochte. Brandt litt sehr unter dem Tod seiner Frau. Sie waren ein Herz und eine Seele gewesen. Auch das versetzte Kemper oft einen Stich, weil er das gerne über sich und Caro sagen wollte, aber nicht konnte.

Brandt ging in seinem Büro auf und ab, setzte sich dann wieder.

«Der Fall ist furchtbar. Er wird dich mitnehmen, ob du willst oder nicht. Er hat eine Familie zerstört. Und wenn du nicht aufpasst, zerstört er dich auch!»

«Harter Tobak. Meinst du nicht, du übertreibst?»

«Tut mir leid, ich will dir keine Angst machen. Ich will nur, dass du dran bleibst. Du hast das Zeug, den Biss, das Ungestüme. Wir Alten haben nur Angst, auf der Strecke zu bleiben, Angst, dass der Fall uns auffrisst.»

«Aber du gibst dich doch nach deinem Urlaub wieder dran, an den Fall!» Kemper wusste nicht, was er zu Brandt und dessen merkwürdigem Plädoyer zu einem ihm unbekannten Fall sagen sollte. Es wirkte etwas aufgesetzt, theatralisch. Andererseits neigte Brandt nicht zum Übertreiben. Soweit kannte er seinen Kollegen schon.

«Aber in anderer Funktion. Als ich nach dem Referendariat und als junger Assessor bei der Staatsanwaltschaft begonnen hatte, war das mein erster Fall. Um ehrlich zu sein, mit etwas Schlimmerem habe ich seither nicht mehr zu tun gehabt. Das war eine Prüfung fürs Leben. Eine junge Frau wurde bestialisch ermordet und ich habe den Eltern geschworen, den Fall zu lösen.»

Kemper sah auf den Aktenberg und dachte, dass er da wohl ein Versprechen zu viel abgegeben hatte.

«Und ich soll es richten?»

«Was? Ach, nein, so war das nicht gemeint. Ich habe mein Versprechen gehalten.»

«Jetzt verstehe ich gar nichts mehr. Und was soll dann der Stapel Akten?»

«Wir haben den Täter, aber er läuft noch frei herum.»

«Auf der Flucht, nicht greifbar?» Kemper verstand nicht, worauf Brandt hinauswollte.

«Nein, er lebt hier, in Deutschland. Mitten unter uns. Unbehelligt. Aber wir dürfen ihn nicht mehr anklagen. Lies, ich bitte dich darum. Und nach meinem Urlaub sehen wir, was wir in dem Fall machen können.

«Ich sehe mir die Akten an», sagte Kemper, und weil Brandt ihn eindringlich ansah, hängte er ein «Versprochen!» an. Das war offensichtlich das Zauberwort, dass Brandts Mission für den Tag erfolgreich gewesen war. Er stand auf, ging um den Schreibtisch herum und klopfte Kemper auf die Schulter. «Danke, Hans-Jochen», sagte er.

«Sag Hajo. Hans-Jochen sagen nicht einmal meine Eltern zu mir», Kemper lachte und für einen kurzen Moment hellte sich Brandts Miene auf. Dann ging er langsam aus dem Büro und schloss die Tür. Die schweren Schritte entfernten sich auf dem Flur.

Was für ein Auftritt, dachte Kemper, klang ja wie ein Vermächtnis. Fehlte nur noch, dass er wie in einem schlechten Film Kemper einen Schwur abgenommen hätte, den Fall zu klären und danach tot umgefallen wäre. Ihm lief ein kalter Schauer über den Rücken. Es war 13.20 Uhr. Er hatte das Gefühl, der Nachmittag war vorbei und sie hätten viel länger geredet.

Hajo Kemper blickte auf den Berg Akten. Fast hätte er nach der schmalen Handakte gegriffen, die Brandt in der Hand gehalten und an der Ecke seines Schreibtisches zurückgelassen hatte. Doch dann klingelte sein Telefon und er nahm dankbar das Gespräch entgegen, froh über jede Unterbrechung, die rechtfertigte, mit dem Studium des Furchtbaren – nach Brandts Worten – noch warten zu können. Er zögerte, wusste, dass gleich am Nachmittag und am nächsten Tag weitere Verhandlungstermine anstanden und er brauchte einen freien Kopf, um sich anderen Anklageschriften widmen zu können.

Es war seine Frau Caroline.

«Caro, was gibt's?», fragte er sofort, denn sie rief nur dann an, wenn er auf der Fahrt nach Hause noch Einkäufe oder andere Dinge zu erledigen hatte, an die sie ihn meistens erinnern musste.

«Hajo, denkst du an den Elternsprechtag morgen um 19.00 Uhr? Emma hat nochmal einen Zettel von der Klassenlehrerin im Aufgabenheft mitgebracht. Und um es vorweg zu sagen, ich kann morgen wirklich nicht. Probe. Generalprobe für unser Schultheater», fügte sie sogleich hinzu, denn er neigte dazu, sie zu den Terminen zu schicken, die er nicht so unterhaltsam fand. Dazu gehörte der Elternsprechtag, von dem ihm nie klar war, ob damit der Abend gemeint war, an dem die Termine für das kommende Schuljahr besprochen wurden, die – wie er fand – seit dem Zeitalter des Kopierers den Schülern auf einem Blatt Papier mitgegeben werden konnten, anstatt alle Eltern in die Schule einzubestellen. Oder ob es der Abend war, an dem die Lehrer in Einzelgesprächen über die Leistungen des jeweiligen Schülers berichten würden.

«Also trag es bitte in deinen Terminkalender ein, 19.00 Uhr. Und Emma ist in der Klasse 8 c.»

«Weiß ich doch, Caro.» Kemper nahm seine Kalenderkladde, die er neben dem elektronischen Terminkalender im Rechner aus alter Gewohnheit immer noch parallel führte und trug laut sprechend beim Schreiben, als wolle er sich selbst diktieren, «19.00 Uhr, Klasse 7 d» ein, wonach Caroline Kemper sofort in den Hörer, «8 c!» rief. Kemper ignorierte den Einwand und antwortete nur «ist notiert, Ende und Aus, bis später», schmatzte ein kussähnliches Geräusch in den Hörer und ging davon aus, dass Caroline wusste, dass er sie auf den Arm hatte nehmen wollen.

Kemper blickte auf die Uhr des Telefondisplays. Es war kurz vor 14.00 Uhr und Zeit, nach der Mittagspause in den Verhandlungssaal zurückzukehren.

Die Nacht vom 4. auf den 5. November 1981

Irgendwo klingelte ein Wecker. Ein unbekannter Wecker mit einem fremden Klingeln. Ein merkwürdiges Geräusch. Er brauchte einen Moment, um in der Einschlafphase, in der er sich gerade befand zu merken, dass es kein Wecker, sondern das Telefon war. Er hatte immer ein schlechtes Gefühl, wenn das Telefon noch so spät ging. Erst recht, wenn das Klingeln nicht aufhörte. Wenn jemand eine unendliche Geduld zu haben schien. Oder wenn die Wichtigkeit Ausdruck in Hartnäckigkeit fand. Er schälte sich träge und müde unter der Bettdecke hervor, ging dem Läuten entgegen und beeilte sich auf den letzten Metern doch noch, um vor dem Auflegen des Anrufers den Kontakt herzustellen. Denn die Ungewissheit, wer ihn mit einem bestimmt wichtigen Anliegen so dringend um die mitternächtliche Stunde zu erreichen versuchte, wäre wiederum eine untaugliche Einschlafhilfe gewesen. Als er die Stimme seiner Frau hörte, beruhigte ihn das nicht eine

Sekunde. Genauer gesagt, es war die Stimme seiner Ex-Frau. Sie telefonierten nicht mehr häufig. Eher selten. Meistens ging es dann um die Töchter. Ihre Stimme war ihm dennoch vertraut, aber so sorgenvoll hatte sie noch nie geklungen.

«Ist Frederike bei dir?», fragte sie.

«Nein, warum sollte sie? Hast du eine Ahnung, wann sie das letzte Mal bei mir war?»

«Ich habe bei den Freundinnen angerufen, sie ist nirgendwo. Ich dachte, sie könnte ja bei Gelegenheit mal den Vater besucht haben.»

«Hat sie nicht und ich war den ganzen Abend zu Hause. Vielleicht hat sie einen Freund und ist dort. Sie ist fast achtzehn.»

«Sie hat keinen Freund.»

«Das weißt du sicher?»

«Das weiß eine Mutter. Außerdem haben wir keine Geheimnisse voreinander und das wäre bestimmt kein Geheimnis wert, mit fast achtzehn.»

«Also bei mir ist sie nicht. Warum rufst du erst jetzt an?»

«Sie hatte noch Chorprobe. Sie wäre ohnehin spät nach Hause gekommen. Und dann habe ich es erst in der Kantorei versucht, bei den Freundinnen und in der Nachbarschaft.»

«Und was wird jetzt?»

«Ich rufe die Krankenhäuser an. Und dann gehe ich zur Polizei.»

«Du klingst besorgt.»

«Ich klinge nicht nur so, ich bin es. Sie war noch nie solange weg. Sie ist gewissenhaft. Sie hätte gesagt, wenn sie zu einer Freundin gehen würde, woanders übernachten wollte. Dann hätte sie längst von der anderen Familie aus angerufen.»

«Halt mich auf dem Laufenden. Nein, warte, soll ich mit zur Polizei?»
«Lass mal.»

2. Oktober 2015

Hajo Kemper spürte, dass sich die Dynamik, mit der er sich sonst auf den Weg in die Staatsanwaltschaft machte, heute deutlich schwächer anfühlte. Der Gang von der Tiefgarage hoch in sein Büro fiel ihm schwerer als sonst. Als er nach dem Aufschließen seine trocken gebliebene Regenjacke in seinem Büro an den Kleiderhaken hängte, eine wackelige Schiene mit billigen Haken wie große umgebogene Zinken einer überdimensionierten Gabel, die man am Türblatt einhängen kann, wusste er mit einem Blick hinüber zum Aktenbock, dass dieses Unlust-Gefühl nicht von dem frühmorgendlichen Landregen herrührte. Er mochte sich zunächst nicht seinem Schreibtisch zuwenden, sondern blickte zur Einstimmung aus dem Fenster. In zarten Schleiern strich der Schauer über die Stadt. Böen trugen die kleinen Tropfen wie silbrige Schwärme winziger Fische durch die Luft. Dann erst drehte er sich um und wusste sofort, dass seine Trägheit mit dem Aktenberg und dem darin abgehefteten Mordfall Frederike zu tun hatte. Er gab sich einen Ruck und nahm die Mappe in die Hand, die Brandt ihm gestern übergeben hatte. Viel Zeit hatte er wegen der anstehenden Verhandlungstermine nicht, er schwankte, ob es sich überhaupt an dem Tag lohnte, die

Mappe für eine erste Orientierung aufzuschlagen, aber dann rief die Chefin an und nahm ihm die Entscheidung ab. Seine Chefin war die Leitende Oberstaatsanwältin oder LOStA, wie sie allgemein in der Behörde abgekürzt bezeichnet wurde. Der Aktenberg geriet für ein paar Stunden aus seinem Blickfeld und seinen Gedanken. Nach dem Telefonat schlossen sich Verhandlungstermine an. Gegen 16.00 Uhr war er wieder in seinem Büro, als es kurz darauf klopfte. Peter Brandt stand in der Tür.

«Und?», fragte er, scheinbar kurz angebunden, zu kurz. Kemper zuckte nur mit den Schultern. «Und was?», fragte Kemper zurück, «du gibst nicht auf. Haben sie dich frisch gebackenen Pensionär nach ein paar Stunden schon wieder reaktiviert?»

«Nein, ich muss doch noch die letzten Reste aus meinem Büro räumen, aber die Verwaltung lässt mir Zeit, ich habe den Schlüssel noch und soll alles nächste Woche abgeben. Es kommt sowieso noch kein Nachfolger.»

«Nächste Woche bist du doch im Urlaub, oder habe ich da was falsch verstanden?»

«Richtig. Heute und morgen bin ich noch hier, dann ist aber wirklich Schicht. Anderes Thema: Was machen die Akten, hast du schon reingesehen?», dabei zeigte er auf den Aktenberg, den er gestern reingerollt hatte.

«Nicht wirklich», sagte Kemper.

«Komm, wir kürzen ab. Und wenn ich das Strohgesteck da sehe, Mann, Mann, Mann.»

«Das war mal ein, na, ich komm nicht drauf, irgend so eine Zimmerpflanze jedenfalls.»

«Kannste in die Tonne hauen. Komm mit in mein Büro. Die Sukkulenten kannst du haben, auch den Ficus.»

«Soku was?»

«Sukkulenten, wenn ich sehe, womit deine Grünkulturen hier konfrontiert werden, brauchst du etwas Robustes, an Wüste gewöhnte Pflanzen, quasi die Kamele unter den Gewächsen. Meine bekomme ich zu Hause nicht mehr unter, die Fensterbänke sind voll und draußen habe ich auch keinen Platz mehr.»

Sie gingen ein paar Büros weiter, am Ende des Gangs war das Zimmer von Peter Brandt. Die Verwaltung hatte noch alles belassen. Das Türschild würden sie erst tauschen, wenn der Name des Nachfolgers oder der Nachfolgerin bekannt war. Noch aber war die Stelle gar nicht ausgeschrieben worden. «Nimm Platz», sagte Brandt. Ungemütlich sah es aus, die Regale weitgehend leer, ein paar halb gefüllte Kartons mit persönlichen Sachen, mit Dingen wie Teekanne, Bilderrahmen, Kaffeemaschine oder etlichen Zimmerpflanzen, die Brandt jetzt wieder heraushob und auf den Tisch stellte. «Such dir welche aus, die können alle hierbleiben. Kaffee?» Als Kemper nickte, hob er die Maschine aus einem Karton, setzte sie auf einen niedrigen Aktenschrank und verließ mit der Glaskanne kurz das Büro, um in der Teeküche Wasser zu holen. Bald darauf dampfte der Kaffee in den Bechern, die er nach kurzer Suche in einem weiteren Karton fand.

«Ich erzähle schon mal den Anfang, das crlcichtert dir vielleicht den Start mit den Akten.» Er hatte sich hinter den Schreibtisch gesetzt, fand es dann aber offenbar unpassend, dieses monströse Möbelstück wie eine Barriere zwischen ihnen zu platzieren. Er schob den Drehstuhl am Schreibtisch vorbei, hin zu einem kleinen quadratischen Tisch, auf den er seine Tasse setzte und Hajo Kemper zu sich winkte. Jetzt saßen sie über Eck wie in einem vertraulichen Gespräch.

«Wie fange ich an», sagte er mehr zu sich selbst, «kein anderer Fall hängt mir so nach wie dieser und das mit dem Loslassen, ...», er schüttelte nach einer Pause den Kopf, «das kann ich hier nicht.» Er strich sich mit der linken Hand durchs Gesicht, dann rieb er mit beiden Händen über die geschlossenen Augen hinüber zu den Schläfen, die er kurz massierte. «Das mit der Frederike, das passierte im Herbst 1981. Ein dunkler, trüber Novembertag. Um 17.00 Uhr war es fast schon dunkel. Frederike war siebzehn Jahre alt, gut erzogen, ordentliche Leistungen in der Schule, zuverlässig, hübsch, kurzum, so, wie sich jeder seine Tochter wünschen würde. Es gibt ein paar Fotos von ihr in der Akte. Ich würde sagen, eine natürliche Schönheit. Ärger gab es vielleicht wegen ihres Trampens. Sie wohnte auf dem Land, war auf den Bus angewiesen, der aber nur sporadisch fuhr, morgens selbstverständlich zur Schule, nachmittags auch, aber am Abend sah es dürftig aus. Es passierte nach einer Chorprobe, die wie meistens bis halb acht abends ging. Da fuhr schon kein Bus mehr. Mit der Mutter war ausgemacht worden, dass sie dann stets anrufen und sich abholen lassen sollte. Na ja, ich hab's früher auch gemacht.»

«Das Trampen? Das war für uns fast gleichberechtigt wie den Bus zu nehmen», sagte Kemper. «Meine Eltern durften es nur nicht wissen. Mich hat dann immer ein Bekannter mitgenommen. Meine Mutter fragte zum Glück nie, wer das gewesen war.»

«Siehst du, mir ging es genauso. Man wollte den Eltern die

Fahrerei ersparen, ab und zu trampte also auch Frederike. Aber wenn du sagst, das Trampen sei früher so normal wie Busfahren gewesen, da fällt mir ein, als Student bin ich per Anhalter in die Ferien gereist.»

«Ist dir schon aufgefallen, dass es heute kaum noch Anhalter gibt? Ich sehe sie noch vor mir, die jungen Leute mit ihren Pappschildern und aufgemalten Reisezielen. Wo sind sie geblieben?»

«Das fragst du mich jetzt?» Brandt zuckte mit den Schultern. «Vielleicht liegt's an den Fernbussen. Die sind ja billig und eine Konkurrenz für die Bahn. Außerdem wird bei Aktenzeichen XY ja immer vor dem Trampen gewarnt.»

«Das hat man zur damaligen Zeit auch schon», warf Kemper ein. «Durfte ich aber als Kind nie sehen. Ich habe noch die Melodie der Eurovisionssendung im Ohr. Spätestens dann musste ich hoch ins Bett.»

«Die Sendung ist damals noch mit dem Gründer Eduard Zimmermann unter Beteiligung der Schweiz und Österreich ausgestrahlt worden. Zimmermann brachte oft Fälle von verschwundenen oder ermordeten Trampern. Vielleicht hat Frederike deshalb, nach Aussage ihrer Mutter, einige selbstgestrickte Prinzipien aufgestellt. Sie würde nur in Autos einsteigen, in denen mehrere Personen saßen, in keines mit auswärtigem Nummernschild. Am letzten Abend, an dem sie gesehen wurde, ging sie mit einer Freundin nach der Chorprobe zu einer Telefonzelle. Die Freundin, die in der Nähe wohnte, verabschiedete sich von ihr und sah noch, wie Frederike in die Telefonzelle ging und den Hörer in die Hand nahm. Die Freundin war die letzte, die Frederike lebend gesehen hat. Vielleicht war zu Hause die Leitung besetzt oder niemand da. Die beiden Groschen, die ihre Mutter ihr zugesteckt hatte, fand man später am Tatort im Gras.» Brandt fuhr sich mit den Händen durchs Haar.

«Ein Albtraum begann. Für alle. Frederike kam nie zu Hause an.»

«Wann wurde sie gefunden?»

«Vier Tage lang blieb sie verschwunden. Die Eltern gingen in der Zeit durch die Hölle.»

Peter Brandt stand auf, holte die Kaffeekanne und schüttete Kemper Kaffee nach. «Das ist auch so ein Ziel von mir, den Kaffeekonsum zu reduzieren», sagte Brandt, «aber es sind alles Mechanismen, die mit dem Büroalltag zusammenhängen, und das ist einer davon.» Er ging zur Kaffeemaschine und stellte die fast leere Kanne zurück.

«Vier ganze Tage war sie weg. Du hast doch auch eine Tochter. Kannst du dir vorstellen, was in der Familie vor sich geht, wenn das Kind nicht nach Hause kommt? Wie es ist, bei Freunden, in der Nachbarschaft, in der Schule, bei der Kantorei, überall anzurufen, um sich nach der Tochter zu erkundigen? Und mit jedem erfolglosen Telefonat, nach jeder Nachfrage in der Nachbarschaft und in ihrem Freundeskreis wirst du unruhiger. Es ist wie eine imaginäre Schlinge, die dir jemand um den Hals legt und mit jeder bedauernden Absage am Telefon zieht sich die Schlinge enger. Du kommst in Panik, kannst nicht mehr rational denken. Auf der nächsten Stufe und nach der Auskunft, ‹nein, Frederike ist nicht bei uns›, tauchen Bilder vor dir auf, Vorstellungen, dass die Polizei an der Tür klingelt, du öffnest und die beiden Polizisten – sie kommen immer zu zweit – haben die Mützen abgenommen. Ich habe keine Kinder, aber trotzdem, das war auch für mich die Hölle, mir vorzustellen, was damals alles auf die Familie einschlug.»

Brandt machte eine Pause in seinem Monolog.

«Und die Familie hast du bei den Ermittlungen kennengelernt?», fragte Kemper.

«Ja. Es war mein erster Ermittlungsfall. Mit aller Vorsicht und Zurückhaltung begegnete ich den Eltern. Sie lebten getrennt. Zusammen habe ich sie nie angetroffen. Jahre später, vorher habe ich mich nie getraut, solche persönlichen Fragen zu stellen, fragte ich den Vater, wie er überhaupt über die vier Tage hinweggekommen ist. Die Antwort hat mich total überrascht. Er sagte, er hätte an diese vier Tage absolut keine Erinnerung mehr. Da sei ein riesiges schwarzes Loch. Weißt du, was ich glaube?» Brandt sah Kemper eindringlich an – während Kemper hoffte, dass Brandt nicht weiter insistieren würde – und fuhr fort, «ich glaube, mit der Psyche läuft es genauso wie mit dem Körper. Wenn dir einer den Arm abschlägt, spürst du nur einen Ruck. Aber keinen Schmerz.»

«Das ist jetzt nicht dein Ernst», meldete sich Kemper.

«Doch. Es gibt mehr als einen Bericht über Haiattacken. Da wurden Schwimmer oder Surfer angegriffen. Manchmal spürten sie nur einen Ruck am Körper, griffen nach ihrem Fuß oder Bein, vergeblich. Da war kein Bein mehr, sie griffen ins Leere, das Wasser war nur noch eine rote Welle. Adrenalin schießt dir in den Körper, bis du kein Schmerzempfinden mehr hast. Und irgendwas passiert auch mit deiner Psyche, so dass du am Ende alles vergisst, nichts an dich heranlässt, was da an Schrecklichem auf dich eindringt. Ist bestimmt nicht zu verallgemeinern, aber dem Vater muss es so ergangen sein. Und dennoch, später ließ er sich in die Psychiatrie einweisen. Vier Tage Ungewissheit. Wie ist das auszuhalten?»

«Je länger jemand vermisst wird, desto wahrscheinlicher ist es, dass ein Verbrechen vorliegt», resümierte Kemper.

Brandt nickte. «Das ist ja das Schlimme. Normalerweise reduziert sich jeder Kummer mit dem Zeitablauf. Bei der Bundeswehr darfst du dich erst nach vierundzwanzig Stunden beschweren, weil nach einem Tag meist die größte Wut verraucht ist und es einem nach dem Ärger lästig ist, jetzt eine Beschwerde zu schreiben. Das heißt, nach der Aufregung möchte man keine Freizeit mehr in einen hässlichen Vorfall stecken. Wird aber jemand vermisst, der dir sehr nahe steht, schnürt sich dein Denken immer weiter zu, der Kopf stranguliert dich förmlich, weil du weißt, dass mit jeder Stunde die Wahrscheinlichkeit eines furchtbaren Verbrechens realer wird. Der Zeitablauf wird zu einer Mühle und du siehst dich in einem Trichter, der zwischen den Mühlsteinen mündet. Die Kripo nahm sich unterdessen vergleichbare Vermisstenfälle vor. Schon jetzt musste man von Entführung, oder Ermordung ausgehen. Wir hatten in enger Abstimmung zwischen Kripo und Staatsanwaltschaft über die Presse die Öffentlichkeit aufgerufen, Verdächtiges zu melden, haben gefragt, wo in letzter Zeit Frauen und Mädchen, die per Anhalter fuhren, von Autofahrern belästigt worden waren.»

«Wie war die Resonanz in der Bevölkerung?», fragte Kemper.

«Stille. Abgesehen von einigen Meldungen von Leuten, die Frederike gesehen haben wollen. Es stellte sich aber heraus, dass die den Vortag beschrieben und nicht der Tag ihres Verschwindens.»

«Typisch», sagte Kemper, «man erinnert sich an viele Dinge, die vor einem Jahr passiert sind, aber überleg selbst einmal, was du vor zwei Tagen gemacht hast, wen du getroffen hast. Und dann kontrolliere dich, war es wirklich erst vor zwei Tagen oder war es vielleicht doch schon vor drei oder vier Tagen? Die Erinnerung stellt dir im Kurzzeitgedächtnis gerne ein paar Fallen.»

«Warte ab, wenn du mein Alter erreicht hast, dann wird das Kurzzeitgedächtnis ein noch launischerer Geselle», sagte Brandt, blieb aber ernst, um sogleich mit heiserer und belegter Stimme fortzufahren. «Wie funktionierst du trotz allem weiter? Was schützt dich vor dem Zusammenbruch?»

«Irgendwann willst du nur noch die Leiche finden, um würdig Abschied nehmen zu können», sagte Kemper.

«Genau. Am vierten Tag erhielten wir die traurige Gewissheit darüber, was wir leider schon vermutet hatten. Eine Familie fand beim Beerensammeln die halbnackte Leiche eines Mädchens in einem Waldstück. Schnell wurde deutlich, dass es sich um Frederike handelte. Gleichzeitig zum Entsetzen spürst du eine Erleichterung, dass das Suchen ein Ende hat. Die Fotos vom Tatort und von der Obduktion sind in der Akte. Bei der Rekonstruktion haben wir Folgendes ermitteln können: Der Täter fuhr zunächst in Richtung ihres Wohnortes, bog dann auf eine andere Straße ab. Eine kleine, enge Landstraße, um zum Schluss in einen Waldweg abzubiegen. Er muss sie während der Fahrt dahin bereits bedroht haben, denn sie hat sich mit Freunden immer wieder unterhalten, wie sie sich schützen könnte, sollte sie doch einmal in die Hände eines Triebtäters geraten. Sie würde sich nicht anschnallen, hatte sie gesagt, um schnell aus dem Wagen springen zu können. Sie war also mental vorbereitet, hat wohl immer wieder in Gedanken den Fall der Fälle durchgespielt. Sie war ein taffes Mädchen, sagt man, nicht auf den Mund gefallen, schlagfertig, temperamentvoll, eine, die sich einem Verbrecher nicht einfach fügen würde. Gelegenheit zur Flucht hätte sie gehabt, als der Täter mit ihr in die Nebenstraßen einbog. Es sind kleine Straßen gewesen. Die Nebenstraßen gingen im rechten Winkel ab. Die Feld- und Waldwege werden sonst nur von Landwirten auf ihren Traktoren befahren. Alles im Schritttempo. Da braucht es keine großen Einmündungen. Der Täter muss beim Abbiegen deutlich das Tempo verringert haben. Dabei könnte Frederike die Chance zur Flucht gehabt haben.»

«Dass es ihr nicht gelang, wird ein Indiz dafür sein, dass der Täter sie bereits mit einer Waffe bedroht haben muss», vermutete Kemper.

«Ja, das haben wir auch annehmen müssen. Dann, in dem Waldstück, fiel er brutal über sie her, vergewaltigte sie. Sie hatte noch keinen Freund gehabt.»

Peter Brandt machte eine Pause, trank einen Schluck des längst kalten Kaffees, mehr eine Geste der Verlegenheit. Mehr ein Schweigen, um Rücksicht auf Kemper und dessen Gefühle wegen der eigenen Tochter zu nehmen. Wer etwas von einem Mord an einem Kind erfährt, denkt unwillkürlich, wenn er welche hat, an die eigenen. Brandt war kinderlos, aber hätte er eine Tochter, wäre das seine ständige Sorge, dass ihr Ähnliches oder noch schlimmer, das Gleiche wie Frederike widerfahren würde.

«Nach der Spurenlage war sie dabei, sich anzuziehen», fuhr Brandt nach einer kurzen Pause fort, «wollte offensichtlich fliehen, denn ihre Strümpfe waren mit Erde und Gras verdreckt. Er muss sie eingeholt und sofort mit dem Messer auf sie eingestochen haben. Die Spurenlage ergab auch, dass sie sich verzweifelt gewehrt haben muss, was Stiche in den Arm, den sie zur Abwehr gehoben hat, bewiesen. Bei der Obduktion stellte der Gerichtsmediziner elf Einstiche fest, siebenmal stach der Täter in die Hüfte, die scharfe, stilettartige Klinge durchbohrte Niere, Leber und die Bauchdecke. Zwei Stiche in die Brust gingen direkt ins Herz. Schließlich schnitt er ihr die Kehle durch. Selbst in den Medien wurde später berichtet, dass der Schnitt von Ohrläppchen zu Ohrläppchen bis zur Wirbelsäule reichte.»

«Also eine Übertötung. Der Täter hatte absoluten Vernichtungswillen», sagte Kemper.

Brandt nickte. «Kannst du dir vorstellen, so etwas über dein Kind in der Zeitung zu lesen oder im Gerichtssaal vom Sachverständigen zu hören? Ich habe viele Gespräche mit dem Vater geführt. Einmal erwähnte er nur so am Rande als eine der vielen Folgen, die wir gar nicht ermessen können, weil wir bislang verschont wurden, dass seine Mutter, also die Oma des Mädchens, seit der Tat nicht mehr habe sprechen können. Sie war lange bei Spezialisten in Behandlung. Die Fachärzte haben bei der Großmutter des Opfers nicht mehr erreichen können als ein mattes Flüstern an guten Tagen. Wenn es die für die alte Dame überhaupt gegeben hat.» Peter Brandt machte eine Pause. «Auch nach 35 Jahren nimmt mich das immer noch mit, merkst du ja. Soll ich nochmal Kaffee machen?», fragte er mit belegter Stimme.

Kemper sah in seinen leeren Becher. «Besser nicht, so spät trinke ich ihn sonst nicht, oder hast du koffeinfreien?»

Brandt sah ihn verständnislos an. «Ein paar Teesorten habe ich noch an Bord. Müssten in dem Karton mit dem Wasserkocher sein. Moment, haben wir gleich.»

«Nein, lass mal. Du hast der Familie gesagt, du kriegst den Täter. Wie ging es weiter?»

«Das ganze Spektrum der Öffentlichkeitsfahndung wurde genutzt. Wir hatten einen Fundort, Reifenspuren, Tatzeit, das Opfer mit Spurenmaterial, und nahmen an, dass der Täter ortskundig war.»

«Weil sie nur in Autos mit hiesigem Nummernschild einsteigen wollte?»

«Das war eine unsichere Annahme. Aber durchaus ein Anhaltspunkt. Nein, wir nahmen an, dass der Täter die Gegend gekannt haben muss. Der schmale Teerweg, dann der Waldweg. Der Täter musste davon ausgehen, dass der Weg als Sackgasse wenig oder in der dunklen Jahreszeit von Landwirten kaum genutzt wurde und auch Passanten oder Hundehalter hier nicht entlangkamen, er daher unbehelligt sein Verbrechen ausführen konnte.

Es war November, gegen 20.00 Uhr stockdunkle Nacht. Ein Ortsunkundiger hätte die Wege gar nicht gefunden. Durch die Abgussform der Reifenspur konnten wir den Reifentyp ermitteln und durch Profil und Spurweite den Wagentyp, an dem er verbaut wurde. Das grenzte unsere Ermittlungen ein. Beim Opfer haben wir zahlreiche Faserspuren festgestellt, die vom Täter stammen mussten. Also haben wir von Autos, die in Betracht kamen, Faserproben entnommen und kamen schnell auf einen Tatverdächtigen. Ein junger Kerl, gerade mal zwanzig Jahre alt, hatte seine Lehre beendet und als

Geselle vom ersparten Geld das Auto kaufen können. Er hatte den Wagen recht ungewöhnlich aufgemotzt.»

«Was heißt ungewöhnlich?», fragte Kemper.

«Na ja, wie Jugendliche ihre Zimmer mit Postern ausstaffieren, so wollen sie auch im Auto ihre persönliche Note sehen. Ein merkwürdiger Fußmattenbelag war es jedenfalls, vielleicht ein alter Teppich, der mal in einem Eingangsbereich lag, durchgetreten, aber an den Rändern noch schön intakt. Er hatte sich die guten Randstücke zurechtgeschnitten und als Fußmatten ins Auto gelegt. Dann gab es helle Baumwollsitzkissen, die Kopfstützen und Rückenteile waren mit Lammfell umkleidet. Genau diese Fasern fanden wir auch an der Kleidung und Unterwäsche des Opfers. Das reichte uns. Um das auch mal deutlich zu sagen: Die Kripo hat ganz solide Arbeit geleistet. An denen hat es wirklich nicht gelegen, dass die Sache ...»

Er stockte wieder. «Lassen wir das.»

«Nein, red' doch weiter», drängte Kemper.

«Also gut. Wir nahmen ihn fest, als sein Alibi platzte. Es hätte ja auch ein anderer den Wagen fahren können. Das Landgericht Hainbergen stützte 1982 seine Verurteilung auf die Menge identischer Faserspuren.»

«Was heißt hier ‹Menge identischer Faserspuren›?», fragte Kemper.

«Ach», Brandt fuhr ungeduldig mit dem Arm durch die Luft. «Stimmt, ich sollte mich präziser ausdrücken. Also, es war nicht die Menge, kein Knäuel gleicher Fasern, es waren insgesamt sieben unterschiedliche Fasern, die sich sowohl bei dem Angeklagten wie auch beim Opfer fanden. Das ist selten, sieben unterschiedliche», wiederholte er eindringlich.

«Bei der Reifenspur, die zum Täterfahrzeug hätte passen können und die zunächst ja auch zum Tatverdächtigen geführt hatte, wurde das Gericht unsicher und hielt sie nicht für geeignet, auf das Täterfahrzeug zu schließen. Dazu sei die Qualität der Spur zu schlecht.»

«Damit war der Fall aber noch nicht zu Ende, vermute ich mal», warf Kemper ein, «was war mit Spermaspuren, wenn sie doch vergewaltigt worden war?»

«Tja», Brandt atmete tief ein. «Wir schrieben das Jahr 1981. Die Achtzigerjahre! Das klingt so modern. Wir konnten Sperma feststellen, aber die sichere Zuordnung zum Täter, die 99,99 prozentige Sicherheit bietet, die hatten wir 1981 noch nicht. Die treffsicheren DNA-Analysen kamen erst in den neunziger Jahren auf. Aber deine andere Vermutung ist richtig. Wir hofften ja alle, dass mit der Verurteilung unsere Arbeit abgeschlossen wäre.» Brandt atmete tief durch. «Der Fall war tatsächlich noch nicht zu Ende. Die Verteidigung ging in Revision. Der Bundesgerichtshof gab den Rechtsanwälten des Verurteilten sogar Recht. Im Ergebnis urteilte der BGH, dass die Urteilsbegründung des Landgerichts so formuliert worden war, als habe das Schwurgericht sich nicht streng an den Grundsatz gehalten, dass es nicht Sache des Angeklagten ist, seine Unschuld zu beweisen. Das Landgericht hatte in der Urteilsbegründung ausgeführt, dass die Übereinstimmung der Faserspuren nur bewiesen hat, dass das Opfer im Fahrzeug des Verurteilten gesessen hat. Das Landgericht hatte ferner ausgeführt, dass die Kombination von sieben unterschiedlichen Fasern für ein starkes, für einen Kontakt sprechendes Moment spreche. Dennoch stehe nicht fest, dass ein solcher Kontakt stattgefunden hätte. Das war noch nicht alles. Der verurteilte junge Mann hätte Frederike ja im Auto mitnehmen können, aber nach einer Weile das Mädchen unversehrt irgendwo abgesetzt haben, weil er in eine andere Richtung fuhr, während Frederike auf den nächsten Fahrer hoffte, der sie nach Hause bringen würde. Anschließend könnte sie in den Wagen des tatsächlichen Täters eingestiegen sein. Dann folgte der verhängnisvolle Satz, den der BGH beanstanden musste: ‹Der Angeklagte hat in seiner Einlassung solch ein Geschehen nicht vorgebracht, obwohl – wäre dies so gewesen – eine solche Einlassung nahegelegen hätte›. Ein völlig falscher Satz in einem Urteil und Beleg für den Verstoß gegen den Grundsatz, dass es nicht Aufgabe des Angeklagten ist, seine Unschuld zu beweisen.

Dem BGH blieb keine andere Wahl, er musste den Rechtsfehler rügen und an ein anderes Schwurgericht zurückverweisen. Was das Gericht meines Erachtens falsch gewürdigt hatte, waren aber diese Faserspuren, die auch in der Unterwäsche des Opfers nachgewiesen werden konnten. Wie kamen sie denn dahin? Hatte sich das Opfer unterwegs im Auto eines Fremden umgezogen? War das wahrscheinlich? Kannst du dir die Verrenkungen vorstellen, die nötig sind, um sich auf einem Autositz die Hose zu wechseln? Und sie hätte eine Wechselhose dabei haben müssen. Auch das war nicht der Fall. Ein falscher Satz und ein unterlassener Satz nach meiner Meinung, der der Frage hätte nachgehen müssen, wie die Faserspuren in die Unterwäsche des Opfers kamen. Die Aufklärung fehlte.»

«Urteilsschelte ist später immer leicht, wenn sich etwas anderes mit Gewissheit herausstellt. Richter sind auch nur Menschen», sagte Kemper, «aber auch ein Richter muss Kritik aushalten können, wie jeder andere auch, zumal fatale Folgen des Fehlurteils in der Welt sind.»

Kemper ging zum Fenster, schien zu überlegen, drehte am Fenstergriff und stellte einen Flügel auf Kippe.

«Du musst dir mal vorstellen», fuhr Brandt aufgeregt fort, «sieben unterschiedliche Faserspuren werden vom mutmaßlichen Täter in der Unterwäsche des Opfers gefunden und die Richter sagen, ja, das spricht für einen Kontakt, aber das Opfer kann ja ausgestiegen und später in den Wagen des wirklichen Täters eingestiegen sein.»

«Ich sehe das auch so, die Bewertung ist an den Haaren herbeigezogen, fern der Lebenswirklichkeit», resümierte Kemper.

«Es sind keine Allerweltsspuren gewesen, sondern wiederum einzigartige Spuren wie Fasern eines kleinen, zurechtgeschnittenen Orientteppichs im BMW des Täters. Ich kenne aber auch die Befindlichkeiten der Richter», sagte Brandt etwas gereizt. «Ich will denen keinen Schuldvorwurf machen, aber dann muss das Gesetz auch entsprechende Korrekturmöglichkeiten vorhalten und darf nicht einen gefährlichen Täter als Profiteur der Gesetzgebung verschonen. Der BGH verwies die Sache zur erneuten Verhandlung an ein anderes Schwurgericht.»

«Was ging danach in der Familie vor?», fragte Kemper.

«Tief schockiert waren alle. Unwillkürlich denkt doch jeder, der gefährliche Mörder läuft immer noch frei herum, und statt des wahren Täters hat ein Unschuldiger in Haft gesessen, zwar nicht lange, aber einen jungen Menschen kann bereits eine kurze Haftzeit traumatisieren. Vergewaltiger haben im Knast einen schweren Stand. Du kennst ja die Knasthierarchie, die selbst der Anstaltsleiter nicht aufweichen kann.

Ein Vergewaltiger und Mörder sitzt mit anderen Lebenslänglichen ab und mit denen ist nicht zu spaßen. Andererseits möchte auch die Familie eines Opfers, dass ein Prozess korrekt durchgeführt wird und der wirklich Schuldige sühnt und verurteilt wird. Mit der Revision wird der Opferfamilie deutlich, dass das Schwurgericht einen Fehler begangen hat und das Ende offen sein könnte. Dann begänne die Suche erneut. Allerdings stand ich damals nur im Vorfeld des ersten Prozesses in Kontakt mit der Familie. Übrigens hatte ich in diesem ersten Verfahren hier in Hainbergen die Familie nicht gesehen. Der Vater erlitt zuvor einen Zusammenbruch und ließ sich, wie ich bereits erwähnt hatte, in die Psychiatrie einweisen. Weißt du, wen er in der Psychiatrie kennengelernt hat?»

«Jetzt mach kein Ratespiel daraus», sagte Kemper ungeduldig.

«Marianne Bachmeier!»

Brandt beobachtete die Reaktion von Kemper. Als die ausblieb, verdrehte er die Augen. «Tut mir leid, aber manchmal denke ich, was wissen die heute Dreißigjährigen von früheren Personen der Zeitgeschichte oder von Skandalen, die monatelang die Medien beherrschten? Gar nichts mehr. Gleiches gilt für Wissen über die DDR. Ich muss mir das immer wieder vor Augen halten, dass wir Alten nicht davon ausgehen dürfen, dass die Jugend unsere Geschichte so verfolgt und nachvollziehen kann, wie wir sie erlebt haben.»

«Schön, dass du mich so jung machst. Ich bin bereits über vierzig», warf Kemper ein.

«Habe ich von dir geredet?», fragte Brandt und grinste, «es sollte nur ein Beispiel sein. Der Fall Bachmeier ist schon älter als das Ende der DDR, nein, fast so alt wie der Mordfall Frederike. Du warst vielleicht noch nicht einmal in der Grundschule, als es passierte und später in den Medien breitgetreten wurde. Spielfilme wurden über den Fall gedreht. Auch schon wieder so lange her», sagte er nachdenklich.

«Los, dann erzähl mir mal den Fall Bachmeier», forderte Kemper, der glaubte, Brandt wollte sich erst bitten lassen.

«1980 schwänzte die damals siebenjährige Anna Bachmeier die Schule» fuhr Brandt fort, «sie wollte eine gleichaltrige Freundin besuchen und fiel einem Triebtäter in die Hände. Er hat sie in seiner Wohnung festgehalten und anschließend mit einer Strumpfhose erdrosselt. Ob er sie sexuell missbraucht hat oder nicht, konnte im Prozess nicht mehr geklärt werden. Er war ein vorbestrafter Sexualstraftäter, aktenkundig, und als Anna verschwunden war, gehörte er zum ersten Kreis der zu Überprüfenden. Nachdem er als Täter ermittelt worden war, begann im Frühjahr 1981 der Prozess. Annas Mutter, Marianne Bachmeier, schmuggelte eine Pistole in den Gerichtssaal und erschoss am dritten Verhandlungstag den Täter. Es ging alles so rasend schnell, dass die Justizvollzugsbeamten, die ja auch im Gerichtssaal postiert waren, nicht mehr reagieren konnten. Sie zog die Pistole aus ihrer Tasche, schoss achtmal und traf den 35-Jährigen Angeklagten sechsmal in den Rücken. Er war sofort tot. Marianne Bachmeier war im Gerichtssaal auch unglücklich platziert worden und hatte direkt hinter dem Angeklagten gesessen. Sie sagte später in ihrem Prozess aus, sie wollte den unerträglichen Lügen des Täters über ihre Tochter ein Ende bereiten. Der Angeklagte soll behauptet haben, die Tochter hätte ihn erpresst, gedroht auszusagen, er hätte sie unsittlich berührt, und sie wollte eine Mark Schweigegeld. Das war natürlich bizarr, so etwas zu hören. Es war ein sieben Jahre altes Mädchen. Das war der bekannteste Fall von Selbstjustiz in der Bundesrepublik.»

«Und aus der Geschichte haben sie Spielfilme gedreht?», fragte Kemper.

«Die Bachmeier war eine unglaublich attraktive Frau. Das war wohl ausschlaggebend für Filmproduzenten. Sie war auf den Titelseiten der Boulevardblätter. Jeder kannte sie gut, bis auf den kleinen heranwachsenden Hajo Kemper ...»

«Witzig», sagte Kemper, «ich erzähl gleich mal Anekdoten, die eure Generation garantiert nicht erreicht haben.»

«Oh, da bin ich aber gespannt, aber weiter mit dem Fall. Jeder verfolgte die Pressemeldungen über den Prozessverlauf, als Marianne Bachmeier 1982 wegen Mordes angeklagt wurde. Fast genau zwei Jahre nach den tödlichen Schüssen auf den Angeklagten wurde sie wegen Totschlags verurteilt. Nach drei Jahren kam sie frei, starb aber jung an Krebs. Bei Frederike gab es keinen Täter, der im Fokus der Rache der Hinterbliebenen hätte stehen können.»

«Moment, im ersten Prozess war das Gericht noch von der Schuld des Angeklagten überzeugt und hat den Angeklagten doch wegen Mordes verurteilt», sagte Kemper, «habt ihr denn über den Bachmeier-Fall und Selbstjustiz gesprochen, ich meine, mit dem Vater von Frederike?»

«Nein», sagte Brandt, «zunächst nicht. Ich wollte es ansprechen, aus Sorge, er habe sich durch das Gespräch in der Psychiatrie ihre Motive für Selbstjustiz zu Eigen machen können.» Brandt überlegte. «Nein, ich habe es aber unterlassen. Ich weiß auch nicht, warum. Vielleicht hatte ich sogar

Angst, dass er der Marianne Bachmeier zustimmen würde. Aber dann hätten wir ihn bewachen müssen. Leibesvisitation vor der Verhandlung und so weiter. Letztlich kam alles anders.»

«Was kam anders?»

Brandt machte ein nachdenkliches Gesicht, dachte nach, dann schien ihm alles wieder einzufallen. «Nein, der Vater war an keinem der Verhandlungstage am Landgericht anwesend. Er muss durchweg in der Psychiatrie gewesen sein. Später sagte er mir, der dortige betreuende Arzt hatte ihm schlichtweg untersagt, an dem Prozess teilzunehmen.»

«Das heißt, der Vater hätte seine Wut und seinen Zorn an dem Verurteilten gar nicht festmachen können, hätte der Fall Bachmeier ihn negativ beeinflusst.»

«Einmal sagte der Vater, an Rache habe er nie gedacht. Was Marianne Bachmeier getan hätte, erinnere zu stark an die Todesstrafe. Er wollte sich damit nicht mit dem Täter auf eine Stufe stellen. Er hat die ganze Zeit an die Gerechtigkeit und an unsere Justiz geglaubt.»

«Und wie denkt er heute darüber?»

«Wir können ihn fragen. Aber es ist eine überflüssige Frage, oder?»

Kemper zog die Schultern hoch.

«Es wundert niemanden, wenn er inzwischen bei jeder Gelegenheit erwähnt, wie bitter er vom Rechtssystem enttäuscht ist. Trotzdem baut er darauf, dass er irgendwann doch noch zu seinem Recht kommen wird. Er sei es Frederike schuldig, dass er nicht aufgibt und bis zur letzten Instanz für die Gerechtigkeit kämpfen wird, an die er glaubt. Später sagte er mir, aber das habe ich eben schon erwähnt, er habe von dem ganzen ersten Verfahren nichts mitbekommen», sagte Brandt und schloss wieder an die Chronologie des Verfahrens an. «Im Revisionsverfahren war er aber anwesend. Dieses Schwurgericht wertete die Faserspuren ähnlich wie der BGH als nicht ausreichend für eine Täterschaftsannahme. Frederike habe die sieben unterschiedlichen Faserspuren in dem BMW aufnehmen können, bis der Fahrer sie an einer anderen Stelle wieder absetzte, weil er doch nicht in Richtung ihres Heimatortes fuhr. Damit war die Ungereimtheit der ersten Instanz, wie die Fasern in die Unterwäsche gelangten, längst nicht vom Tisch. Das Schwurgericht ging der Frage gar nicht nach. Ist wohl keinem aufgefallen. Sie fokussierten den Blick auf die Reifenspur und ließen die Spur begutachten. Der Gutachter kam zu dem Ergebnis, dass der Reifentyp nicht zum Auto des Angeklagten passen würde. Das Schwurgericht sprach ihn frei. Selbst den Vater, der jetzt als Nebenkläger den Prozess verfolgte, anwaltlich aber nicht vertreten war, überzeugte das Urteil.»

«Die Familie war schockiert, hattest du eben gesagt.»

«Ja, für den ersten Moment. Danach lief die Suche nach dem Täter wieder an. Er war sich sicher, dass ein anderer seine Tochter ermordet haben musste. Aber wer? Er wollte den Mörder seiner Tochter unbedingt finden, wusste aber auch, dass er selbst nicht über die Mittel verfügte und von staatlichen Stellen abhängig war. Eine Zeit lang war er auf psychiatrische Hilfe angewiesen und konnte nicht mehr in seinem erlernten Beruf arbeiten.

«Nochmal zurück, du sagtest, er verfügte nicht über Mittel und war daher von staatliche Stellen abhängig. Wovon sonst? Ach, du meinst, Privatdetektive.»

«Hätte wahrscheinlich ein Betuchter engagieren können», antwortete Brandt, «das passiert jedenfalls, wenn ein Industrieller Opfer wird. Immer wieder fragte er bei der Kripo nach. Weißt du, was sie ihm sagten?»

«Du immer mit deinen Quizfragen», bemerkte Kemper nüchtern.

«Die Kripo sagte ihm mehrmals, sie müssten auf einen Vergleichsfall warten. Das bedeutete für ihn, die warteten tatsächlich auf das nächste Opfer eines Serientäters, der irgendwann eine Spur zu viel am Tatort zurücklässt und damit überführt werden könnte. Ach, es war alles verkorkst», sagte Brandt. «Schon der Hinweis auf einen Parallelfall, wie makaber. Hätte er sich doch damals direkt an einen Anwalt gewandt, dann …»

Brandt sah auf die Uhr. «Gleich 20.00 Uhr. Jetzt haben wir uns festgeredet, aber du siehst, was für mich dahinter steht, und dass ich mich ab jetzt auch als Opferanwalt mit der Sache beschäftigen werde.» Brandt sah erneut auf die Uhr. «Jetzt muss ich aber los. Koffer packen, morgen geht der Flieger. Ich melde mich, wenn ich zurück bin.»

Er stand auf, sammelte die Tassen ein, packte die Kaffeemaschine und alle Gegenstände, die er vorher ausgepackt hatte, wieder in die Kartons. In der Ecke stand ein Rollwagen, auf den er die Kartons stellte. «Komm, ich helfe dir», bot Kemper an, doch Brandt winkte ab. «Nimm das Grünzeug, pflege es bitte, das wäre Hilfe genug. Und schau dir den Fall an. Ich habe den Wagen in der Tiefgarage und kann mit dem Aufzug fahren, das ist überhaupt kein Problem.»

Kemper ging auf den Flur zum Kopierer und nahm sich einen der leeren Kartons, in denen das Kopierpapier geliefert wurde. Er stellte die Topfpflanzen hinein und trug alles in sein Büro. Sein Smartphone hatte er auf dem Schreibtisch liegen gelassen. Er strich über das schwarz wie Altöl glänzende Glas. «Drei verpasste Anrufe» stand anklagend auf dem Display. Erst, als er die Stimme von Caro auf der Mailbox hörte, fiel ihm schlagartig der Termin um 19.00 Uhr in Emmas Schule wieder ein. Dreimal hatte Caro versucht, ihn an den Elternabend zu erinnern.

Als er gegen 20.30 Uhr auf dem Lehrerparkplatz den Wagen abschloss, kamen ihm einige Eltern grinsend entgegen. Er kannte sie nur flüchtig, sie ihn aber offensichtlich so gut, dass sie wussten, er gehörte auch als Elternteil zu Emmas Klasse und musste sich gehörig verspätet haben. Im Foyer der Schule hatten sie einen Lageplan für die Eltern ausgehängt. Die Klasse 8c war im ersten Stock, und als er die offene Tür erreichte, löschte die Klassenlehrerin gerade das Licht und hatte den Schlüssel schon ins Schloss gesteckt.

«Sind Sie der Vater von Emma?», fragte die Lehrerin in einer Tonfärbung, die sie wahrscheinlich sonst bei ihrer Feststellung «du hast erneut die Hausaufgaben nicht gemacht?» einsetzte. «Tut mir leid, aber ich bin meistens fremdbestimmt bei meinen Terminen und hatte einen langen Verhandlungstag», sagte Kemper und dachte im gleichen Moment, dass es sic gar nichts anging, warum er nicht pünktlich hatte kommen können und ärgerte sich über sich selbst und seine Notlüge, zu der er sich hatte hinreißen lassen.

«Schon in Ordnung. Ich erkenne Ihr Bemühen an», sagte sie und es klang immer noch etwas spitz formuliert. Sie war etwas älter als er, hatte dunkelblonde Haare, in die sich vereinzelt die ersten grauen Haare mischten. Ihre Augenbrauen waren für seinen Geschmack zu dicht. Schwarze Halbmonde wölbten sich über ihren Augen. Ihr Gesicht erhielt dadurch eine Strenge, die sie vielleicht bewusst als Lehrerin pflegte.

«Bemühen klingt ja noch nach ‹Ausreichend›», sagte Kemper.

«Ein schwaches ‹Ausreichend›.»

«Wie sieht es bei Emma aus?»

«Schicken Sie doch das nächste Mal Ihre Frau, wenn Sie wissen, Sie schaffen es zeitlich nicht. Andererseits, es läuft gut und die Eltern, die ich dringend mal sprechen müsste, lassen sich erst gar nicht blicken. Schönen Abend.»

Die Lehrerin sah auf die Uhr. Wie Brandt, dachte Kemper, alle sahen auf ihre Uhren, nur er nicht. Und das war ja heute Abend gründlich schiefgegangen. «Tut mir leid, aber ich habe noch nichts gegessen. Vielleicht können Sie beim nächsten Mal pünktlicher sein. Oder wir machen einen Folgetermin aus.»

«Ich habe auch noch nichts gegessen. Vielleicht ...»

«Vielleicht was ...?» Sie zog ihre dicken Augenbrauen nach oben. Ihm fielen die Modeprospekte ein, die in den Wochenzeitschriften lagen. Mit Fotos dieses Models, wie hieß sie? Cara Delevingne. Oder Fotografien der Malerin Frida Kahlo. An die beiden erinnerte ihn Constanze Möllers. Ihren Namen las er schnell vom Türschild ab, auf dem «Klasse 8c» und der Name der Klassenlehrerin notiert waren. Es mochte eine neue Trendrichtung sein, Augenbrauen nicht mehr zu zupfen, dachte Kemper. Anstatt sie altmodisch zu halten, könnte sie trendbewusst der modischen Richtung folgen. Wie tickten denn heute die Schülerinnen? Konnten sie Lehrerinnen als

Autoritäten akzeptieren, die sich gegen Moderichtungen stemmten? Kemper nahm an, dass es in den Augen der Schülerinnen nicht schadete, ihren Modeerwartungen zu entsprechen, um sich Gehör und Autorität zu verschaffen. Lehrer waren außen vor. Ob sie Rollkragenpullover trugen, Sakkos, Blue Jeans oder Anzug, das interessierte keine Schulklasse. Constanze Möllers Strenge wirkte jedenfalls auch auf Erwachsene. Ein Glück, dass er an das Thema einen dicken Haken machen konnte, dachte Kemper für einen kurzen Moment, denn er war kein Schüler mehr, kein von Lehrern Abhängiger. Doch der dicke Haken war plötzlich wegradiert, als er wieder an Emma dachte. Sie war immer noch Schülerin und würde es bis zum Abitur noch sein. Wenn sie es bis dahin schaffen würde.

«Wir könnten zusammen etwas essen gehen. Zum Italiener? Der hat auch leichte Speisen.»

«Ich lasse mich aber nicht einladen», sagte die Lehrerin.

«Ich auch nicht», erwiderte Kemper in einem ähnlich bestimmten und knappen Ton.

Sie packte den Schlüssel vom Klassenraum in ihre flache Collegemappe und ging in Richtung Ausgang. Der Hausmeister bog um die Ecke und schloss das Portal hinter ihnen von außen ab. Die Entscheidung über das Essengehen erfolgte wohl nonverbal, dachte Kemper, denn er trottete neben ihr her, ohne dass sie ihm sagte, was sie nun vorhatte. Er drehte sich zum Hausmeister um, der ihnen hinterherblickte.

«Morgen geht mein Kollegium davon aus, dass ich liiert sei», sagte die Lehrerin. Sie hatte sich gar nicht umgedreht und spürte wohl den Blick des Hausmeisters in ihrem Rücken.

«Bitte?», fragte er.

«Der Hausmeister ist bei uns sowas wie eine Informationsbörse.»

«Ach ja?», fragte Kemper, den Eindruck hatte er auch, «das heißt, Sie sind ledig, kinderlos und ungebunden.»

«Wir gehen jetzt essen, aber Emma und ihre Leistungen werden das Thema sein.» Da war sie wieder, die Strenge, die er in seiner Schulzeit bei den älteren Lehrern gewohnt gewesen war. Bei den jungen Referendaren fehlte sie, denn sie sahen ihre Schüler meistens als gleichberechtigte Partner in einem schulischen System an. Und in dieser partnerschaftlichen Schicksalsgemeinschaft hatten sie ihre Schüler zu ihrem beiderseitigen Nutzen und Zielen zu führen versucht, zum Schulabschluss und sich selbst als Referendar zum zweiten Staatsexamen. Gelernt hatte er allerdings bei den autoritären, älteren Lehrern. Das waren noch Pauker im alten Stil gewesen. Old school. Passender Begriff.

Sie parkte direkt neben ihm. Zwei verlassene Autos auf einem großen Schotterplatz.

Die Blinkleuchten an ihrem Wagen blitzten auf. Sie öffnete die Fondtür und legte die Collegemappe auf den Sitz.

«Bis zum Italiener können wir zu Fuß gehen», sagte sie.

Es waren nur ein paar Straßen, die sie gehen mussten. Unterwegs kamen ihnen ein paar Passanten entgegen. Sie mussten ausweichen, konnten nicht immer nebeneinander gehen, so dass ein Gespräch nicht zustande kam.

Im Lokal waren einige Tische unbesetzt. In solch freier Auswahl überlegten sie nicht lange und nahmen an einem Fenster mit Blick auf die erleuchtete Fußgängerzone Platz. Der Ober kam im Eiltempo, und beflissen überreichte er zwei in Kunstleder gebundene Speisekarten. Mit der Auswahl und

Bestellung waren sie schnell fertig. Sie wählten beide etwas Leichtes und entschieden sich für einen großen italienischen Salat mit gegrillten Hähnchenbruststreifen, dazu alkoholfreies Bier.

«Tut mir leid, aber meine Frau hatte mir Uhrzeit und Klasse durchgegeben, aber Ihren Namen in der Eile vergessen. Ich heiße Hajo Kemper.» Kemper ärgerte sich, dass er ihren Namen eben noch am Türschild gelesen, jedoch jetzt schon wieder vergessen hatte. Das passierte ihm sonst nur in größeren Vorstellungsrunden.

«Angenehm, Constanze Möllers. Mein Fehler, ich hätte mich vorstellen sollen. Ihren Namen kenne ich ja durch Emma. Sie ist übrigens eine Selbstläuferin, gewissenhaft, sorgfältig, bei den Mitschülern beliebt. Ich denke, um sie müssen Sie sich keine Sorgen machen.»

«Schön zu hören. Den Eindruck habe ich auch, wenn sie mir mal ihre Klassenarbeiten zeigt. Sie ist recht ordentlich, aber das waren die Mädchen in meiner damaligen Schulklasse auch, wenn ich allein an die Handschriften denke. Und in den Fremdsprachen waren die Mädchen immer besser. Ich wollte mit Ihnen über Emma sprechen, weil sie jetzt in die Pubertät kommt, unsere Kleine, die uns wahrscheinlich in zwei Jahren über den Kopf gewachsen ist. Besonders die Mädchen sind in der Entwicklung immer einen Tick weiter als die Jungs.»

«Ja, aber auch da ist Emma noch unauffällig. Mal sehen, wie sie sich weiterentwickelt. Überrascht war ich von ihrem Berufswunsch.»

«Inwieweit überrascht? Was stellt sie sich denn vor?», fragte

Kemper neugierig. Ihm fiel auf, dass sie das Thema zu Hause noch gar nicht angeschnitten hatten.

«Wir haben uns am Ende der Stunde angewöhnt – wenn es die Zeit zulässt – dass immer einer aus der Klasse sagen soll, welches Berufsziel er hat und wie er darauf gekommen ist. Manche machen sich bereits früh darüber Gedanken, wechseln auch. Ein Schüler ist inzwischen bei seinen Überlegungen beim dritten Beruf angelangt. Die anderen beiden Berufswünsche ließ er nicht leichtfertig fallen, er begründete immer ganz nachvollziehbar, warum er sich jeweils umentschieden hat. Umso wichtiger ist es doch, sich frühzeitig Gedanken über die Zukunft zu machen. Plötzlich steht Ihre Emma mit dem Abitur da und hat sich noch keine Gedanken gemacht, was sie einmal in ihrem Berufsleben machen möchte. Dann wäre es ungünstig, nach einem Jahr abzubrechen und die nächste Ausbildung zu beginnen. Das macht weder das BaföG-Amt noch Ihre Kindergeldstelle mit.»

«Lassen Sie mich raten», unterbrach Kemper, «der Schüler mit den drei Zielen hat etwas über den Numerus clausus gelesen.»

Constanze Möllers nickte ihm lächelnd zu. Jetzt wirkte sie erstmals entspannt, dachte Kemper. Eine vorher verborgene Attraktivität strahlte jetzt aus ihrem Gesicht. Der Kellner brachte die beiden Biere. Sie prosteten sich zu. Nach dem Absetzen sah er an ihr ein kleines Schaumbärtchen. Sicherheitshalber strich er sich selbst über die Lippen. Wie in einem Spiegel führte sie die gleiche Bewegung aus. Synchrone Bewegungen waren ein Zeichen von Harmonie und innerer Übereinstimmung, überlegte Kemper.

«Richtig, der NC», sagte Frau Möllers, «das wird noch einige enttäuschen, dass sie mit ihrem Berufswunsch nur dann weiterkommen, wenn sie sich jetzt nicht mit Faulheit ihre Zukunft verbauen.»

«Faulheit? Ich halte das nicht immer für ein gerechtes System, über die Note den Zugang zu Berufen zu reglementieren, zum Beispiel muss man sich zum Arztberuf berufen fühlen. Wer nur aufgrund des tollen Notenschnitts Medizin studiert, wird nicht automatisch ein guter Arzt. Aber was hat denn Emma nun gesagt?»

Der Kellner kam erneut und servierte die beiden Salate. Sie sahen grün und knackig aus. Kemper bot Constanze Möllers Öl und Essig in den kleinen Glasfläschchen an. Sie lehnte dankend ab, während er den bereits gut angemachten Salat weiter nach seinem Geschmack optimierte.

«Also, Berufswunsch von Emma war?»

«Staatsanwältin», sagte Frau Möllers und schob sich ein paar Salatblätter in den Mund.

«Staatsanwältin?», rief Kemper erstaunt. Einige Gäste drehten sich um. «Entschuldigung, das haut mich jetzt um», sagte Kemper und wunderte sich, denn Emma hatte nie erwähnt, dass der Beruf des Vaters für sie reizvoll sei. Er redete manchmal mit Caro über einen Fall. Dann war Emma in der Regel nicht dabei. Sie lag bereits im Bett oder, wenn er früher heimkam, war sie oft noch bei Freundinnen.

«Ich denke, sie hat da ein paar Fernsehserien im Blick, die im Übrigen oft Berufswünsche auslösen.»

«Rechtswissenschaften haben ja keinen NC», sagte Kemper.

«An den meisten Universitäten nicht», bestätigte Frau Möllers, «ich blättere oft selbst in Berufswahlmagazinen, um meine Schüler gegebenenfalls mit weiteren Details zum ausgewählten Beruf zu informieren. Für Jura sollte man Stärken in Mathematik und Deutsch haben. In Mathe ...»

«Ja, Mathe», Kemper winkte ab, «wenn Sie eingangs sagten, Emma sei eine Selbstläuferin, dann dürfte das die Einschränkung sein. Wir haben inzwischen Nachhilfe organisiert.»

«Schön zu hören. Mal sehen, ob es sich in der letzten Arbeit bereits als Vorteil erwiesen hat», sagte Frau Möllers.

Kemper kaute an seinem Salat, an den Paprikastreifen und versuchte, mit der Gabel eine immer wieder ausweichende Olive aufzuspießen. Er beobachtete Constanze Möllers. Sie mochte Ende vierzig, Anfang fünfzig sein. Je länger er mit ihr in dem Lokal zusammen saß, desto sympathischer wurde sie ihm und verlor die Strenge des ersten Eindrucks.

Er fing an, Constanze Möllers zu mögen. Ohne Hintergedanken, ohne Gefahr, sich in eine andere Frau zu …, ach, er fegte den Gedanken weg. Er liebte seine Frau, aber wann saß er schon mal mit einer anderen attraktiven Frau in einem Lokal? Sozusagen auf neutralem Boden. Das hatte es nie gegeben, sich mit Frauen in Lokalen zu verabreden, was er in den Spielfilmen gelegentlich sah. Alles das hatte er mit Caro nicht erlebt, da sie sich ja auf der Erstsemesterfete kennengelernt hatten und diese «dates» mit Freundin übersprungen wurden. Eine Premiere, dachte er, wobei er «Frau Möllers mögen» im neutraleren Sinne abschwächen würde, was auch wieder typisch für ihn war, dass er häufig eine zu große Euphorie bremste, die ihm zu spontan verursacht schien. Das Gefühl ihrer Ablehnung gegen ihn aufgrund seiner Verspätung war gewichen. Mit dieser Formel wirkte er zufriedener.

«Bleiben Sie dran mit Mathe», sagte sie.

Anschließend besprachen sie Dinge wie Schulausflüge und die Klassenfahrt, die für das Frühjahr geplant war.

Am Parkplatz verabschiedeten sie sich, beide mit einem Lächeln. Wenn er früher diesen Elternabenden oder Elternsprechtagen stets ausgewichen war, so begrüßte er jetzt doch, dass sich vor seinem geistigen Auge fortan ein Bild der Lehrerin hinter dem Namenskürzel auf korrigierten Klassenarbeiten aufbaute.

Auf der Heimfahrt dachte er über ihre Worte nach. Emma sei eine Selbstläuferin, um die er sich keine Sorgen machen müsse. Das hatten Frederikes Eltern bestimmt auch angenommen, als sie von den guten schulischen Leistungen ihrer Tochter erfuhren. Sie mussten sich keine Sorgen machen. Und auch die anderen Überlegungen an dem Abend führten ihn zu Frederike. Sie hatte sich nie mit einem Freund in einem Lokal verabreden können. Verlieben, glücklich sein, zweifeln, sich trennen, enttäuscht werden, alle Erfahrungen machen, die das Leben bringt, sich um die eigenen Kinder kümmern, sie umsorgen zu wollen, alles war brutal gestoppt worden. War es das, wenn Brandt meinte, der Fall würde ihn nicht mehr loslassen? Er fühlte sich bereits mittendrin im Mordfall Frederike und wie der Fall an ihm nagte.

Emma lag schon im Bett. Sie las in einem Jugendbuch. Er setzte sich auf den Bettrand, beugte sich über sie und küsste sie auf die Wange. «Du kitzelst, rasiere dich mal», sagte sie vorwurfsvoll und zog die Schultern hoch, ließ den Blick auf den Zeilen und blätterte um. Dann streichelte er ihr über die Haare und zog die Decke höher über ihre Schultern. «Weißt du noch, früher kamst du immer zu uns ins Bett und wolltest kuscheln.» «Papa, lass mich lesen», schimpfte sie und fügte noch ein «gute Nacht» als Signal an, dass jetzt Ende des Schmusens war.

Caro stand mit überkreuzten Armen unter der Brust im Wohnzimmer. Typische Abwehrstellung, dachte Kemper. «Du warst nicht in der Schule. Du hast den Termin vergessen, stimmt's?»

«Nein, alles gut, beruhige dich.»

«Wie heißt der Lehrer?»

«Wird das ein Verhör? Du hast den Beruf verfehlt», sagte Kemper, «wie war deine Generalprobe?»

«Lenk jetzt nicht ab, was hat der Lehrer gesagt?»

«Es ist eine Lehrerin! Sie meinte, Emma sei top, eine Selbstläuferin, so hat sie es ausgedrückt, wirklich alles in Ordnung.» Er merkte an der Tonfärbung ihrer Stimme, dass sie immer noch verärgert schien. «Hör zu, ja, ich habe es nicht mehr pünktlich geschafft, die Tage sind auch oft nicht präzise zu planen, aber ich habe sie noch vor Ende des Elternabends erwischt und mit ihr gesprochen.»

Dann setzte er sich in die Küche, steckte ein paar Scheiben Brot in den Toaster und erkundete den Kühlschrank nach einem attraktiven Belag. Der leichte italienische Salat war bereits vergessen und verdaut. Oder das Nachtessen fiel nach der Begegnung mit Caro unter das Thema Frustessen, dachte Kemper. Dabei fiel ihm wieder Frederike ein.

Wie oft mögen sie sich in der Familie über Frederike unterhalten haben, welche Sorgen begleiteten ihr Aufwachsen? Krankheiten, schlechte Schulnoten, Streit, das ganze Repertoire einschließlich der Trennung ihrer Eltern.

Er wunderte sich über seine Gedankensprünge, wie er immer wieder an den Fall und das Gespräch mit Brandt denken musste und als Ursache seiner Fahrigkeit hielt.

5. November 1981

Am frühen Morgen klingelte bei Frederikes Vater erneut das Telefon. Er wusste nicht mehr, wie er die Nacht überstanden hatte, war er eingeschlafen, hatte er nur gedöst? Es war jedenfalls eine traumlose Nacht gewesen, die ihm dennoch die Zuversicht erhielt, Frederike sei inzwischen wieder aufgetaucht und seine Ex-Frau habe aufgrund der nächtlichen Stunde nicht mehr angerufen. Umso mehr schrak er zusammen, als Frederikes Mutter am Telefon war. Ihre Stimme wirkte niedergeschlagen und übernächtigt. Sie kam gerade von der Polizei.

«Warum rufst du jetzt erst an, ich wäre mitgekommen», sagte er vorwurfsvoll.

«Ich will jetzt nicht streiten. Ich habe dazu keine Kraft. Geh' du bitte heute hin. Die Polizei wird bestimmt auch mit dir Kontakt aufnehmen wollen. Das persönliche Umfeld wird ja abgeklappert.»

«Ich mache mich gleich auf den Weg. Sag mir noch die Straße. War das bei der Schutzpolizei in der Breiten Gasse? Da, wo wir mal den Wildunfall zu Protokoll geben mussten?», fragte er.

«Nein, die Kripo. Der große Komplex in der Herderstraße.»

«Jetzt geh' ins Bett, du hörst dich nicht gut an», sagte er.

«Als ob ich jetzt schlafen könnte!» Dann legte sie auf.

Das Gebäude in der Herderstraße war von einer Mauer umsäumt, auf deren Krone Stacheldraht an Stahlstangen befestigt war. Der flüchtige Blick auf die Backsteinmauer erinnerte ihn an eine Kaserne. Jeder Schritt fiel ihm schwerer als der vorherige, als füllten sich seine Beine mit jeder verlorenen Stunde mit flüssigem Blei, das langsam höher stieg, wie der Pegel eines hochwasserführenden Flusses, wenn das Frühjahr durch Schneeschmelze eingeläutet wird. Und dann erreichte irgendwann das Blei sein Gehirn und er würde gar nichts mehr denken können. Die Pforte war in der Mauer zurückgesetzt. Daneben eine Schrankenanlage für Autos, ein schmaler Durchgang führte zur Pforte. Der Beamte dahinter sah blass aus, was an der grünlich schimmernden, dicken, schusssicheren Scheibe liegen mochte. Der Mann bewegte die Lippen und ein Lautsprecher übertrug die Stimme blechern nach draußen. Er hatte nach dem Personalausweis gefragt. Frederikes Vater kramte in der Jacke nach seiner Brieftasche, fingerte den grauen Pappausweis heraus und legte ihn in die Mulde. Das alles erinnerte an eine Bank. Der Zaun an eine Kaserne. Der Beamte schrieb seine Daten in eine dicke, an den Rändern abgewetzte Kladde und fragte dann erst, wohin er wollte.

«Vermisstenstelle.»

«Zweiter Stock, dritte Tür links. An einer Glaswand melden Sie sich bei den Kollegen. Nach dem Besuch erhalten Sie den Ausweis zurück. Bitte das Besucherschild gut sichtbar tragen.»

In der Mulde klapperte das in Folie eingeschweißte Besucherkärtchen mit einer wackeligen Sicherheitsnadel. Er stach die Nadel durch das Revers, dann ging er die Treppe zum zweiten Stock hinauf. Wieder hatte er das Gefühl, die Beine würden immer schwerer und trügen ihn bald nicht mehr. Er öffnete die Glastür und kam in einen langgestreckten Flur, dessen abgehende Türen verschlossen waren. Auch die dritte Tür von links, mit den Beamten, die sich um die Vermisstenfälle kümmern würden. Neben der Tür befand sich wie an der Pforte eine Glaswand mit einem gelochten Feld. Bitte, bitte, lass' sie sagen, «machen Sie sich keine Sorgen, das haben wir häufig, heute oder morgen tauchen sie alle wieder auf, sind bei Freunden oder Bekannten». Bitte lass' sie irgendwelche Mutmacher sagen, hoffte er. Er drückte eine Klingel und einer der Beamten, die an ihren Schreibtischen mit Akten in roten Pappheftern saßen, stand auf und kam auf die Scheibe zu.

«Sie wollen einen Vermisstenfall melden? Oder in welcher Angelegenheit kommen Sie?», fragte der Beamte.

«Meine Frau hat in der Nacht unsere Tochter Frederike als vermisst gemeldet. Ich bin ihr Vater und wollte mich nach dem Stand der Ermittlungen erkundigen.»

Der Kripobeamte redete weiter durch die Trennscheibe und machte keine Anstalten, die Tür zu öffnen.

«Wir dürfen Ihnen keine Auskunft geben, tut mir leid», sagte der Beamte und drehte sich um.

«Warum? Ich bin der Vater von Frederike!», rief er laut durch die gelochte Scheibe.

Der Beamte kehrte um. Er hielt einen Hefter in der Hand, wahrscheinlich der Vermisstenfall seiner Tochter Frederike. «Sie sind nicht der Erziehungsberechtigte. Ihre Ex-Frau hat gestern in der Nacht die Vermisstenmeldung aufgegeben und angegeben sie sei die alleinige Sorgeberechtigte. Das wäre in der Ehescheidung so beschlossen worden. Ich bedaure.»

«Aber das kann nicht sein. Es geht hier nicht um eine Erziehungsfrage. Es geht um ein Leben. Ich möchte wissen, wo Frederike ist, was Sie jetzt unternehmen werden, ob es schon Spuren gibt. Meldungen von Krankenhäusern oder was Sie sonst noch abfragen. Ich bin der Vater von Frederike. Darum geht es.»

Er dachte zunächst, der Polizeibeamte hätte ihn nicht verstanden und schob alles auf diese gläserne Wand zwischen ihnen.

Doch der Beamte hatte inzwischen seinen Gesichtsausdruck verändert. Die unverbindlich wirkende Miene war ins Unwirsche gewechselt. Ja, das sei ihm klar, kam unmissverständlich aus einem schmallippigen Mund. Da er aber nicht der Erziehungsberechtigte sei, müsse er ihn abweisen, wiederholte der Polizist in einer stoischen Ruhe, die Frederikes Vater vollends aus der Fassung brachte. Er stand wie versteinert vor der Trennscheibe. Glas war für ihn immer ein Zeichen der Offenheit und Transparenz gewesen, doch nun war es eine harte Metapher für eisige Kälte und Abwehr.

5. Oktober 2015

Montagfrüh schob Kemper den Aktenwagen direkt neben seinen Bürostuhl und stapelte die erste Etage komplett auf seinen Schreibtisch. So sollte von vornherein jedem Besucher klarwerden, dass er die nächsten Tage beschäftigt sein würde.

In einem Ordner fand er von Brandt sorgfältig ausgeschnittene und archivierte Zeitungsartikel, den ersten vom November 1981, als Frederike tot aufgefunden worden war. Die Zeitung veröffentlichte einen Aufruf der Mordkommission, in dem gefragt wurde, wer Frederike nach Ende der Chorprobe um 19.30 Uhr noch gesehen hätte. Dann folgte eine Beschreibung des Mädchens. Sie trug eine weiße Latzhose und einen mittelblauen Pullover, hatte kurz geschnittene mittelblonde, leicht rötliche Haare und einen zarten, hellen Teint. Daneben war ein Foto von ihr abgedruckt, auf dem sie von schräg unten fotografiert war. Keck schaute sie nach unten auf den Fotografen, die Haare mittig gescheitelt, eine Umhängetasche hing an der rechten Schulter. Es war ein durchaus selbstbewusster Blick, fand Kemper. Auch auf einem anderen Foto guckte sie verschmitzt nach rechts.

Kemper holte in der Teeküche Wasser und setzte seine Kaffeemaschine in Gang. Die Tür stand zum Flur offen und das Fenster war gekippt. Der Durchzug ließ die Papiere, die auf dem Schreibtisch ausgebreitet waren, im Wind flattern. Als ein Notizzettel durchs Zimmer flog, stand Kemper auf und schloss das Fenster. Genug, der Mief mit den vom Wochenende angestauten Ausdünstungen des Teppichbodens war verflogen. Er drehte sich um, wollte die Tür schließen, als sein Kollege Sven Hollenbeck hereinkam. Hollenbeck war ein paar Jahre älter als er und der letzte Staatsanwalt, der vor ihm eingestellt worden war. Seit Brandts Ausstandsfeier waren auch sie per Du. Er trug immer durchgestylte Kleidung.

Heute waren es braune, hochglanzpolierte Halbschuhe, eine beige Feincordhose, die es wahrscheinlich in der sündhaft teuren Boutique eines Herrenausstatters gegeben hatte, der ihm auch das grüne Hemd mit Glencheckmuster ausgesucht haben dürfte. Er hatte volles braunes Haar, das an den Seiten mit kühner Welle über die Ohren geföhnt war. Manchmal vermutete Kemper mit einem in sich gekehrten Lächeln, dass Sven Hollenbeck bei seinen öffentlichen Auftritten im Gerichtssaal unter der Uniformität der Robe litt, zumal sie nur in Schwarz getragen wurde.

«Da brauche ich gar nicht zu raten», begann Hollenbeck mit seiner rauchigen Stimme. Er war einer der wenigen Raucher im Haus. «Das ist doch der Nachlass von unserem guten Peter Brandt», dabei zeigte er auf den Aktenberg. «Bei mir war er auch. Wann war das?», überlegte er, grübelte, kam wohl nicht drauf. «Ich habe aber gleich abgewunken und wenn ich dir einen Rat geben darf, mach das Gleiche. Sag, du wärst überlastet. Der Fall ist tot! So tot wie …» Er musste an Kempers Miene abgelesen haben, dass er jetzt nicht auf das Bild von Frederike tippen sollte, das Kemper neben die Akten auf den Tisch gelegt hatte. «Na, lassen wir das, aber du kannst eine Menge Zeit sparen, wenn du das Konvolut auf direktem Weg ins Archiv packst. Was hat Brandt mir Vorträge gehalten, immer wieder die Fakten aufgezählt, die er …»

Das Telefonklingeln unterbrach seinen Monolog und Kemper nahm dankbar den Hörer ab, sah Hollenbeck nochmal kurz an und flüsterte, dass sie später ja noch einmal über den Fall reden könnten. Dann widmete sich Kemper dem Anrufer und Hollenbeck schloss von außen die Tür.

«Sind Sie Herr Staatsanwalt Kemper? Hans-Jochen Kemper?», fragte der Anrufer mit fester Stimme, die selbstsicher klang.

«Ja, am Apparat. Und wer sind Sie?»

«Sie sitzen am Fall Mordopfer Frederike?»

«Ja, woher wissen Sie das? Wollen Sie nicht sagen, wer Sie sind?»

Am anderen Ende der Leitung herrschte plötzlich Schweigen.

«Sind Sie noch dran?», fragte Kemper in die Stille hinein.

«Können wir reden?», meldete sich die Stimme wieder.

«Ja, wir können reden, wenn Sie endlich sagen, wer Sie sind. Was wissen Sie über den Fall?»

«Ich will Frederikes Mörder hinter Gittern sehen», sagte der Anrufer.

«Da haben wir ja schon eine Gemeinsamkeit», sagte Kemper, der darauf verzichtete, erneut nach dem Namen des Anrufers zu fragen.

«Über diese Gemeinsamkeit wäre ich sehr froh», sagte der Anrufer. «Ich habe in all den Jahren eher das Gegenteil von den Behörden erfahren müssen. Entschuldigen Sie meine lange Vorrede, aber ich wollte erst Ihre Stimme hören, fühlen, hören, ob wir zueinander finden können. Ihre Stimme klingt sympathisch.» Er machte eine kurze Pause. Kemper hörte, wie er sich räusperte. «Sie können es sich sicher schon denken. Ich bin der Vater von Frederike. Entschuldigen Sie», sagte er erneut, «wenn ich später noch einmal anrufen soll, wenn es Ihnen besser passt, dann sagen Sie es bitte, aber Herr Brandt rief mich in der letzten Woche an. Er sagte mir, Sie hätten von ihm die Akten übertragen bekommen. Wenn es der Sache nützt, würde ich gerne bei Ihnen vorbeikommen. Ich wohne außerhalb, habe aber heute in Hainbergen zu tun. Wenn es Ihnen am Nachmittag passt, würde es mich freuen. Länger als eine Stunde muss es ja nicht dauern. Ein Kennenlernen. Herr Brandt riet mir dazu.»

«Ach, der gute Herr Brandt», sagte Kemper in einem nachdenklichen Ton, spürte, wie nach Peter Brandt jetzt auch Frederikes Vater versuchte, ihn immer tiefer in diesen Fall hineinzuziehen. Dann dachte er an die Worte von Hollenbeck, der sich anbot, ihn – bereits am Abgrund hängend – wieder herauszuziehen. «Wissen Sie, Herr Brandt gab mir zwar die Akten, aber wenn ich das bisher richtig verstanden habe, ist der Fall abgeschlossen. Näheres will mir Herr Brandt nach seinem Urlaub berichten. Sie wissen sicherlich, dass er seit Kurzem pensioniert ist und sich zur Ruhe setzt.» Kemper wollte Frederikes Vater nicht enttäuschen. Brandt hatte zwar angedeutet, dass der Vater ihn möglicherweise als Anwalt engagieren würde, aber die Erfolgsaussichten hielt Kemper für so vage, dass er sich Frederikes Vater gegenüber so neutral wie möglich verhalten wollte.

«Oh, Herr Brandt sagte mir, dass er weiter am Fall sitzen und als Anwalt den Fall verfolgen wird. Wir sind da in enger Abstimmung. Deshalb wäre es gut, wenn wir über den Fall reden könnten, wenn meine Sicht auf die Ereignisse Sie interessiert.»

«Kommen Sie heute um 15.00 Uhr zu mir, dann reden wir», kürzte Kemper ab, der den Vater, nach allem was er durchgemacht hatte, nicht abwürgen wollte.

«Danke. Herr Brandt hält sehr viel von Ihnen, er sagte, Sie würden mich auf jeden Fall anhören, soweit kennt er Sie schon.»

Der Vater legte auf. Brandt hatte offensichtlich alles vor seinem Urlaub geregelt und ihn instruiert, wie man sich bei Kemper einschmeicheln konnte. Und es hatte gewirkt. Das sollte nur nicht Hollenbeck erfahren. «Jaja, der Kemper, dieser Gutmensch, zu weich für diese Welt», würde Hollenbeck wahrscheinlich ablästern, wenn er von dem Termin erfahren würde. Das hatte im Referendariat schon sein Ausbilder gesagt, nachdem er bei einer störrischen Angeklagten sein erstes Plädoyer hatte halten müssen. Ihr musste jedes Wort aus der Nase gezogen werden, bis sie schließlich zu einem Geständnis weichgeklopft war, das sie mit dürren Worten ablegte. Sie sagte allerdings nur das, was die Ermittler ohnehin herausgefunden hatten. Daraus hatte er in seinem Plädoyer ein «freimütiges Geständnis» formuliert, sehr zum Missfallen seines Ausbilders, einem Oberstaatsanwalt.

Mittags rief Caro an. Emma hätte ihm dringend etwas zu sagen. Das war schon mal ein gutes Zeichen, denn für schlechte Nachrichten war Caro zuständig. Emmas Stimme klang freudig erregt, stolz und sie kicherte so sehr, dass sie sich erst sammeln musste, um ihm das zu sagen, was bis heute Abend keinen Aufschub duldete. Sie hatte in Mathematik eine zwei, was deshalb bemerkenswert war, weil die vorherigen Resultate so bescheiden gewesen waren, dass sie einen Nachhilfelehrer, einen Studenten der Mathematik, engagiert hatten. Dass der Rückenwind so schnell zur guten Note führte, war nicht zu erahnen gewesen und freute Kemper. Andererseits erwartete Emma nun eine Belohnung am Wochenende. So, wie Kemper seine Tochter einschätzte, und da schloss er seine Frau Caro ein, war das mit einer längeren Waldwanderung nicht abgetan.

5. Oktober 2015, 15.00 Uhr

Um 15.00 Uhr rief der Pförtner bei Kemper an, ein Herr, der mit ihm einen Termin vereinbart hätte, sei für ihn da. Kemper ging durchs Treppenhaus ins Foyer hinunter. Hinter der Glaswand, einer kugelsicheren Absperrung, die man nach einer Attacke auf einen Staatsanwalt in einem anderen Bundesland hatte installieren lassen, um zumindest das Sicherheitsgefühl der Bediensteten zu erhöhen, stand ein hochgewachsener, älterer Herr. Er trug neben einer schmalen Dokumentenmappe einen hellen Trenchcoat über dem Arm, hatte ein blaues Jeanshemd an, kombinierte dies mit brauner Cordhose und braunen Wildlederschuhen. Seine grauen Haare waren noch dicht, kurzgeschnitten und rahmten mit nur angedeuteten Geheimratsecken das längliche Gesicht ein, das durch einen vital gebräunten Teint von häufigen Aufenthalten im Freien erzählte. Gebeugt hat ihn der Mordfall nicht, dachte Kemper unwillkürlich mit Blick auf die große Gestalt und den geraden Rücken. Aber wie es in seinem Inneren aussah, mochte er sich nicht vorstellen. Er nickte dem Pförtner zu, der daraufhin den Summer betätigte. Der Besucher drückte die Glastür auf, ging auf Kemper zu und schüttelte seine Hand. «Willkommen», sagte Kemper, «Hajo Kemper ist mein Name, wir hatten telefoniert.» Der ältere Herr nickte freundlich. «Und ich bin der Vater von Frederike.» Kemper hatte sofort ein positives Gefühl. Und noch etwas – er wirkte lebensbejahend. Das erwartete Bild von einem niedergeschlagenen, gebeugten Mann, der in seinem Leben alles verloren hatte, verblasste. Aber vielleicht riss der Besucher sich auch nur zusammen, war das alles Fassade, die im Verlauf des Gesprächs zu bröckeln begann.

Kemper leitete ihn in sein Büro. So, wie er bereits bei Brandt über Eck an einem kleinen quadratischen Tisch gesessen hatte, so arrangierte er auch mit seinem heutigen Besucher das Gespräch, um die Schreibtischdistanz zwischen ihnen zu vermeiden.

«Die Akten haben Sie und es sieht auch so aus, als hätten Sie daran bereits gearbeitet», sagte der Vater anerkennend und legte seine Dokumentenmappe an die Seite des kleinen Tisches. Kemper nickte. «Kaffee? Tee? Was kann ich Ihnen anbieten?» «Kaffee wäre nett», antwortete er. Kemper hatte bereits Wasser geholt, dosierte das Kaffeepulver und startete die Maschine. «Wo fangen wir an?», fragte er den Vater von Frederike. «Kommt darauf an, wo Herr Brandt aufgehört hat, sonst hören Sie alles doppelt.»

«Es ist manchmal von hohem Wert, den Sachverhalt doppelt zu hören. Zwei Ohren hören räumlich. Zwei Schilderungen erzählen mehrdimensional. Das ist für mich auch wie räumliches Hören. Andererseits möchte ich Ihnen nicht zumuten, den Tod Ihrer Tochter erneut vortragen zu müssen, auch wenn inzwischen weit über drei Jahrzehnte vergangen sind.»

«Drei Jahrzehnte! Das klingt alles so weit weg mit Frederike, aber es täuscht. Meine Tochter stirbt mir jeden Tag, glauben Sie mir. Wenn ich morgens wach werde, immer sind die Gedanken bei ihr, die Gedanken an ein junges, hübsches Mädchen, das nicht altert, das die Siebzehn nicht verlassen kann. Einer der bittersten Momente war der Morgen nach ihrem Verschwinden, als ich bei der Kripo war. Ich wurde eiskalt abserviert. Er dürfe mir keine Auskunft geben, auch wenn er wollte, sagte der Kripobeamte hinter einer Glaswand. Können Sie sich das vorstellen? Meine Frau war nach der Scheidung die Erziehungsberechtigte. Oder hatte das alleinige Sorgerecht, wie die Juristen das auch immer ausdrücken würden. Aber ich war und bleibe immer der Vater von Frederike, ob die Eltern nun geschieden sind oder nicht. Dass sich dann ein Bürokrat, entschuldigen Sie meine Wortwahl, aber die ist noch gemäßigt, dass dann der Kripobeamte ausweicht und mir nicht einmal Auskunft gibt! Es ging ja nicht um die Frage, wo wir sie einschulen oder auf welche weiterführende Schule sie angemeldet werden sollte. Für mich war das alles eine Frage von Leben und Tod. Ich ahnte Fürchterliches und wurde mit lächerlichen Argumenten abgewimmelt. Aus dem Verhalten habe ich geschlossen, Frederike sei vielleicht bereits ermordet aufgefunden worden und der Beamte hatte Angst oder es fehlten ihm die Worte, mir das beizubringen. Wenn Sie Kinder haben, ahnen Sie, was einem im Kopf umherspukt, wenn das eigene Kind vermisst wird.»

«Das heißt, Sie waren in der Informationskette der Polizei nicht aufgenommen?»

«Nein, alles ging nur an meine Frau. Wenn ich Glück hatte, gab sie die Neuigkeiten an mich weiter. Aber es kam so gut wie nichts. Frederike blieb vier Tage wie vom Erdboden verschluckt.»

«Ich habe selbst eine Tochter. Das ist die Hölle, wenn ich mir das vorstelle.»

«Die Hölle auf Erden. Das hat meinen Zusammenbruch beschleunigt. Als Frederike dann gefunden wurde, habe ich nicht mehr funktioniert. Das frühere Leben und die Erinnerung daran blieben auf den Moment versiegelt, an dem Frederike es verlassen hat. Es war, als würde sich auch meine Existenz auflösen wollen. Ich wusste mir keinen Rat mehr und wies mich selbst in die Psychiatrie ein. Deshalb bekam ich vom ersten Verfahren gegen den mutmaßlichen Täter nichts mit. Erst zum Revisionsverfahren war ich wieder soweit hergestellt, dass ich dem Prozess folgen konnte. Damals, an einem Prozesstag, hatte mich der Richter gewarnt. Sie müssten sich heute im Gerichtssaal die Projektionen aus dem Obduktionssaal ansehen. Ob ich solange den Saal verlassen wolle. Nein, ich bestand darauf, ich wollte die Fotos sehen. Das Gericht ordnete zunächst eine Pause an. In der Zeit bat mich der Vorsitzende zum Gespräch. Es seien schlimme Fotos, auf denen meine Tochter zu sehen sei, ob ich mir das wirklich zumuten wolle. Er berichtete von Fällen, in denen grausame Bilder in den Ermittlungsakten den Angehörigen die Erinnerung an den geliebten Menschen verschüttet hätten. Man trägt ein Bild des Menschen, den man verloren hat, im Kopf mit sich und das würde überdeckt durch die aktuellen, letzten Fotos. Sie löschten alles aus, was an Erinnerung geblieben wäre. Ich meinte damals, Angehörige müssten doch häufig Tote identifizieren. Ja, aber dann würden sie in der Gerichtsmedizin noch zurechtgemacht, geschminkt, so, wie man sich den Toten zu Lebzeiten vorgestellt habe. Natürlich hatte ich Angst, die Bilder würden sich in mein Gedächtnis brennen, ich könnte nicht mehr an meine unverletzte, lebende Frederike denken. Zum Glück war das nicht so, aber schwer zu ertragen, ja, das war es. Alles, bis zum heutigen Tag.»

Er zog eine Kunststoffhülle im Brieftaschenformat aus der Jacke, darin waren Bilder von Frederike. Er zeigte sie Kemper.

Es waren zahlreiche Fotos aus Kindertagen. Frederike im Kinderwagen, bei der Einschulung, auf einer Klassenfahrt von Mitschülern aufgenommen, als Jugendliche mit einem Weihnachtsbaum im Hintergrund und einige Portraitaufnahmen, die Kemper schon kannte und die sie in den letzten Lebensmonaten zeigten. Damit überdeckt er sicherlich die grausamen Fotos aus der Gerichtsakte, dachte Kemper.

«Herr Brandt hat mir den Fall Frederike vorgetragen, aber mit dem Freispruch im Revisionsverfahren seinen Bericht beendet. Was folgte, wollte er mir nach seinem Urlaub berichten», sagte Kemper.

«Wissen Sie, dieser Freispruch!», rief Frederikes Vater aus. «Mich hat das Gericht überzeugt. Der junge Mann, der da auf der Anklagebank zusammengesunken kauerte, war es nach Auffassung des Gerichts nicht. Der Täter lief irgendwo frei herum. Aber hier im Gerichtssaal, da saß ein Unschuldiger. Ja, ich war froh, dass wir nicht den Falschen hinter Gitter gebracht hatten, und dass ab diesem Zeitpunkt die Suche nach dem wahren Täter intensiviert werden würde. Wie finden wir den Täter? Ich habe die Kripo immer wieder gefragt, was sie jetzt machen würden. Dann kamen sie mit den Vergleichsfällen. Ich wusste erst gar nicht, was meinen die mit Vergleichsfällen? Dann erläuterte einer, na, die Parallelfälle, ob ein Muster zu erkennen sei, falls es einen erneuten Mord nach Vergewaltigung geben würde, ähnliche Tatbegehung. Also ob ein Serienmörder unterwegs sei. Können Sie sich das vorstellen? Die warten seelenruhig auf den nächsten Fall. Wenn das auch nicht reicht, auf den nächsten und übernächsten Mord, bis der Täter einen entscheidenden Fehler macht. Folglich ging ich jeden Morgen die Zeitung durch. Bei jeder Frau, jedem Mädchen, das in der Umgebung belästigt oder vergewaltigt worden war, fragte ich mich, ob das der gleiche Täter gewesen sein könnte. Gab es Parallelen, um ihm irgendwie auf die Spur zu kommen? Ich war tief verunsichert, was sicher auch mit meinen Familienverhältnissen zu der Zeit zusammenhing. Oder mit meinem Zustand. Ich war ein seelisches Wrack. In langen Abständen fragte ich bei der Kripo wieder nach dem Fall. Ich gewann zunehmend den Eindruck, die Luft bei denen war raus.»

«Gab es denn noch die Mordkommission? Wahrscheinlich hat die sich nach dem ersten Prozess und Schuldspruch aufgelöst?», fragte Kemper. Nachdem der ältere Herr nicht antwortete, schob er die Frage nach, ob nach dem Freispruch im Revisionsprozess die Mordkommission ihre Arbeit wieder aufgenommen hätte. Frederikes Vater schüttelte den Kopf. »Wissen Sie, das sind Interna Ihrer Kollegen gewesen. Ich glaube nicht, dass es da noch eine Kommission gegeben hat. Die Kripo wartete, bis ein überführter Täter auch den Mord an Frederike gesteht. Sonst ermittelte keiner mehr. Ja genau. Da war niemand, keine Kommission, keiner. Vielleicht hofften sie insgeheim auf Kommissar Zufall. Auf den werden sie gewartet haben. Aber der hatte wohl ein paar Jahrzehnte freigenommen.»

Kemper beobachtete den Vater verstohlen bei seinem Vortrag. Ihm fiel dessen Wortwahl auf, die gerade Haltung, das war authentisch, wie aus einem Guss. Die aufrechte Position des Vaters spiegelte sich in seiner klaren Sprache wider.

«An drei Anwälte habe ich mich gewandt», fuhr der Vater fort, «nicht auf einmal, hintereinander. Ich fragte jeden, ob man nicht auch die Neuuntersuchung der damaligen Beweismittel anordnen könnte. Nicht einer kam auf die Idee, dass es mittlerweile neuartige Untersuchungsmethoden gab, die in den neunziger Jahren entwickelt worden waren. Ich habe nicht Jura studiert, bin kein Kriminologe, aber in den Zeitungen verfolgte ich alles, was irgendwie mit dem Thema Verbrechensaufklärung zu tun hatte. So las ich von der Methode der DNA-Analyse, die bald darauf in Form eines genetischen Fingerabdrucks als Beweismittel zugelassen wurde. Wieder wandte ich mich an einen Anwalt, das war Anfang 1996. Von ihm erfuhr ich jedoch, dass ein rechtskräftig Freigesprochener nach der Strafprozessordnung nicht erneut angeklagt werden kann. Daher komme es auch nicht darauf an, jetzt einen genetischen Fingerabdruck des damals Tatverdächtigen zu sichern. Ich hatte seine Ausführungen zur Strafprozessordnung nicht verstanden. Mir ging es darum, den wahren Täter zu finden. Der genetische Fingerabdruck hätte den damals Tatverdächtigen auch entlasten und die Spur zum wahren Täter legen können. Ich ging zur Universitätsbibliothek, las Aufsätze in den juristischen Fachzeitschriften. Sie können sich vielleicht vorstellen, wie schwer mir das alles gefallen ist, mich auch noch in die Welt der Juristen und deren Sprache einzulesen. Ich wusste ja zunächst kaum, was die Strafprozessordnung ist und wollte wissen, was mit den neuen Verfahren möglich ist, technisch, aber auch, was rechtlich zulässig ist. Das konnte mir keiner der drei Anwälte sagen.»

«Zur Ehrenrettung der Anwälte muss ich sagen, dass Mitte der neunziger Jahre DNA-Analysen und rechtliche Verwertung im Prozess Neuland waren. Vorher durften die Gerichte DNA-Analysen als Beweismittel gar nicht zulassen», erinnerte Kemper. «Dunkel wird man sich erinnern können, dass es große Aufregung um die Genom-Analyse gegeben hat. Die Gegner befürchteten den gläsernen Menschen.»

«Mag sein», sagte Frederikes Vater. «Ich war doch immer davon überzeugt, dass der damals Gefasste und dann Freigesprochene nicht der Täter sein konnte. Tests an den Asservaten hätten ihn ausschließen können. Ich dachte, die Kripo ermittelt überflüssigerweise weiter gegen ihn, sie sollten hingegen ihre ganze Kraft auf die Suche nach dem wirklichen Täter konzentrieren. Auf den großen Unbekannten. Daher regte ich über den Anwalt an, durch weitere Tests und Beweise den ursprünglich Angeklagten ausklammern zu können. Da ging aber gar nichts. Jeder der gefragten Anwälte winkte ab. Ich war auf mich gestellt. Der Fall interessierte keinen mehr. Im Jahr 2001 erhielt ich quasi den letzten Brief von der Kripo. Das Landeskriminalamt habe Spurenmaterial zwecks Feststellung eines DNA-Identifizierungsmusters begutachtet. Diese Untersuchung hätte leider nicht zur Ermittlung eines solchen DNA-Musters geführt. Das war's. Mit freundlichen Grüßen, mehr stand nicht drin im Brief.»

«Damit haben Sie sich nicht abgefunden, oder?»

«Ich war nahe dran. Ich hätte gerne alles abgeschlossen. Aber es ging nicht. In meinem Kopf meldete sich Frederike immer zurück. Ich fand keine Ruhe. Dann, vor Jahren, über zehn Jahre später, wandte ich mich an den Innenminister, setzte einen zweiseitigen Brief auf. Ich schrieb ihm, ich sei jetzt siebzig Jahre alt und wolle noch vor meinem Tod den Mörder meiner Tochter finden. Ich schilderte ihm auch, wie ich von Seiten der Kripo immer auf einen Parallelfall vertröstet worden sei, ohne dass ich den Eindruck bekam, dass sie an der Aufklärung weiterarbeiten würden. Die Akten schienen geschlossen wie der Deckel eines Sarges.»

«Wie kamen Sie auf die Idee, direkt an den Innenminister zu schreiben?», wollte Kemper wissen.

«Es gab damals eine große Kampagne in der Öffentlichkeit, ob eine asylsuchende Familie nach Jahren abgeschoben werden sollte. Sie waren bereits einige Jahre in Deutschland, die Kinder besuchten hiesige Schulen, sprachen perfekt Deutsch, waren integriert, aber plötzlich lief deren Duldung ab.»

«Duldung?», fragte Kemper.

«Jetzt fragen Sie mich bitte nicht nach deren Status, Flüchtlinge, Asylsuchende, sie standen vor der Abschiebung. Die ganze Nachbarschaft und die Schule gingen auf die Barrikaden, demonstrierten. Schließlich mischte sich der Innenminister in den Fall ein, ließ die Abschiebung zunächst stoppen, um den Sachverhalt prüfen zu können und entschied letztlich, dass die Familie bleiben durfte. Das hat ihn mir sympathisch gemacht. Ich dachte, da entscheidet einer mal nach seinem Herzen und nicht nach Paragrafen und wollte mehr über ihn wissen. Die Polizei untersteht ja dem Innenminister. Vielleicht …, na, ich schöpfte wieder Hoffnung. Im Internet suchte ich den Namen des Innenministers, fand ein Familienbild von ihm im Netz, eine glückliche Familie, alle lächelten, seine Frau, er, im Vordergrund vor den Eltern ihre Kinder, denen sie die Hände auf die Schultern gelegt hatten, mittig der kleine Sohn, rechts und links je eine Tochter, die eine mag in Frederikes Alter gewesen sein, so um die siebzehn, die andere zwölf oder dreizehn Jahre alt. Sicher war das der entscheidende Punkt. Ich hoffte, dass ein Minister der Kinder hatte, davon eines in Frederikes Alter, würde mitfühlen können. Hier, warten Sie, ich habe das Bild damals ausgedruckt.» Aus seiner Mappe zog er einen Farbdruck hervor, DIN-A 4 Format. Kemper betrachtete das Foto, einem Werbebild für einen schicken Wintergarten ähnlich, wie er ihn hinter der Familie sah oder eine Anzeige für Hundefutter, denn vor den Kindern lag noch ein Irish Setter. Die jüngere Tochter mochte so alt sein wie Emma, dachte Kemper. Er gab dem Vater das Bild zurück.

«Jedenfalls setzte er einiges in Bewegung», fuhr Frederikes Vater mit seinem Bericht an Kemper fort. «Das Innenministerium ließ sich durch die Polizeidirektion den Fall vortragen. Den ‹schrecklichen Fall›, schrieb sogar der Mitarbeiter. Es war das erste Mal, dass ein Behördenbrief eine Spur von emotionaler Wertung enthielt, was ich schon eindrucksvoll fand. Sonst waren die Briefe immer nur nüchtern, teilnahmslos verfasst. Andererseits habe ich das aber auch verstanden, wer wollte schon jeden Tag mit schrecklichen Dingen zu tun haben. Oder sie verstecken sich hinter objektiver, nüchterner Sprache. In beiden Fällen brauchen sie wohl den Abstand zum Tagesgeschäft, bis auf diesen Mitarbeiter, der mir den Antwortbrief schickte.»

Er machte eine Pause und trank zwei Schluck Kaffee. Kemper war jetzt schon von der Persönlichkeit beeindruckt. Er hatte einen verbitterten Vater erwartet, einen, der voller Schuldzuweisungen an Behörden sein würde, der die ganze Ungerechtigkeit der Welt beklagen würde. Stattdessen erlebte er einen sachlich resümierenden älteren Herrn, der mit Empathie, aber auch mit dem für Analysen der Lage notwendigen Abstand an die Sache heranging.

«Das Innenministerium ging in dem Antwortbrief zunächst

auf die hohe Aufklärungsquote ein», fuhr er fort, «die zuletzt einhundert Prozent betrug, da alle Fälle aus den Vorjahren aufgeklärt wurden.» Aus der Aktenmappe zog er einen Stoß Papiere, blätterte sie durch, legte einen Stapel auf den Tisch und suchte zwischen den restlichen Blättern eine bestimmte Seite. «Muss ich nochmal chronologisch ordnen», murmelte er vor sich hin. «Aber hier habe ich es. Selbstverständlich habe ich alles abgeheftet und archiviert, das hier sind Kopien, die ich Ihnen überlassen kann. Das ist ein Schreiben aus dem Innenministerium. Sie führten auch aus, dass, Moment, gleich habe ich die Stelle, es war glaube ich auf Seite zwei, hier steht es: Bei Straftaten gegen das Leben werden von der Polizei prioritär die personellen und materiellen Ressourcen schwerpunktmäßig bereitgestellt. Manchmal hatte ich den Eindruck, das machen sie nur bei Steuerstraftaten, weil da der Staat ganz besonders empfindlich reagiert. Der Mitarbeiter schrieb weiter, dass die DNA-Untersuchungsmethoden zu einem bahnbrechenden Ermittlungswerkzeug für die Polizei geworden sind. Er versicherte, dass die Akten über ungeklärte Mordfälle nie ganz geschlossen würden.» Frederikes Vater überflog weiter den Brief aus dem Innenministerium. «Hier schreiben sie, dass die Ermittlungen jetzt wieder intensiviert worden sind. Im Anschluss hatte der Innenminister eine Kommission eingesetzt – und danach setzte richtig intensives Arbeiten ein. Zudem wurde mir ein Opferanwalt empfohlen, zu dem ich Kontakt aufnahm. Der Leiter der Kommission schlug einen neuen DNA-Test vor. Man habe neue wissenschaftliche Methoden, ein neues Institut, mit dem sie bereits Kontakt aufgenommen hatten und das über beste und aktuellste Analysemethoden verfügte, kurzum, das ganze Repertoire an neuen technischen Möglichkeiten sollte an dem Fall durchgespielt werden.» Er legte den Brief wieder zu den anderen Unterlagen zurück.

Kemper merkte, dass Frederikes Vater seine innere Gefasstheit verloren hatte. Seine Finger zitterten, als er den Brief zwischen seinen Dokumenten wieder einsortierte. Dann griff er nach der Kaffeetasse und nahm einen langen Schluck, hielt die Tasse in der Hand, trank sie aus und stellte sie auf den Schreibtisch zurück. Er atmete tief durch und sah Kemper unvermittelt an, als wolle er sich vergewissern, dass er dessen volle Aufmerksamkeit für das habe, was jetzt folgen würde. Kemper spürte, dass er nach Worten suchte.

«Bitte, fahren Sie fort», bat er ihn.

«Dann, vor anderthalb Jahren, kam der erlösende Anruf der Kommission. Am Telefon war der Beamte, der die Kommission leitete und der mein direkter Ansprechpartner gewesen war. Ich merkte an seinem Stocken, dass es etwas Belastendes war, das er mir mitteilen musste, etwas Schlimmes, dessen Tragweite ich noch nicht überblicken konnte, da sie von etwas Befreiendem überdeckt war. Zeitweise jedenfalls.»

«Ich verstehe Sie noch nicht so richtig», sagte Kemper, aber er ahnte es.

«Seine Stimme war eigenartig belegt, wie es schon mal vorkommt, wenn man eine Rede halten muss und die frühere Klarheit der Stimme ist plötzlich einer Heiserkeit gewichen», sagte Frederikes Vater, «der Beamte teilte mir mit, sie hätten den Täter gefunden!»

«Endlich!», rief Kemper impulsiv dazwischen, «nach 1981 die erlösende Nachricht. Wann genau wurden Sie angerufen, kennen Sie das Datum noch?»

Frederikes Vater nahm seine Dokumentenmappe und blätterte darin.

«Ich habe mir laufend Notizen gemacht, sonst hätte ich es vergessen», sagte er, suchte anhand von gelben Klebezetteln den Stoß Papiere durch und zog dann ein Blatt heraus.

«Ich machte mir Notizen über alles, was mit dem Mordfall zu tun hatte. Es war an einem Donnerstag. Ein heißer Tag. Es war der 26. Juli 2012.»

Donnerstag, 26. Juli 2012

Bei der Kriminalpolizei in Hainbergen war inzwischen vieles anders, als zu der Zeit, als sich Frederikes Vater erstmals nach seiner vermissten Tochter erkundigen wollte. Die Sicherheitsvorkehrungen waren ähnlich, doch die Moderne mit zahlreichen Kameraaugen hatte längst Einzug gehalten. Eine abweisende Backsteinmauer umsäumte wie damals das Gebäude in der Herderstraße, auf der Mauerkrone befand sich noch immer Stacheldraht, an Stahlstangen befestigt. Das Areal war wie eine Kuhweide umzäunt, deren Vieh etwas größer als normal sein musste, vielleicht mit giraffenlangen Beinen. Zum Abschluss gab es gerollten Nato-Stacheldraht. Frederikes Vater hatte keinen Blick für solche Accessoires der Sicherheit. In ihm kreisten alle Gedanken um seine Tochter.

Der Pförtner, ein Beamter in Polizeiuniform, saß vor einem Halbrund von Monitoren, die unzählige Kameraperspektiven zeigten. In der Mitte befand sich eine Tabelle, in die er Daten übertrug, abgeschrieben aus dem Personalausweis des Besuchers, der vor ihm stand. Dann rief der Pförtner den Vorsitzenden der Kommission an, die das Innenministerium zur Aufklärung des Falles bei der Kriminalpolizei eingesetzt hatte. Mit einem Summton öffnete sich eine Verbindungstür zum Foyer. Ein Beamter in Zivil kam auf ihn zu und stellte sich als Vorsitzender der Kommission vor. Im Aufzug fuhren sie in den zweiten Stock. Er wurde in einen karg möblierten Besprechungsraum geführt. Am Kopfende saßen bereits drei andere Beamte, die mit dem Fall befasst waren. Man bot ihm Getränke an. Dankend nahm er ein Glas Wasser. Bereits am Telefon hatte er die eigentümliche gedrückte Stimmung gespürt, die er jetzt in den Gesichtern der vier Kripobeamten sah. Irgendetwas schien nicht zu stimmen, trotz der positiven Nachricht, die im Telefonat übermittelt worden war: Sie hatten den Täter gefunden.

Die Kripobeamten waren alle stark mitgenommen. Mittlerweile hingen sie auch emotional an dem Fall, weil sie seit Monaten an der Aufklärung des Tötungsdeliktes arbeiteten. Dann eröffneten sie ihm, dass der Täter durch die neuen DNA-Tests mit 99,99 prozentiger Sicherheit feststehen würde. Frederikes Vater wollte von der Kommission wissen, wie sie auf die Spur gekommen waren. Der Sprecher, mit dem er oft telefonisch in Kontakt gestanden hatte, sagte sie hätten die Asservate auf DNA untersuchen lassen. In der Monatsbinde sei dann ein Sekret des Täters, eine Spermaspur, festgestellt und mit hinterlegten DNA-Proben verglichen worden. Haare, die nicht von Frederike, sondern vom Täter stammen mussten, hätten sie ebenfalls noch in den Asservaten gehabt. Das ergab in den Tests den Treffer.

Was das für Tests gewesen seien, fragte Frederikes Vater nach. Einer der Beamten erläuterte ausführlich, wie die Analyse vor sich gegangen sei. Sie hätten bereits im Mai die molekularbiologische Untersuchung in Auftrag gegeben. Aus den Asservaten wurde Material entnommen, extrahiert, amplifiziert und mit autosomalen DNA-Merkmalssystemen und mannspezifischen DYS-Merkmalssystemen analysiert. Frederikes Vater verstand sehr wenig von all dem, auch wenn er sich in Fachzeitschriften laufend über die Fortschritte in den Analyseverfahren informiert hatte. Ihm schien es, als flüchteten sich die Beamten in die technischen Details der Untersuchung, um die entscheidende Frage hinauszuzögern. Doch irgendwann kürzte Frederikes Vater den Vortrag der Kommission ab.

«Wer war es? Kenne ich ihn?», fragte er kurz und knapp. Die vier nickten. «Es ist der Mann», begann der Vorsitzende, «der ursprünglich verurteilt, dann aber im Revisionsverfahren freigesprochen wurde.»

Die Nachricht traf Frederikes Vater wie ein Faustschlag ins Gesicht. Er sah noch dieses in sich zusammengesunkene Bürschlein vor sich im Gericht. Den Typ, der wie Frederike in seiner Erinnerung in der gesamten Zeit, mehr als drei Jahrzehnte, nicht mehr gealtert war. Seit dem damaligen Prozess hatte er ihn nicht mehr gesehen. Wie hatte er sich damals über den Freispruch gefreut, da er wie das Gericht fest davon überzeugt gewesen war, dass dieser junge Mann nicht der Täter war. Sie mussten fieberhaft weitersuchen. Nichts wäre für ihn schlimmer gewesen, als dass das furchtbare Verbrechen an Frederike ein weiteres Opfer gefordert hätte: Ein Unschuldiger lebenslänglich hinter Gittern. Auch wenn dreißig Jahre vergangen waren, in denen der Täter auf freiem

Fuß gewesen war, eine Familie hätte gründen können, nach diesen dreißig Jahren und der ständigen Suche nach dem Täter, fiel trotz der niederschmetternden Nachricht eine ungeheure Anspannung von ihm ab. Plötzlich war die Suche beendet. All die Jahre, in denen er Zeitungen nach vergleichbaren Fällen ausgewertet hatte. Das alles, diese lähmende Unsicherheit, war mit einem Mal weg. Er hätte fast losgeheult, kämpfte mit sich, was an den anderen nicht spurlos vorüberging. In dem Moment hatten alle wässrige Augen.

«Also doch», murmelte er still vor sich hin, sah dann auf, schien zu überlegen und fragte, «wann haben Sie ihn festgenommen?»

Alle schwiegen. Er dachte zunächst, die Polizisten seien noch so bewegt von der Mitteilung, dass ihre Stimmen versagten. Also wiederholte er seine Frage.

«Wann haben Sie ihn festgenommen? Was sagt er? Schweigt er nach wie vor oder hat er ein Geständnis abgelegt? Hat er sich bei der Festnahme gewehrt? Nach so langer Zeit wird er sich in Sicherheit gewähnt haben. Es tut mir leid, aber jetzt kommen die ganzen Fragen hoch, die sich angestaut haben.» Er blickte den vier Beamten wieder ins Gesicht. Es fiel ihm auf, dass er fast die ganze Zeit auf die Vier eingeredet hatte, und dass bisher fast nur Schweigen zurückgekommen war.

«Es ist schwierig zu erklären», sagte der Vorsitzende der Kommission, «aber wir konnten den Täter nicht festnehmen.»

«Sie konnten was nicht?»

«Wir haben ihn nicht festgenommen. Es schmerzt uns wahnsinnig und es geht uns allen an die Nieren, glauben Sie uns, aber wir dürfen ihn nicht festnehmen. Der Mörder Ihrer Tochter bleibt ein freier Mann!»

5. Oktober 2015, 16.00 Uhr

Wieviel hält ein Mensch aus, dachte Kemper nach dem Bericht des alten Herrn über seine Erlebnisse bei der Kripo Hainbergen von vor drei Jahren, im Hochsommer 2012. Was hält ein Mensch aus, wenn es kein Angriff gegen die eigene Person ist, keine Verletzung des Körpers, keine Schussverletzung, keine Stiche, Strangulation oder sonstige Verletzungen, sondern wenn es sich um einen Angriff auf die Psyche handelt. Jemand tötete die Tochter dieses Mannes auf furchtbare Weise und nachdem er in der Psychiatrie wieder einigermaßen aufgerichtet worden war, widmete er sein restliches Leben der Tätersuche. Drei Jahrzehnte lang drehte sich alles nur um die eine Frage: Wer war es?

Sind es nicht bei allen anderen die besten Jahre, von denen immer erzählt wird? Jahre, in denen man in seinem Beruf Fuß fasst, die Kinder aufwachsen sieht, sich um sie kümmert, bis man sie ins eigene Leben entlassen kann. Jahre, in denen sich die ersten Enkel ankündigen und die Jahre, in denen wieder Zeit für eigene Interessen gefunden wird, für ein Hobby, das vielleicht früher ausgeübt wurde und das während der anstrengenden Berufsjahre auf der Strecke geblieben war und dem man sich wieder widmen möchte. Das alles blieb ihm in diesen Jahrzehnten verwehrt. Als er sich schließlich am Ziel wähnte, voller Hoffnung zur Kripo fuhr, war er erlöst von den Worten, sie hätten den mutmaßlichen Täter ermittelt. Sekunden der Sicherheit und Gewissheit, dass alles Suchen nun ein Ende hätte. Sekunden, die sich in diesem Moment wie ein Hauch von Ewigkeit vor ihm entfalteten.

Das alles brach in ebenso wenigen Sekunden in sich zusammen und rann ihm wie trockener Sand durch die Finger.

Die tragische Geschichte von Frederikes Vater trug etwas Hemingway'sches in sich, so wie in «der alte Mann und das Meer»: Der Kampf eines Fischers auf hoher See mit einem Schwertfisch, der zu einem Überlebenskampf wird. Mit seiner Kraft am Ende, muss er sich auf hoher See auch noch gegen Raubfische behaupten, die ihm den Fang wieder abnehmen wollen. So kommt der Protagonist schließlich mit einem ans kleine Boot gebundenen Gerippe des Fisches zurück in den Hafen.

«Wie ging es dann weiter?», wollte Kemper von Frederikes Vater wissen.

«Nachdem sich die mutmaßliche Täterschaft erhärtet hatte, rückten die damals vorliegenden Indizien mit ihren unterschiedlichen Würdigungen der Gerichte nochmal in den Vordergrund. Der Reifengutachter war in dem großen Werk eines Reifenherstellers tätig.»

«Wer hat denn herausgefunden, dass das Reifengutachten mangelhaft war?»

Der alte Herr schaute Kemper fragend an. Dann schien er sich an die Passage in den Akten zu erinnern. «Als das eindeutige Ergebnis feststand, hatten sich die Ermittler erneut an den damaligen Gutachter gewandt, da der Täter, ja, ja, ich weiß, Sie würden jetzt wieder von dem mutmaßlichen Täter sprechen, offensichtlich doch mit seinem BMW zum Tatort gefahren sein musste. Der Gutachter begab sich selbst auf Ursachenforschung und sagte aus, dass nur ein Umstand ursächlich für seinen Irrtum gewesen sein konnte, nämlich, dass die Spur sich im Laufe der Zeit verändert hatte. Sie hätten ihn damals zum Tatort schicken müssen. Stattdessen erhielt er einen Gipsabdruck. Er hat mit Sicherheit nach bestem Wissen und Gewissen ein Gutachten erstellt. Was leider unbeachtet blieb, waren die vier Tage, um die einhundert Stunden, in denen die Reifenspur Wind und Wetter ausgesetzt war. Der Gutachter hatte schlicht den Wind vergessen, den Trocknungsprozess. Daher war die nach vier Tagen aufgefundene Spur durch den witterungsbedingten Trocknungs- und Schrumpfungsprozess kleiner geworden, um eben diese fünf Millimeter, die der Gutachter vermisste, als er den Profilblockabstand bei dem Tatortspurenprofil und einem Vergleichsreifen ausmaß.»

«Sie haben die ganzen Details noch im Kopf?», fragte Kemper bewundernd.

«Ungezählte Male bin ich die Akten durchgegangen, immer auf der Suche nach Hinweisen, die die Kripo übersehen haben könnte und die zum Mörder hätten führen können. Aber zurück zum Reifengutachten. Heute ahnen wir, dass der Schrumpfungsprozess binnen vier Tagen eben diese fünf Millimeter betragen haben dürfte. Hätte der Gutachter eine Spur angelegt, sie bei ähnlichen Witterungsbedingungen nach vier Tagen neu vermessen …»

Frederikes Vater stockte. Kemper fing an, den alten Herrn zu bewundern, wie gefasst er inzwischen war und wie detailliert er aus den Akten zitieren konnte. Er musste immer wieder in die Akten geschaut haben, auch wenn das Durcharbeiten ihn noch so sehr geschmerzt haben dürfte. Kemper ging zur Kaffeemaschine und füllte die Tasse seines Gastes auf.

Frederikes Vater dankte ihm und trank einen weiteren heißen Schluck.

Jetzt erinnerte sich Kemper wieder an das Gespräch mit Brandt an jenem Abend, den er eigentlich in Emmas Schule hätte verbringen sollen. «Hätte, hätte, hätte», hatte er damals etwas barsch zu Brandt gesagt, als dieser ausführen wollte, dass der Fall auch ganz anders hätte ausgehen können, wie jeder andere Mordfall auch, bei dem schließlich ein Täter gefasst wird. Kurz vor dem Termin mit Frederikes Vater hatte Kemper in der Akte das Urteil des Landgerichts Hainbergen gelesen, das später gekippt worden war. Das Landgericht hielt die Übereinstimmung der Fasern von den Teppichstücken und dem Baumwollkissen für besonders beweiskräftig. Der Sachverständige hatte ausgeführt, sie würden aus der Massenproduktion stammen. Kemper hielt das zunächst für einen Widerspruch, dann müssten die Fasern aus tausenden Autos die gleichen Spuren hinterlassen. Der Gutachter legte aber dar, dass solche Massenprodukte nicht wiederholbare Farbkombinationen aufwiesen, weil beim Wechsel der Farbchargen Farbreste von der Vorproduktion übrigblieben, die sich mit der neuen Farbcharge für die neue Produktion vermischen. Daher habe er feststellen können, dass die Fasern an Frederikes Bekleidung und die am Täterfahrzeug festgestellten aus der gleichen Produktion stammten, somit identisch waren. Ebenfalls eine individuelle Spur stellten die Fußmatten dar, die der Täter aus Teppichresten gebastelt hatte. Allerdings, und das grenzte den Beweiswert wieder ein, hätte Frederike durchaus in dem Fahrzeug des Angeklagten mitfahren können. Sie hätte anschließend aber auch in ein anderes Fahrzeug steigen können.

«Wir können gerne eine Pause machen oder später das Gespräch fortsetzen. Ich kann nachfühlen, dass es Ihnen auch nach der langen Zeit schwer fallen wird, über Frederikes Tod zu sprechen», sagte Kemper.

«Nein, lassen Sie, es geht wieder. Ich dachte nur an die damalige Zeit. Als die Kripobeamten mir das Ergebnis eröffnet haben, musste ich erst mal runterkommen, ich war ja völlig fertig mit den Nerven. Dann sprachen die Polizisten von strafprozessualen Hürden. Ich fragte, was bitte? Von welchen Hürden sprechen die? Da hörte ich zum ersten Mal den Begriff › ‹Strafklageverbrauch›.»

«Moment, nicht ganz so schnell bitte», bremste Kemper, «diese Kommission hat Ihnen also beibringen müssen, dass es den Strafklageverbrauch gibt. Wurde Ihnen das näher erläutert, oder wie sind Sie damit umgegangen?»

«Das rauschte zunächst an mir vorbei. Worüber reden die?, dachte ich die ganze Zeit. Dann musste ich nachfragen, Strafklageverbrauch, was soll das, was hat der Fall damit zu tun? Jetzt erst holten sie aus. Dass ihnen nun die Hände gebunden wären, es sei denn, eine der drei oder vier Voraussetzungen in der Strafprozessordnung würde zutreffen. Ich bat sie um eine Kopie des Paragrafen. Ich konnte das gar nicht glauben. Es sei das Verbot der Doppelbestrafung. Ja inwiefern würde der Mörder meiner Tochter denn doppelt bestraft werden? Der ist doch freigesprochen worden, sagten sie mir und ein Freispruch, der den Prozess rechtskräftig beendet, würde einen neuen Prozess ebenso verhindern wie eine Verurteilung.

Sie legten mir die gesetzliche Bestimmung dar, erläuterten mir die Prozessordnung und sagten klipp und klar, wir haben Frederikes Mörder gefunden, müssen ihn aber laufen lassen.

Es täte ihnen leid, aber so sei das Recht. Ab dem Punkt habe ich nichts mehr verstanden. Da wird jemand freigesprochen und wenn er es doch war, muss er laufen gelassen werden? Wo leben wir denn? Gerade in Deutschland, wo alles bis aufs Kleinste durchnormiert ist, soll ein Mörder unangetastet bleiben? Genießen Gewaltverbrecher, Mörder, Totschläger oder Vergewaltiger jetzt Immunität? Das kennt man ja von Abgeordneten oder Diplomaten. Aber bei einem Mörder? Ich dachte wirklich, das klärt sich bald als großes Missverständnis auf, es sei einfach eine rechtliche Fehlleistung.»

«Glauben Sie mir, das ist auch für uns Juristen schwer zu verstehen», sagte Kemper und er spürte, wie hilflos der Satz auf Frederikes Vater wirken musste.

«Was ist denn mit dem falschen Reifengutachten, das Herr Brandt erwähnte? Heute würde der Gutachter doch anders urteilen.»

«Das mag sein. Es gibt da so eine Redewendung, zwei Juristen, drei Meinungen. Bei Gutachten ist es manchmal ähnlich. Zwar basieren sie auf wissenschaftlichen Erkenntnissen, die nicht mehrdeutig ausfallen dürften, aber die Bewertung von Sachverhalten kann verschieden ausfallen. Bei manchen Prozessen gibt es regelrechte Schlachten von Sachverständigen. Jede Seite bietet Gutachter an. Das gilt insbesondere bei Zivilprozessen, aber gelegentlich auch bei der Frage nach der Schuldfähigkeit im Strafprozess. Ist die eine Seite mit dem Ergebnis nicht einverstanden, wird über weitere Beweiserhebungen der nächste Gutachter bestellt, bis das gewünschte Ergebnis vorliegt. So jedenfalls könnte der Eindruck der Öffentlichkeit sein. Es sei denn, ein weiterer Beweisantrag wird durch die Richter, die Kammer, den Senat oder wie auch immer das Gericht besetzt ist, abgelehnt. Beim Strafprozess besteht aber dann auch die Gefahr eines Revisionsgrundes. Der Reifengutachter soll ein langjähriger, versierter Fachmann eines Reifenherstellers sein. Dass ein Reifenprofil im Laufe der Tage bis zum Auffinden der Spur unter Witterungseinflüssen schrumpfen kann, hat er schlicht übersehen.»

Es klopfte an der Tür, Hollenbeck steckte den Kopf herein und zuckte sofort wieder zurück, als er sah, dass Kemper einen Besucher im Büro hatte, der mit dem Rücken zur Tür saß.

«Nein, nein, komm nur herein, das wird dich auch interessieren!», rief Kemper seinem Kollegen hinterher, der auf dem Absatz kehrtgemacht hatte, aber aufgrund des Zurufs die bereits zugezogene Tür wieder öffnete. «Ich wusste nicht, dass du einen Termin hast, ich komme später wieder.»

«Nein, du störst gar nicht, setz dich», Kemper zog einen zweiten Stuhl heran und platzierte ihn neben dem Gast, der sich erhob, auf die Uhr sah und sagte, er sei ohnehin schon sehr lange hier, würde aber das Gespräch gerne an einem anderen Tag fortsetzen.

«Bleiben Sie ruhig noch hier, das ist mein Kollege Herr Hollenbeck und vor einiger Zeit von Herrn Brandt bereits in den Fall eingeweiht worden, er ist im Bilde», sagte Kemper. Er freute sich, dass sein großer Kritiker Hollenbeck auf den Vater von Frederike traf, den er sogleich vorstellte.

«Ja, es stimmt», sagte Hollenbeck, als sich alle wieder gesetzt hatten, «Herr Brandt hatte mir den Fall vorstellen wollen, so ganz bin ich nicht in die Materie eingetaucht, aber ich kenne die Problematik. Wir müssen erkennen, dass wir am Ende mit unserer Rechtsfindung sind, dass es Fälle gibt, die in den

Maschen des Gesetzes hängen bleiben und nicht so gelöst werden können, wie wir es uns gewünscht hätten.»

«Wie es unserem Gerechtigkeitsgefühl entsprechen würde», ergänzte Kemper, «aber wir geben uns noch nicht geschlagen.»

«Warum nicht?», fragte Hollenbeck. «Auch wenn das Ihnen gegenüber brutal klingen mag, aber der Gesetzgeber hat Normen gesetzt, die wir beachten müssen», sagte Hollenbeck mit bestimmtem Ton.

«Wenn die Normen aber ungerecht sind, müssen wir sie ändern», wandte der Vater von Frederike ein.

«So einfach ist das nicht», erwiderte Hollenbeck, «wir haben die Gewaltenteilung. Die Exekutive ...»

«Das sind die Regierung und die Verwaltung», unterbrach Kemper.

«Die Exekutive muss das gesetzte Recht umsetzen», fuhr Hollenbeck fort, «welches die Legislative ...»

«Die Exekutive sind die Regierung und die Verwaltung, die Legislative das Parlament, der vom Volk gewählte Souverän», unterbrach Kemper erneut.

«Ich wiederhole, welches die Legislative erlassen hat und die Judikative ...», Hollenbeck stockte und sah zu Kemper hinüber, der aber schwieg, «ach, diesmal willst du nicht Übersetzer spielen? Die Judikative muss Recht sprechen. Dabei muss sich die Judikative auch an die vom Parlament, dem Gesetzgeber, erlassenen Gesetze halten und darf sie nicht eigenmächtig ändern, wie es uns gerade gefällt oder wie es in einem Einzelfall besser erscheint. Das würde dann als Rechtsbeugung bestraft.»

«Sie mögen ja in allem Recht haben, aber ich sehe das alles vom Ergebnis her», erwiderte der Vater, «und es kann doch nicht sein, dass Gesetze, die alles erfassen sollen, einerseits jede kleinste Abweichung bestrafen, andererseits aber das ganz große Verbrechen, das Schlimmste, das dem Menschen widerfahren kann, durchgehen lassen. Das müssen Sie sich doch vorstellen können, dass mich das nicht in Ruhe lassen kann.» Er blickte Kemper und Hollenbeck streng an, fixierte sie und fuhr fort, als er merkte, dass sie betroffen schwiegen. «Wenn ich zum Beispiel falsch parke, zu schnell fahre, einen Apfel mitgehen lasse oder bei der Steuer schummele, das wird sofort verfolgt. Aber wenn es um ein Menschenleben geht, dann habe ich so eine merkwürdige Gesetzgebung, dass der Mörder meiner Tochter unbestraft davonkommt, weil er unglaubliches Glück hat. Dieses Glück steht ihm gar nicht zu. Warum darf er ein paar Joker ziehen? Einen Joker legen wie in einem brutalen, fast hätte ich Spiel gesagt, aber es ist kein Spiel, es ist die brutale Wirklichkeit. Und kann das, was passiert ist und wie heute damit umgegangen wird, gerecht sein?»

«Es ist nun einmal so, dass es die hundertprozentige Gerechtigkeit in unserer Welt nicht gibt», sagte Hollenbeck, «auch wenn wir die unterschiedlichsten Rechtssysteme betrachten, ob es das amerikanische Case-Law ist, also das Fallrecht, das immer einen Sachverhalt mit einem bereits abgeurteilten Fall vergleicht, oder unser Rechtssystem mit der abstrakt generellen Regelung, die eine unbestimmte Vielzahl an Sachverhalten erfasst. Damit will jede Rechtsordnung Gerechtigkeit erzielen, auch auf Kosten von seltenen Einzelfällen, die in diesem System nicht angemessen gelöst werden können und deren Ergebnis unser Gerechtigkeitsgefühl verletzt. Aber nach Gefühl darf ein Gericht nicht entscheiden.»

«Seltene Einzelfälle? So selten finde ich das nicht. Ich habe da eine Reihe von Zeitungsartikeln in Brandts Sammlung gefunden, die das Gegenteil belegen», meldete sich jetzt Kemper zu Wort. Kemper blätterte in den Akten und zog eine Mappe mit ausgeschnittenen Zeitungsartikeln und kopierten Seiten aus Lehrbüchern oder Kommentaren heraus. «Hier, eine nette Zusammenstellung. Soll ich mal vorlesen?»

Hollenbeck winkte gelangweilt ab, er hatte wohl genug von der Diskussion. «Das bringt doch nichts, wir haben weder die Gesetzgebungskompetenz noch ein laufendes Verfahren, in das wir uns einmischen können», sagte er.

«Lassen Sie uns doch mal einige Geschichten hören», schlug Frederikes Vater vor, «ich will diese verquaste Rechtsregelung begreifen.»

Kemper blätterte in der Mappe, überflog die Seiten und griff sich zwei Blätter heraus. «Aha, hier ein netter Lehrbuchfall. Der Täter zerschießt eine Fensterscheibe am Nachbarhaus und wird später wegen Sachbeschädigung und Verstoßes gegen das Waffengesetz zu einer Bewährungsstrafe verurteilt. Später stellt sich heraus, dass er seinen Nebenbuhler erschossen hat, der hinter der Scheibe stand. Nach dem Schuss drang er in die Wohnung ein, beseitigte die Leiche und die Spuren der Tat. Mit der rechtskräftigen Verurteilung zu einer Bewährungsstrafe schied eine erneute Anklage wegen Mordes oder Totschlags aus. Hier noch ein ähnlicher Fall. Im Dorf hört man Schüsse aus dem nahegelegenen Wald. Die Polizei wird alarmiert, bald darauf ein junger Mann festgenommen, der angibt, auf Wildschweinjagd gewesen zu sein. Da er weder Jagdpächter noch im Besitz eines Waffenscheins ist, wird er ebenfalls verurteilt, in diesem Fall unter anderem wegen versuchter Wilderei. Das Urteil wird rechtskräftig. Keine hohe

Strafe, ein paar Tagessätze und vielleicht Sozialstunden. Ein Jahr später finden Pilzsucher die skelettierte Leiche einer Frau. Sie war hochschwanger, kann die Gerichtsmedizin noch feststellen, und bei den weiteren Ermittlungen stellt sich die Getötete als Geliebte des angeblichen Wilderers heraus. Er hatte nicht auf Wild, sondern auf die schwangere Freundin angelegt, die er beseitigen wollte, um seiner Frau nicht den Fehltritt beichten zu müssen. Da er aber bereits für die gleiche Handlung, Schüsse im Wald, gleiche Tatzeit, gleicher Tatort, abgeurteilt worden war, kann er wegen Strafklageverbrauchs nicht erneut angeklagt werden.»

«Sehen Sie, darum geht es mir, die Regelung ist nicht zu begreifen. Es ist eine Lücke, die wir dicht machen müssen, wir schützen die falschen Leute», rief der Vater erregt. «Ja, das bringt die Sache auf den Punkt. Unsere Gesetze schützen Verbrecher vor Verfolgung.»

«Es wird billigend in Kauf genommen, dass in seltenen Fällen ein Verbrecher davonkommt. Aber es gibt da nichts dicht zu machen, um es mit Ihren Worten zu sagen», sagte Hollenbeck, «das Grundgesetz ist eindeutig, niemand darf ein zweites Mal für die gleiche Tat verurteilt werden...»

«Werden sie ja nicht», sagte der Vater, «wo sind denn die beiden in den Lehrbuchfällen für die Morde verurteilt worden? Gilt das als gleiche Tat? Oder im Fall meiner Tochter war es ein Freispruch. Das ist doch keine Verurteilung.»

«Da stimme ich Ihnen zu», sagte Kemper, «Freispruch ist vom Wortlaut des Artikels 103 Grundgesetz nicht erfasst. Von Verurteilung ist die Rede.»

«Aber in der Strafprozessordnung, Paragraf 362, ist von Freigesprochenen die Rede», sagte Hollenbeck.

«Die Strafprozessordnung hat aber keinen Verfassungsrang», führte Kemper an.

«Willst du jetzt eine Normenkontrolle?», fragte Hollenbeck.

«Ausgeschlossen wäre das ja nicht», sagte Kemper, «außerdem lässt sich auch das Grundgesetz ändern.»

«Tja, wenn hier nicht die Ewigkeitsgarantie im Wege stünde», sagte Hollenbeck.

«Was soll das jetzt wieder sein, Ewigkeitsgarantie?», fragte Frederikes Vater.

Kemper zog einen Kommentar zum Grundgesetz aus dem Regal.

«Müssen Sie die jetzt auch noch nachschlagen?», fragte Frederikes Vater gelangweilt.

«Nein. Das brauche ich nicht unbedingt», sagte Kemper und schob den Kommentar wieder zurück. «In Artikel 1 ist die Würde des Menschen normiert und in Artikel 20 verfassungsrechtliche Grundprinzipien und der Widerstand.»

«Na ja, Widerstand ist ja eine Steilvorlage für mich. Ich bin im Widerstand gegen diese unselige Gesetzgebung, die mir Gerechtigkeit vorenthält!», sagte Frederikes Vater mit lauter Stimme, «aber wenn ich Sie so höre, wundere ich mich, warum es angeblich verfassungsrechtliche Bedenken gegen eine Änderung der Strafprozessordnung geben soll.»

«Es gibt eben auch justizielle Grundrechte, die Teil des unantastbaren Rechtsstaatsprinzips sind», sagte Hollenbeck.

«Ach ja? Dazu fällt mir doch nur ein, dass Sie sich als Juristen hinter einer Sprache verstecken, die kein Mensch mehr versteht. Dabei sollen Sie das Miteinander regeln. Kein Wunder, dass so mancher Fall gegen den Baum fährt», schimpfte Frederikes Vater.

«Sie waren wohl lange nicht mehr beim Arzt», konterte Hollenbeck. «Ich wünsche Ihnen weiterhin eine robuste Gesundheit, aber als ich mir neulich am Rücken einen Nerv einklemmte, habe ich die Kürzel nicht verstanden, sondern konnte das nur auswendig lernen: ‹DGN Blockierung ISG/ LWS linksbetont›. Ich bin dann zu einem befreundeten Arzt, der mir die deutsche Übersetzung nahebrachte. Für sowas hat doch der Arzt, wenn man ihn aufsucht, überhaupt keine Zeit mehr.»

«So viel zu den Berufssprachen», fasste Kemper zusammen. «Irgendwie brauchen wir doch die Begründung für unser langes Studium. Nur weil wir andere Berufssprachen, wie die der Ärzte nicht unbedingt verstehen, sollten wir es ihnen nicht gleichtun und ebenfalls in Rätseln sprechen. Mein Kollege Hollenbeck geht etwas zu weit mit seinen Bemühungen des Verfassungsrechts. Wir streben mit dem erweiterten Strafprozessrecht doch nur die Aufnahme weiterer stichhaltiger Beweise an und keine Aushebeln von Grundrechten. Die bleiben weiter gewahrt. Im Ergebnis wollen wir nur der Gerechtigkeit einen Schritt entgegenlaufen.»

«Das klingt gut. Wenn ihr in Bildern sprecht, kommt es auch bei mir an», freute sich Frederikes Vater, «und wenn ich Ihrem Streit zuhöre, wie uneinig Sie sich als Juristen sind, dann treffen wir vielleicht auf ein Gericht, das mal auf meiner Seite ist.»

«Tut mir leid, aber von welchem Gericht sprechen Sie? Wir sind am Ende der Gerichtsbarkeit. Es ist rechtskräftig ausgeurteilt, Ende und aus.» Hollenbeck sah zuerst Kemper und dann Frederikes Vater starr an. Er stand auf und gab dadurch das Zeichen, dass für ihn die Diskussion zu Ende war, blieb aber im Raum stehen, was auf die beiden anderen so wirkte, als könne Hollenbeck jetzt nicht als Erster gehen und den beiden das Gefühl geben, Sieger nach Punkten geworden zu sein.

«Tut mir ebenso leid», sagte Frederikes Vater. «Ich kann bei Ihrem juristischen Wortgefecht eine Weile mithalten, aber nur bis zu einem gewissen Grad, dann verstehe ich nichts mehr und es bricht die ganze Verbitterung wieder aus mir heraus. Ich gehe jetzt besser, aber ich würde gerne in den nächsten Tagen wiederkommen.»

«Selbstverständlich», sagte Kemper, zog eine Visitenkarte von einem Stapel und überreichte sie zum Abschied. «Rufen Sie mich einfach an, dann vereinbaren wir das nächste Gespräch.»

Hollenbeck blieb und setzte sich wieder, als Frederikes Vater das Büro verlassen hatte.

«Das hast du von deiner Gutmütigkeit, der lässt nicht locker, mit dem wirst du noch einige Stunden verbringen, das wird ein Zeitfresser.»

«Nein, er ist ein Opfer, genau wie seine Tochter, aber er ist das Opfer einer ungerechten Gesetzgebung. Mir würde es genauso ergehen, dir auch, wenn du Kinder hättest oder etwas mehr Empathie zeigen würdest und weniger Formalismus.» Kemper blickte demonstrativ auf die Uhr. «Ich muss auch gehen. Caro will, dass ich auf dem Heimweg noch einkaufe. Schönen Feierabend.»

Hollenbeck bemerkte den Wink mit dem Zaunpfahl, nickte Kemper zu und ging. Kemper setzte sich noch einen Moment, sah auf das Familienbild auf seinem Schreibtisch und hörte die leiser werdenden Schritte Hollenbecks auf dem Flur.

Das Schlimme in diesem Moment war nach seiner Auffassung, dass er Frederikes Vater unterstützt und gegen Hollenbeck verteidigt hatte. Doch Hollenbeck hatte Recht, auch wenn das Ergebnis himmelschreiendes Unrecht war, sie würden das Gesetz nicht ändern können. Der Gesetzgeber muss abstrakte, generelle Regelungen treffen. Da mochte es manchen Einzelfall geben, der sich in dem Regelwerk nicht wiederfand und dessen gerichtliche Würdigung von den juristischen Laien als ungerecht und nicht nachvollziehbar empfunden wurde. Ihm behagte nur das Apodiktische in Hollenbecks Rede nicht, dass er die Meinung von Frederikes Vater als Betroffenem nicht gelten lassen konnte und sich keine Mühe gab, sich in die Situation des Vaters hineinzuversetzen. Es schien die Aufgabe von Kemper zu werden, zwischen den beiden Sichtweisen zu vermitteln. Unzufrieden und gereizt darüber in dem Mordfall nichts ausrichten zu können, fuhr er heim. Unterwegs dachte er an Brandt, warum er als erfahrener Staatsanwalt dennoch nichts unversucht lassen wollte, um Frederikes Vater zu seinem vermeintlichen Recht zu verhelfen. Oder war Peter Brandt in Wirklichkeit ein Sisyphos der Moderne, der seinen Ruhestand damit ausfüllte, wieder und immer wieder ein tonnenförmiges Aktenkonvolut an Schriften für eine Gesetzeskorrektur auf den steilen Berg der Gerechtigkeit heraufrollen zu wollen, um stets kurz vor dem Gipfel zu scheitern?

6. Oktober 2015

Am nächsten Tag saß Kemper an einer Anklageschrift in einem Betrugsfall. Obwohl die Spritpreise deutlich gefallen waren, versuchten dennoch immer wieder Autofahrer, Tankstellen ohne zu bezahlen zu verlassen. Die Videoüberwachung nahmen sie in Kauf, tarnten sich mit einem Basecap und gingen richtigerweise davon aus, dass die Kameras immer von oben von der Überdachung, quasi aus der Vogelperspektive, filmten. Dazu gab es körnige Bildqualitäten, als hätte Louis Daguerre, der Erfinder des fotografischen Verfahrens und der nach ihm benannten Daguerreotypie, die Kameras selbst noch unter das Dach geschraubt. Gleiches galt für die Banküberwachung. Warum kam keiner auf die naheliegende Idee, Kameras in Gesichtshöhe zu montieren, dann konnten sich Betrüger mit noch so vielen Hüten tarnen, ihre Gesichter wären zu erkennen. Der Beschuldigte in Kempers Fallakte war allerdings verliebt in seine schlabbrige Jogginghose, die die Videoüberwachung an mehreren Orten im Visier hatte – und bei der der Täter nicht immer so gut getarnt war wie beim Tankstellenbetrug. Seine immer wieder nachlässige Kleidung, die ausgebeulte graue Jogginghose, verriet ihn schließlich als Serientäter.

Er war fast fertig, als Caro anrief. «Emma will dir was sagen. Ich gebe den Hörer mal weiter. Wir stören doch nicht, oder?» Kemper ahnte schon, dass Emma ein Erfolgserlebnis weitertragen wollte. Es rumpelte im Hörer, vermutlich hatte Emma ihn vor Aufregung fast aus der Hand fallen lassen. Nach einigem Rascheln hörte er ihre helle Stimme. «Papa, in Musik habe ich eine Eins bekommen.»

«Klasse, Emma, ich gratuliere dir, das nimmt ja gar kein Ende mit deinen guten Nachrichten aus der Schule. Musik ist zwar nicht unbedingt ein Kernfach, aber ...»

«Was ist ein Kernfach?», fragte Emma und nach erneutem Rascheln und Knistern in der Leitung war Caro wieder am Hörer. «Jetzt mach mal nicht die Note schlecht. Es ist ihre erste Eins in diesem Schuljahr und es gab Zeiten, in denen der Unterscheidung zwischen Haupt- und Nebenfach keine große Bedeutung zugemessen wurde, dazu gehört mit Sicherheit auch dein Abitur», sagte Caro.

«Was hast du auf einmal gegen mein Abitur?», fragte Kemper irritiert.

«Weil ihr euer Abi in Sport und Religion absolvieren konntet, schon vergessen, Hajo?», fragte Caro mit scharfer Stimme, aber wie Kemper herauszuhören glaubte, mit ironischem Unterton versehen. «Nein, nein, lassen wir die damaligen Schulexperimente und erwarten wir mit Vorfreude die neuen, die so sicher kommen werden wie Ebbe und Flut», sagte Kemper, und fügte noch leise an, «ich habe sie deutlich gelobt, sag ihr bitte, Papa hätte sich riesig gefreut.»

«Noch was: Der Musiklehrer war von ihrem Vorsingen so begeistert, dass er sie in den Schulchor aufnehmen wird. Sie werden zu Weihnachten ein Oratorium aufführen. Die Karten sind so gut wie bestellt», lachte Caro ins Telefon, «das heißt aber auch, dass Emma ab jetzt zur Chorprobe muss, jeden Mittwoch von 17.00 bis 19.00 Uhr.»

Da war es wieder, das Kemper einen Stich versetzte und ihn an Peter Brandt erinnerte, der gesagt hatte, nach dem Aktenstudium zum Mordfall Frederike würde nichts mehr so sein wie bisher. Es würde Besitz ergreifen und auf sein Leben ausstrahlen, auf die Unbeschwertheit, die er bisher vielleicht mit Blick auf seine Familie genossen hatte. Die Leichtigkeit würde nicht mehr so sein wie früher, ob er es zulassen wollte oder nicht. An diese Worte dachte Kemper immer dann, wenn ihm bei Emma eine Parallele zu Frederike einfiel, und sei es nur die Chorprobe, nach deren Ende er oder Caro ihre Tochter würden abholen müssen. Sie lebten auf dem Land, nicht weit draußen, aber auch nicht so nah an der Stadt, dass es eine zuverlässige Anbindung an den öffentlichen Nahverkehr gab. Das war erneut eine Übereinstimmung mit den Lebensumständen von Frederike.

«Hajo, bist du noch dran?», fragte Caro.

«Ja, ja, alles gut.»

«Du freust dich gar nicht?»

«Doch, doch. Sag Emma, Papa ist stolz auf unsere Sängerin.»

Kemper hatte gedacht, er könnte an den Fall so professionell herangehen wie an andere Fälle auch, aber da hatte er sich getäuscht. In der Akte hatte er eine Zeichnung aus der Gerichtsmedizin gesehen, die Silhouette einer Figur, die Frederike darstellen sollte. In den Umriss waren viele zwei Zentimeter lange, dünne Bleistiftstriche eingezeichnet, die die Einstiche in ihren Körper und die Stichkanäle darstellen sollten. Nadelstiche sandte der Fall stetig an Kemper aus, der bei der Zeichnung an Heiligenbilder des mit Pfeilen gemarterten Heiligen Sebastian dachte, an das Foto mit der keck nach unten zum Fotografen schauenden Frederike, sowie gleichzeitig an das strahlende Lächeln Emmas.

7. Oktober 2015

Am nächsten Morgen stand Hollenbeck wieder in der Tür. Etwas Spöttisches lag in seinem Blick. So deutete Kemper seine starre Haltung und die Augen, die auf den Aktenberg gerichtet waren.

«Guten Morgen, endlich mal ein nicht ausgelasteter Kollege, der sich mit antiken Fällen beschäftigt», sagte Hollenbeck. Zum Spott gesellte sich auch noch Schadenfreude. Die Akten ging er auf Bitten Brandts und des Vaters von Frederike durch. Sie konnten daher die Vorgabe von zu erfüllenden Fallzahlen nicht mindern.

«Du wirst ja wissen, dass die Wiederaufnahme nach der Strafprozessordnung zuungunsten des Angeklagten nur eingeschränkt möglich ist. Wenn ich das richtig in Erinnerung habe, dann bliebe hier nur ein Geständnis übrig.»

«Ja, ja. Wir kämpfen gegen Windmühlen. Da sind wir aber nicht die Ersten. Warte mal ab, irgendwann wirst du einen Prozess fangen, an dem du auch ...»

«Was denn?»

«An dem du leiden wirst. Brandt fühlt sich jedenfalls in einer moralischen Pflicht, alles zu versuchen, was rechtlich möglich ist», sagte Kemper.

«Was wisst ihr denn über den Tatverdächtigen? Überlegt er es sich ernsthaft, ein Geständnis abzulegen? Der wird sich inzwischen eine Existenz aufgebaut haben, hat unter Umständen Familie und Kinder, vielleicht schon Enkel, glaubst du wirklich, nach über drei Jahrzehnten legt der noch ein Geständnis ab? Der ist so weit weg von der Tat wie …»

«Es ist jedenfalls nicht ausgeschlossen. Es soll Menschen geben, die können nach solch einer Tat nicht ruhig weiterleben. Die denken immer wieder an das Verbrechen, ein Leben lang. Ich kann mir jedenfalls nicht vorstellen, dass der Täter sagt, da habe ich mal richtig Scheiße gebaut, darf nicht mehr vorkommen. Es geht hier nicht um Ladendiebstahl. Warte mal», Kemper hob ein paar Akten hoch und suchte darunter in dem Stapel Papier nach einer Zeitungsnotiz. «Hier, das habe ich mir mal ausgeschnitten.»

Kemper hielt Hollenbeck einen Zeitungsartikel hin, den dieser mit übertriebener Geste nahm und sich gleichzeitig auf den Stuhl gegenüber Kempers Schreibtisch setzte. «Eisverkäuferin erdrosselt. Täter wird nach achtundzwanzig Jahren verurteilt», las er laut vor. «Wo hast du das denn ausgegraben?» «Stand in diesem Herbst in den Medien. Druckfrisch. So stelle ich mir den möglichen Ausgang des Falles vor. Mag sein, dass ich mich verschätze, ich will nur sagen, dass es eine denkbare Variante ist. Ich kenne den Täter nicht. Der Vater von Frederike hat den damals Angeklagten seit dem Revisionsprozess nicht mehr gesehen, auch kein aktuelles Bild von ihm. 1983 war er ein kleiner schmächtiger Bursche. Wir beide können nicht einschätzen, ob er mürbe ist, ob er sich ein paar Sachen von der Seele reden will. Hier bei der getöteten Eisverkäuferin lebte der Täter unbehelligt im Ausland. Achtundzwanzig Jahre lang. Und wie haben sie ihn gekriegt?»

«Sag schon!», forderte Hollenbeck.

«Nie hätten sie ihn überführen können. Er selbst hat die deutschen Behörden aufgesucht. Die Bilder von seinem grauenhaften Mord hätten ihn Nacht für Nacht gequält. Er hat es nicht mehr ausgehalten und gehofft, dass ein Geständnis den

Bildern, die ihn wie ein Geist verfolgten, ein Ende bereiten würde. Ohne Geständnis wäre man ihm nie auf die Schliche gekommen. Trotz dieses Wissens hat er sich offenbart. Ich sag dir eins, in den Köpfen der Täter brodelt es. Ich kann mir nicht vorstellen, dass so eine Tat auf Dauer verdrängt werden kann.»

«Das verliert sich doch mit den Jahren.»

«Nein. Die Bilder wird er niemals wieder los. Das ist schlimmer als eine Fußfessel, die dir nach ein paar Jahren wieder abgenommen wird, das ist eine Kopffessel bis zum Lebensende. Jede einzelne Handlung wird er noch präsent haben, die Einstiche in den Körper, das Geräusch, verursacht durch das in den Stoff und ins Fleisch stechende Messer. Schon wenn er ein Messer irgendwo liegen sieht, dann wird ihm der Widerstand präsent sein, wie es war, als das Messer auf einen Knochen traf. Zugleich hört er ihre Schreie, blickt in die Augen des Opfers, die starr auf ihn gerichtet waren. Wenn Frederikes Mörder inzwischen eigene Kinder hat, dann möchte ich wissen, was und wie er fühlt, wenn er sie sieht, wenn sie im Dunkeln das Haus verlassen. Hat so einer auch Angst um seine Kinder? Was geht in ihm vor, wenn sie einmal nicht pünktlich nach Hause kommen? Hat er Furcht, ein Kind würde auf einen Unberechenbaren treffen, auf so einen Triebtäter, der er selbst einmal war? Er wird wie wir, wie alle, die die Akte kennen, wie der Vater von Frederike, Tag für Tag an den Fall erinnert werden.»

«Oder hat er sich das schlechte Gewissen längst weggesoffen?», bemerkte Hollenbeck emotionslos und zuckte mit den Schultern. «Dann gibt es für den Täter nicht die große Freiheit da draußen. Letztlich ist das für ihn ein großes Gefängnis, eines, in dem du ihn doch immer haben wolltest. Dann kannst du auch die Gesetzgebung akzeptieren, wie sie ist, wenn er ohnehin bis zu seinem Lebensende mit der Erinnerung gestraft ist.»

«Ha, messen wir nur noch den Grad der quälenden Erinnerung und verzichten insgesamt auf Strafverfahren. Dann können wir eine Menge Geld sparen und ihr alle, die ihr euch dem Täterschutz verschrieben habt, könntet einen netten Triumph nach Hause fahren», sagte Kemper mit verbitterter Miene.

Hollenbeck ließ sich nicht ablenken, las den Artikel zu Ende und legte ihn wieder auf den Aktenberg. Er schwieg, was Kemper schon mal für ein gutes Zeichen hielt. Dann griff sich Hollenbeck erneut den Artikel. «Ich will nicht zu allwissend tun. Ausgeschlossen ist natürlich nichts. Aber die hatten in dem Prozess um den Mord an der Eisverkäuferin einen Gutachter eingeschaltet, der festgestellt hat, dass der Täter damals als Zwanzigjähriger weder geistig noch emotional altersgemäß entwickelt und nur eingeschränkt steuerungsfähig gewesen wäre. In dem Zeitungsartikel stand ein Zitat des Angeklagten, er hätte Angst vor sich selber gehabt und vor seiner Brutalität. Dass der Gutachter nach fast drei Jahrzehnten jetzt noch urteilen kann, dass der Täter damals in einem seelischen Ausnahmezustand gewesen wäre, ist beachtlich.» Er gab das Blatt an Kemper weiter. «Ich fand auch den Schlusssatz des Richters aufrüttelnd», sagte Kemper, «er hätte mit seinem Geständnis Sühne gesucht, die durch das Urteil eingetreten sei. Vielleicht könnte er seinen Frieden machen.»

«Bei einem labilen Menschen wirkt so was. Aber bei einem ausgebufften, emotional abgehärteten Täter? Wie willst du an den herankommen? Wenn der verstockt ist, erreichst du den nicht.»

«Wie gesagt, diesen Täter musste keiner erreichen, der kam ja auch von alleine zur Polizei. Ich sehe das wahrscheinlich aufgrund der Wendung in diesem Fall zu optimistisch. Ja, es stimmt», sagte er nachdenklich, machte eine Pause, fuhr dann in resigniertem Ton fort, «in Frederikes Fall wird der Täter über eine andere seelische Dickfelligkeit verfügen.»

Hollenbeck nickte ihm zu, quälte sich müde aus dem Stuhl und ging leise raus. Tja, ein wenig runtergedimmt ist er nun doch noch, der Sven Hollenbeck, dachte Kemper, es kann sich niemand dem Fall entziehen, wenn man erstmal davon gelesen hat.

Lange hielt dieser Zustand bei Hollenbeck nicht an, denn mittags in der Kantine setzte er sich neben Kemper und löffelte wie sein Kollege einen Bohneneintopf. Er kaute bedächtig. Kemper beobachtete ihn aus den Augenwinkeln und sah zu, bloß keine zu langen Kaupausen entstehen zu lassen, sondern so zu tun, als ob ein voller Mund ihn am Sprechen hindere. Man konnte ja immerhin auf eine solide Erziehung bauen. Es war nur eine Frage der Zeit, bis Hollenbeck den Gesprächsfaden vom Morgen wieder aufnahm. Tatsächlich dauerte es einen halben Teller lang. Dann hielt er in seiner mechanischen Löffelbewegung inne, kaute andächtig wie in einem Abnehmratgeber, dreißigmal Kauen und dann erst Schlucken. In der Zwischenzeit schien er sich bereits die ersten Worte zurechtzulegen. «Du gibst wohl immer noch nicht auf?», fragte er Kemper schließlich, der auf seinen vollen Mund deutete. «Es ist ein Unterschied», sagte Kemper nach einer Weile, «ob ich aufgebe oder ob ich mich selbst aufgebe. Ich habe Rechtswissenschaften studiert, weil ich an die Gerechtigkeit geglaubt habe und ein Teil dieses Rechtssystems in Deutschland werden wollte. Ein Organ der Rechtspflege, wie es so schön heißt. Aber wenn ich von dir höre, ich soll mit dem Unrecht meinen Frieden schließen, dann sagt mir mein Rechtsgefühl, dass da etwas oberfaul ist.» Hollenbeck sah ihn fragend an. «Okay», korrigierte sich Kemper. «Dass etwas nicht stimmt. Brandt sagte mir, dass der jetzige Stand unmöglich ein Abschluss des Verfahrens sein könne. Damit dürfe sich kein Jurist zufriedengeben. Es wäre ein Armutszeugnis. Bisher dachte ich, wir lebten nicht in einer Bananenrepublik und hätten eines der solidesten Rechtssysteme der Welt. Wenn es in einem Paragrafen eine Unstimmigkeit gäbe, etwas, das der Gesetzgeber garantiert nicht gewollt haben kann, dann sollte man das eigentlich wie alle Defekte reparieren können.»

Hollenbeck hatte die ganze Zeit nicht gegessen, um sofort mit leerem Mund Kontra geben zu können, was er auch umgehend tat. «Das ist die Sichtweise von Brandt, dass der Gesetzgeber etwas nicht gesehen haben will. Und was ist deine Meinung? Hast du überhaupt eine eigene Meinung oder hat dich Brandt im Griff?»

«Was soll die Stänkerei? Als Jurist kann man sich erst dann eine Meinung bilden, wenn man beide Seiten gehört hat. Bisher fehlt mir der Überblick, erst nach der Akteneinsicht kann ich dir sagen, auf wessen Seite ich bin.»

«Na gut, dann gebe ich dir schon mal meinen Standpunkt bekannt. Der Gesetzgeber hat es ganz bewusst so geregelt und nur Brandt hat ein Problem damit. Aber deshalb, um ein imaginäres Gerechtigkeitsgefühl zu befriedigen, darf niemand den Rechtsstaat aushebeln!», sagte Hollenbeck.

«Ich möchte Brandt zuliebe, aber auch für mich selbst, den Fall nicht als erledigt vom Tisch wischen», erwiderte Kemper. «Er hat erzählt, dass es sein erster Fall war, den er als Berufsanfänger vor über dreißig Jahren übertragen bekam. Ich kann verstehen, dass er ihn ordentlich zu Ende bringen will. Es ist quasi sein Lebenswerk. Dabei hat er nicht nur das Prozessrecht im Blick, sondern auch die Familie von Frederike. Es ist klar, dass es nach der reinen Lehre nichts mehr zu tun gibt. Der Fall ist erledigt. Das Mädchen tot, der Täter nicht antastbar. Aber ich mache Brandt keinen Vorwurf, es nicht dabei belassen zu wollen.»

Hollenbeck hatte während des langen Monologs von Kemper andächtig versucht, die letzten Reste der Suppe in Form von Gemüseschnipseln auf den Löffel zu schieben, hörte zu und nickte gelegentlich.

«Irgendwann muss ein Schlussstrich gezogen werden. Das gilt für alle Beteiligten, auch für einen Mörder», sagte er schließlich.

«Ist es denn gerecht, dass ein Mörder frei herumläuft, hat Brandt mich gefragt», sagte Kemper laut. Die anderen Gäste der Kantine drehten sich nach den beiden Staatsanwälten um.

«Psst, muss ja nicht die ganze Welt wissen, dass ihr mit unseren Gesetzen ein Problem habt», lästerte Hollenbeck.

«Wie gesagt, du kannst am Ende Recht haben, aber ich will mir ein objektives Bild von dem Fall verschaffen.»

«Nachtisch?», fragte Hollenbeck.

Kemper nickte. Hollenbeck ging ihm manchmal auf den

Wecker. Aber dann brachte er Kemper auch wieder auf den Boden zurück, wenn er sich mal vergaloppiert hatte. Je länger Kemper jedoch über diese strafprozessuale Regelung nachdachte, desto ärgerlicher wurde er.

Hollenbeck hatte die beiden Tabletts abgeräumt und auf das Förderband gelegt, das in der Küche mündete. Dann schlenderte er zu den Angeboten in den gekühlten Glasregalen und kam mit zwei grünen Glasschälchen zurück. Waldmeisterwackelpudding mit Sahnehäubchen.

«Magst du doch, oder nicht?», fragte Hollenbeck.

«Lieber wäre mir Vanilleeis mit selbsteingelegten Pflaumen in Rum. Macht Caro gelegentlich. Sonntagmittags. Die sind so hochprozentig, dass anschließend ein komatöser Schlaf folgt.»

«Na, dann war ja jetzt am Werktag meine Auswahl goldrichtig, oder besser gesagt, im grünen Bereich», sagte Hollenbeck, als er die grüne gallertartige Wackelqualle löffelweise in den Mund schob.

«Um nur nochmal den Gedanken abzurunden», begann Kemper wieder, «alles unterliegt doch der Veränderung.»

Hollenbeck nickte. «Bis auf den Wackelpudding, den gab's in meiner Kindheit schon.»

«Geschenkt. Aber wir haben überall Erosion. Sieh dir die Welt an, wie sie im Jahr 1900 aussah, dann 1933 bis 1945, die 50er Jahre. Das Computerzeitalter. Wie schnelllebig alles dem Wandel unterliegt. Unglaublich. Nur eins ist statisch geblieben. Das Bürgerliche Gesetzbuch aus dem Jahr 1900 gilt heute noch. Ein paar Ergänzungen oder Streichungen, okay, aber die große Masse an Paragrafen, die antiquierte Sprache, das alles ist geblieben.»

«Jetzt bist du im Zivilrecht, das weißt du.»

«Ja, aber wie sieht es im Strafgesetzbuch aus oder im Strafprozessrecht? Ganz ähnlich. Da stammen Begriffe teilweise aus der Nazizeit und sind bis heute nicht getilgt.»

«Langsam, Herr Kollege. Immerhin wollen Justizminister oder Bundestag jetzt die Tötungsdelikte reformieren», bremste Hollenbeck Kempers Vortrag.

«Ja, das ist mir bekannt. Die umstrittenen Formulierungen stammen nämlich aus der Feder von Roland Freisler, dem Blutrichter des Volksgerichtshofs. Vorher war er Staatssekretär im Reichsjustizministerium und hat am Paragrafen 211 Strafgesetzbuch, also dem Mordparagrafen, herumgeschrieben. Die Begriffe gehen auf die Tätertypenlehre der NS-Zeit zurück, Mörder, Dieb, Totschläger und so weiter. Das können sie gerne ändern. Dass das Nazis formuliert haben, wäre ja allein schon Grund genug. Aber dann sollen sie konsequenterweise auch anderes tilgen, was unerträglich ist. Interessant fand ich dabei die Reaktion der Opposition, als es um den Mörderbegriff ging. Ein Abgeordneter sagte, die lebenslange Freiheitsstrafe sei bei Mord ein wichtiger Bestandteil des Strafrechts. Ein Menschenleben verdiene absoluten und höchsten Schutz, das sei für die Union als christliche Partei unverrückbar. Das ist doch mal schön zu hören. Dann sollen sie es auch so richtig durchziehen und den Paragrafen 362 im Strafprozessrecht auf den Prüfstand stellen.»

«Dann kann die Prüfung ergeben, dass sich der Gesetzgeber in seiner Meinung bestätigt fühlt, es gäbe keine Regelungslücke, er hätte auch solche Grenzfälle im Blick gehabt und sie seien hinzunehmen», gab Hollenbeck zu Bedenken. «Dann bleibt es bei der Regelung und der Paragraf 362 wird nicht erweitert. Das heißt hier in deinem Fall, die engen Wiederaufnahmegründe treffen nicht zu. Lediglich ein Geständnis, das der Täter nicht ablegen wird, wäre eine Möglichkeit. Damit ist jedes Verfahren am Ende und der Täter ist ein freier Mann. Basta!»

«Das wäre für Brandt und Frederikes Familie schwer zu ertragen. Die derzeitige Rechtslage ist ein Skandal, das wird eine Prüfung ergeben und das sollte die Politik endlich begreifen!», sagte Kemper in betont sachlichem und ruhigem Ton. Er wollte keine erneute lebhafte Auseinandersetzung mit Hollenbeck und alle Blicke in der Kantine auf sich ziehen.

«Das ist deine Meinung. Aber ich bin ja tolerant und kein Unmensch. Eine Klarstellung des Staates ist fällig, die hoffentlich deutlich erläutert, warum das Prozessrecht so und nicht anders formuliert ist. Diese Schlussfolgerung muss logisch nachvollziehbar sein», sagte Hollenbeck.

«Ach so, ja. Schade ist nur, dass die Logik zu einem anderen Ergebnis kommen wird», sagte Kemper.

Gegen Abend klingelte mal wieder das Telefon und Kemper ahnte, dass es um diese Uhrzeit kein Kollege mehr war, sondern dass es Caro sein musste.

«Emma hat heute die erste Chorprobe. Ich habe im Busfahrplan nachgeschaut, sie könnte einen Umweg über Wallbach nehmen. Nach zehn Minuten hätte sie von dort Anschluss mit der Linie drei. Du könntest sie dann in Moortal abholen.»

«Nein, Caro, ich werde es mir so einrichten, dass ich sie direkt nach dem Chor abhole. Sag mir einfach, wann und wo das ist.» Kemper wollte keine Experimente von Emma, wann welcher Bus fuhr und warum er dann doch nicht gekommen war, weil in irgendeinem Plan ein Sternchen oder ein Haken angebracht war, dass der Fahrplan nur am Wochenende oder nur in den Schulferien galt oder welche Einschränkungen sonst noch aus dem Hut gezaubert wurden. Außerdem..., da war es wieder, das «außerdem». Im Hintergrund lief bei Kemper ein Film ab, den er gerne stoppen wollte. Doch die Bilder von Frederike, wie er sie sich vorstellte, führten in ihm mittlerweile ein Eigenleben, gespeist aus Fotos, Zeitungsartikeln oder Zeugenvernehmungsprotokollen. Aneinandergereiht ergaben sie einen Film, der sich vor seinen Augen immer wieder in Bewegung setzte, flimmernd, mal mit Unschärfen, dann wieder vermischt mit Versatzstücken aus Thrillern, die im Fernsehen oder Kino liefen. Wie mochte es den Angehörigen von Frederike gehen? Sahen sie noch solche Filme? Hatten sie immer noch die Bilder Frederikes vor Augen, wie sie auf den Täter traf, von ihm vergewaltigt wurde, mit ihm kämpfte, zu fliehen versuchte und von ihm schließlich bestialisch ermordet wurde?

21. Oktober 2015

Nach zwei Wochen stand Peter Brandt plötzlich wieder in Kempers Büro, braun gebrannt, ein vitaler Pensionär, dachte Kemper über den ehemaligen Kollegen und wünschte sich, in dessen Alter auch mal so gut und gesund auszusehen.

Brandt schlug mit der flachen Hand auf den Aktenberg.

«Na, hast du meine Abwesenheit gewinnbringend genutzt und dich durch die Akten gefressen?»

«Später. Erzähl vom Urlaub. Muss ja ein supermäßiges Wetter geherrscht haben.»

«Das war eine Premiere für mich. Ich wollte mal was völlig anderes machen, außer der Reihe. Du weißt doch gar nicht mehr, in welchem Jahr du an welchem Urlaubsort warst. Ich habe aber noch nie eine Kreuzfahrt gemacht und dachte, das werde ich nie vergessen, das markiert mir den Beginn ...»

«... des Ruhestands», unterbrach Kemper.

«Wer redet denn von Ruhestand? Ich nicht!», sagte er mit gespielter Entrüstung. «Ich rede vom Beginn meiner Anwaltstätigkeit. Es war auch erstmals ein all-inclusive Urlaub.»

«Schlimm zugenommen?», fragte Kemper vorsichtig, denn sein stämmiger Kollege hatte auch vor dem Urlaub einige Kilos zu viel an Bord gehabt, so dass ein Zuwachs nicht sofort ins Auge gefallen wäre.

«All-inclusive beziehe ich mehr auf die Rundumversorgung einschließlich anregender Abendunterhaltung. Ich saß am Tisch mit einem alten Gerichtsmediziner. Der macht schon über zehn Jahren solche Reisen. Vielleicht hat der Reiseveranstalter gemerkt, dass da zwei Solojuristen unterwegs sind und hat uns deshalb zusammen an einem Tisch platziert.»

«Damit die anderen Touristen von rechtsphilosophischen und dogmatischen Abhandlungen verschont blieben», lästerte Kemper.

«So ungefähr kannst du dir das vorstellen. Meistens hat der alte Herr geredet. Als er vor zehn Jahren in den Ruhestand ging, war er ziemlich niedergeschlagen und floh förmlich in die Pension, da ihm nach seiner Auffassung zu wenig unklare Todesfälle unter das Skalpell gelegt wurden. Zu schnell wurde nach seiner Auffassung in den Totenschein eine natürliche

Todesursache eingetragen. Zudem sei in den letzten Jahren die Einäscherungsquote deutlich gestiegen, angeblich wegen der geringeren Kosten und einem Umdenken in der Bevölkerung, die alles eine Spur schlanker zelebrieren wollte, nach Möglichkeit Urnenbeisetzung in einem der Friedwälder. Dann sind erst recht alle Spuren beseitigt. Ich habe das sofort recherchiert, als ich aus dem Urlaub kam. Es gibt da einen prominenten Gerichtsmediziner, der auch publiziert. Vor einigen Jahren hat der sich bei Spiegel-online darüber beschwert, dass aus Kostengründen immer häufiger auf Obduktionen verzichtet wird. In den Flächenländern würde seltener obduziert als in den Stadtstaaten. Der Transport des Leichnams sei mit über tausend Euro teurer als die Arbeit des Gerichtsmediziners. Daher blieben viele Mordfälle ungeklärt, weil sie gar nicht als Tötungsdelikt erkannt würden.»

Kemper schüttelte den Kopf. «Das passt ins Bild. Mit Hollenbeck habe ich während deiner Abwesenheit ausführlich diskutiert, auch über den Mörderbegriff. Politiker wollen bei einer Reform des Strafrechts auch an die Begriffe aus der Nazizeit ran. Das ist mir alles zu kleinteilig, dieser Streit um Begriffe. Klar, ich benutze auch nicht gerne Lehnworte aus der Nazizeit, aber mit solchen Nebenschauplätzen halten sie sich auf, mit diesen kleinen Lücken. Das richtig große Scheunentor der Ungerechtigkeit lassen sie daneben offenstehen.»

«Das sehe ich auch so. Wenn sie das Fass schon aufmachen, dann soll auch alles auf den Prüfstand», sagte Brandt.

«Was du von dem Gerichtsmediziner erzählt hast, der sich über die vielen unentdeckten Tötungen beklagte, dann sollte man sich eigentlich freuen, dass sie hier im Mordfall Frederike endlich mal die Chance haben, einen Mordfall abzuarbeiten.

Und was tun sie? Aus prozessualen Gründen …, na ja, du kennst ja alles.»

«Bevor ich's vergesse», sagte Brandt, «morgen am späten Nachmittag kommt übrigens Frederikes Vater nochmal vorbei, ich habe mir da was überlegt, mit irgendetwas muss man sich ja während einer Kreuzfahrt die Zeit vertreiben.»

«Ich dachte, mit dem Gerichtsmediziner …»

«Nur beim Essen, aber es gibt danach ja die Phase der Verdauung», sagte Brandt, «Jedenfalls dachte ich, wir treffen uns gegen 16.00 Uhr bei dir im Büro. Soll jetzt kein Überfall sein, deshalb sag ich's ja jetzt schon, aber wenn du meinst, dann …»

«Nein, geht schon in Ordnung.»

«Das ist nett, dass wir uns bei dir treffen können, in meinem Büro sieht es nicht so einladend aus, ein nackter Schreibtisch, zwei Stühle und leere Regale. Bei dir bekommen wir wenigstens einen Kaffee.»

«So, meinst du?», Kemper lächelte. Der Kaffee war noch das geringste Problem, dachte er. Wenn nur Brandt sich nicht verrannte – und er selbst gleich mit, überlegte er, da ihm immer die Worte von Hollenbeck im Kopf herumspukten. Tja, «Chancen und Risiken», würde Hollenbeck es jetzt kurz auf die Formel bringen.

«Warte mal», sagte Kemper, der sich ärgerte, dass Hollenbeck mit seinen Bedenken immer nur zu ihm kam und nicht einmal Brandt selbst in diese Diskussionen verwickelte, mit denen er immer aufgehalten wurde, «ich rufe Hollenbeck an, der kann gleich mit dazu kommen.»

«Ja, gerne, wir können jeden Unterstützer gebrauchen», freute sich Brandt.

«Oh, deinen Optimismus möchte ich haben», entgegnete Kemper, «Hollenbeck ist unser Sparringspartner.»

«Soll heißen?»

«Er schlägt immer zurück. Du kannst sagen, was du willst, von ihm kommt immer ein Kontra.»

«Ja und? Dadurch überprüfen wir unsere Position.»

«Ich sage ja, deinen Optimismus möchte ich haben. Du gewinnst auch einer Niederlage noch was Positives ab.»

Kemper wählte Hollenbecks Nummer und bat ihn, herüber in sein Büro zu kommen und legte auf.

«Hollenbeck war bei mir und meinte, wir würden uns da ziemlich verrennen», sagte er zu Brandt, nachdem er das kurze Telefonat mit Hollenbeck beendet hatte, «da sind zum einen die Beweise im Revisionsprozess, die das Landgericht und auch zuvor der BGH auseinandergenommen haben.»

«Du redest von den Faserspuren und dem Reifengutachten», sagte Brandt, «es sind tatsächlich Fehler gemacht worden. Dem Reifengutachter lag nur ein Gipsabdruck vor. Wenn die Sachverständigen am Tatort gewesen wären, sähe es anders aus. Die hätten wahrscheinlich auch einen Bodenmechaniker zu Rate gezogen. Die Chance wurde ihnen aber gar nicht eingeräumt, das war damals vielleicht sogar unüblich. Die bekamen halt diesen Gipsabdruck und den Hinweis, macht mal. Dann die Würdigung vom BGH und Revisionsgericht zu den Fasergutachten: Es war ja nachvollziehbar, dass sie sagten, sieben unterschiedliche Fasern sprechen auf den ersten Blick für die Tatbegehung durch den damals Angeklagten, allerdings kann Frederike anschließend abgesetzt worden und dem nächsten Fahrer zum Opfer gefallen sein. Das erklärt aber nicht, warum Frederike nur durch Hinsetzen auf den

Beifahrersitz später diese Fasern in der Unterwäsche hatte. Da stimmt doch was nicht! Das hätte den Richtern auffallen müssen.»

«Der BGH lässt die DNA-Beweise allein nicht ausreichen», warf Kemper ein.

«Eben, ist ja richtig. Wir haben allerdings einen Beweisring! Der BGH sagt, DNA ist ein starker Beweis, reicht allein nicht aus, aber zusammen mit den sieben Faserspuren, die teilweise in der Unterwäsche des Opfers festgestellt werden konnten, und einem Reifengutachter, der heute sagt, dass er das Gutachten so nicht mehr abgeben würde und einen Bodenmechaniker beiziehen würde, mit diesen Indizien ist es sicher. Der Beweisring schließt sich. Der damals Angeklagte war der Täter.»

Es klopfte kurz, dann trat Hollenbeck ein. Er grüßte Brandt und setzte sich zu den beiden.

«Ich muss dir ja nicht sagen, um welches Thema es geht. Wir sind bei der Änderung des Prozessrechts», sagte Kemper.

«Ist mir schon klar», erwiderte Hollenbeck, «aber es ist das geschriebene Recht und von uns hinzunehmen und anzuwenden.»

«Was wir auch immer getan haben», sagte Brandt, «aber ich habe mit dem unerschütterlichen Rechtspositivismus ein Problem und da habe ich unseren Kollegen Hajo fast schon auf meiner Seite.» Dabei knuffte er Kemper an die Schulter. «Konsequent weitergedacht, musste einem Marinerichter im zweiten Weltkrieg Recht gegeben werden, der einen Matrosen wegen einem geklauten Apfel hinrichten ließ. Das war jedenfalls grob vom Gesetz erfasst, denn damals ließ sich fast jede Handlung als Wehrkraftzersetzung mit der Folge Todesstrafe subsumieren. Der Marinerichter, wie auch viele andere der 120-prozentigen Richter des Dritten Reichs, fällte das Urteil und schaffte es nach dem Krieg, unbehelligt bis in das Amt eines Ministerpräsidenten aufzusteigen. Erst dann holte ihn seine Vergangenheit ein.»

«Im Übrigen waren solche Urteile gegen Plünderer oder Wehrkraftzersetzungen im Krieg an der Tagesordnung. Damit will ich das nicht gutheißen. Es war ein Urteil im Wahn gefällt, einen Endsieg zu erreichen, und es war Unrecht. Es gab kein Gesetz, das Mundraub mit dem Tod bestraft hätte. Der Richter kann nur Recht gebeugt oder falsch subsumiert haben. Jetzt lasst uns aber auf euren Fall konzentrieren. Was ist denn am Rechtspositivismus so falsch?», fragte Hollenbeck, «es ist auch eine Frage der Rechtssicherheit, dass die Gesetze, die erlassen werden, auch konsequent angewendet werden – ohne Ansehen der Person.»

«Falsch? Was falsch ist, das sieht doch jeder am Mordfall Frederike», entgegnete Brandt in einem aufgebrachten Tonfall. Kemper gab ihm mit der flachen Hand ein Zeichen, das Tempo zu drosseln. «Recht und Gerechtigkeit fallen auseinander», fuhr Brandt mit Blick auf das Gemach-Gemach-Zeichen Kempers unbeirrt fort. «Und ihr nehmt das hin, dass Unrecht in diesen Ausnahmefällen zu akzeptieren sei. Ich bin dagegen der Meinung, dass wir, die wir immer eine Perfektion anstreben, eben kein Unrecht akzeptieren dürfen.»

«Findest du das nicht ein wenig pathetisch aufgeblasen?», fragte Hollenbeck.

«Jetzt provoziere doch nicht ständig», mahnte Kemper.

«Lass ihn», sagte Brandt. «Das zeigt, dass ich ihn noch nicht überzeugen konnte, deshalb sollte ich kurz ausholen. Bereits

2007 haben zwei Bundesländer einen Gesetzesantrag in den Bundesrat eingebracht.»

«Ach, ja, und welche Länder waren das?», fragte Hollenbeck.

«Das waren Nordrhein-Westfalen und Hamburg. Ausgelöst wurde deren Initiative durch die neuen technischen Möglichkeiten der DNA-Analyse, dass plötzlich aus den seit Jahren gelagerten Asservaten absolut sichere Beweise zur Verfügung standen, die zur Neubewertung führen mussten.»

«Aus freigesprochenen Angeklagten werden im Labor überführte Täter», unterbrach Kemper und fasste Brandts Ausführungen in einem Satz zusammen.

«Ganz genau. Die beiden Bundesländer wollten daher die Wiederaufnahme rechtskräftig abgeschlossener Strafverfahren auch zu Lasten der freigesprochenen Angeklagten erweitern», fuhr Brandt fort.

«Und was wurde daraus? Mir ist die Initiative unbekannt», gab Hollenbeck zu.

«Papier ist geduldig, wieder einmal. Jahre später wurde die Vorlage dem Rechtsausschuss zur Beratung des Bundestages überwiesen. Der Ausschuss hatte immerhin eine öffentliche Sachverständigenanhörung über den Gesetzentwurf der beiden Länder durchgeführt. Seitdem ist Funkstille. Ich nehme nicht an, dass seit 2010 der Vorgang dort noch immer verfassungsrechtlich untersucht wird. Den Entwurf fasst keiner mehr an.»

«Und jetzt wollt ihr ihn reanimieren, oder was?», fragte Hollenbeck.

«So ungefähr», schloss Brandt.

«Das ist einfach staatlich abgesichertes Unrecht. Zwei Bundesländer sehen das auch so und einige andere Staaten in

Europa. Jeder denkt doch bei dem Begriff der Rechtssicherheit daran, dass sie denen gewährt werden muss, die der Hilfe und Unterstützung bedürfen. Man denkt dabei an die Opfer von Straftaten. Aber ich kann doch nicht ernsthaft den Schwerkriminellen im Blick haben und ihn schützen wollen. Rechtssicherheit muss aus Opfersicht und nicht aus der Perspektive der Täter gesehen werden», ergänzte Kemper.

«Ein Freigesprochener soll sich auf den Freispruch verlassen können, aber ein falsch Freigesprochener soll sich seines falschen Freispruchs nicht sicher sein. Das ist der letzte Triumph, den der Rechtsstaat hat», sagte Brandt.

«Das hast du aber schön gesagt», lächelte Hollenbeck gönnerhaft. «Ich darf doch mal loben, auch wenn ich die Sache etwas anders sehe.»

«Wir werden langfristig die Regelungslücke schließen. Ich bin mir sicher, dass das irgendwann passieren wird. Das haben andere Länder längst erkannt», sagte Kemper.

«Was wollen andere Länder erkannt haben?», fragte Hollenbeck.

«Dass die Tatbestände, die eine Durchbrechung des Strafklageverbrauchs zulassen, um einen Umstand erweitert werden müssten.»

«Und der wäre?», fragte Hollenbeck.

«Schlicht und einfach: Wenn unerschütterliche Beweise auftauchen, mit denen die Tat nunmehr nachgewiesen werden kann.»

«Und welche Länder sollen das sein?»

«Nach jetzigem Stand sind das Norwegen, Finnland, Schwe den, England, Österreich, Bulgarien, Rumänien und Russland.»

«Russland, Bulgarien und Rumänien sind natürlich klare Vorreiter in Sachen ‹Rechtsstaat›», spöttelte Hollenbeck. «Es stimmt, von den Staaten lässt sich eine Menge lernen. Aber ehrlich: Macht das nicht misstrauisch, dass ausgerechnet diese Staaten den Ausnahmekatalog erweitert haben?»

Brandt ging auf die Stichelei Hollenbecks nicht ein und Kemper zog sich auf eine Beobachterposition zurück.

«Dann picke ich mir Österreich heraus. Ich war nicht untätig und habe recherchiert. Es ist der Paragraf 352 in der österreichischen Strafprozessordnung. Demnach ist die Wiederaufnahme zulässig, wenn der Beschuldigte später ein Geständnis der ihm angelasteten Tat ablegt oder sich andere neue Tatsachen oder Beweismittel ergeben, die geeignet scheinen, die Verurteilung des Beschuldigten nahezulegen.»

«Wie bescheuert klingt das denn?», fragte Hollenbeck, «‹wenn sich Beweismittel ergeben, die geeignet scheinen, die Verurteilung des Beschuldigten nahezulegen›», sagte er, langsam wiederholend, «vager lässt es sich wohl nicht ausdrücken. Da sind unsere österreichischen Juristenkollegen wie die Katze um den heißen Brei herumgeschlichen und haben überlegt, ja, wie könnte man das nur formulieren? Hm, da eine Prise Unschlüssigkeit, lass uns mal schreiben ‹geeignet scheinen›, dann noch ein wenig Unverbindliches wie ‹die Verurteilung nahezulegen›, ...»

«Du kannst es dir ja mal auf Finnisch ansehen», unterbrach ihn Brandt, «egal wie sie es ausdrücken, allemal besser, als bei uns mit einer riesigen Lücke leben zu müssen. Ich kann jedem, der jetzt sagt, lasst es, wie es ist, nur raten, den Fall einem juristischen Laien vorzutragen. Der ‹Normalbürger› mit noch nicht durch eine juristische Ausbildung deformiertem Rechtsgefühl wird die Welt nicht mehr verstehen, wie wir aus formal-juristischen Erwägungen einen Mörder laufen lassen sollen.»

«Wollt ihr einen Kaffee?», fragte Kemper nachdenklich in die Stille hinein, die plötzlich entstand, als Brandt geendet hatte und jeder dessen Worte erstmal sacken ließ.

«Nee, lass mal», sagte Hollenbeck. «Ich muss gleich wieder an meine Akten. Außerdem muss ich dringend eine rauchen. So eine Diskussion mit euch macht mich richtig zittrig.» Er zog aus der Sakko-Innentasche eine Zigarettenschachtel hervor und klopfte sich eine aus der Packung, steckte sie sich in den Mund, ohne sie anzuzünden und lehnte sich entspannt zurück. Es klopfte. Eine ältere Dame sah herein, zog die Tür aber wieder zu, als sie die drei im Büro sah, kam nach kurzem Zögern zurück und griff sich den Papierkorb, leerte ihn draußen im Flur und stellte ihn zurück. Missbilligend blickte die Frau Hollenbeck an und schüttelte den Kopf. «Ich geh' ja schon raus. Immer diese Raucher», sagte er mehr zu sich und folgte der Putzfrau in den Flur. Die Tür blieb noch angelehnt, da Brandt auch im Aufbruch war. So hörten Brandt und Kemper noch Hollenbecks Beteuerung gegenüber der Reinigungskraft, dass die Kippen im Treppenhaus nicht von ihm stammten.

«Ich will dich auch nicht länger aufhalten, wir können uns ja am Wochenende in meiner Kanzlei treffen», schlug Brandt vor.

«Deine Kanzlei? Hast du schon eine Adresse? Von der Einweihungsfeier habe ich gar nichts mitbekommen», mokierte sich Kemper.

«Ich weiß, kommt alles noch, bin ja beim Einziehen, aber einen Besprechungstisch mit Stühlen, den gibt es schon.»

«Gute Idee, wir treffen uns in deiner Kanzlei. Ich sag Hollenbeck Bescheid. Er würde deine Kanzlei auch gerne besichtigen. Finden wir großartig, dass du so was auf die Beine stellst und nicht nur Golf spielst.»

«Golf? Den fahre ich nur. Dann sagen wir doch bis Samstag. 10.00 Uhr?»

«Vormittags bin ich mit Caro einkaufen. Besser nachmittags um 16.00 Uhr», schlug Kemper vor, wollte den Termin in seinen Kalender eintragen, als er stoppte. «Geht nicht, Geburtstag der Patentante von Caro. Da müssen wir hin. Sagen wir einfach, Samstag in acht Tagen, 16.00 Uhr.» Brandt nickte und stand auf. «Jetzt entschuldige mich bitte, ich muss noch ein paar Dinge mit der Verwaltung regeln, wollte auch noch mit der LOStA sprechen. Wir sehen uns in gut einer Woche», sprach Brandt und war so schnell verschwunden, wie er gekommen war.

Uns täte ein Blick über die Landesgrenzen gut, überlegte Kemper, als er wieder allein im Büro saß. Er fand die Regelungen, wie einige andere Länder diesen Konflikt gelöst hatten, zum Beispiel die Skandinavier, die Briten, Österreicher, um mal die demokratischen Nationen zu bemühen, ideal. In anderen Fällen lernen wir doch auch gerne von den Finnen, siehe PISA-Studie. Warum evaluieren wir nicht einmal unsere Gesetze? Warum etablieren wir nicht europäische Standards, fragte sich Kemper. Beim Stichwort PISA fiel ihm über das Schulwesen Emma ein, ihre Defizite in Mathematik und die Nachhilfestunden bei dem Studenten. Sie sollte jetzt dranbleiben und nicht nach dem ersten Erfolg in der letzten Mathearbeit mit den Nachhilfestunden wieder aufhören.

Na ja, er konnte Sven Hollenbeck verstehen, denn Brandts Ausführungen waren etwas zu abstrakt-theoretisch, empfand Kemper. Manchmal konnte man trockenen und zugegebenermaßen auch langweiligen Ausführungen nur folgen, wenn man mit Engagement und innerer Überzeugung an der Sache hing und unbedingt wissen wollte, wie der Durchbruch in einem verworrenen, in der Sackgasse befindlichen Rechtsfall zu erreichen war. Brandt und er hingen mit Herzblut an dem Mordfall Frederike und wollten dem Vater helfen. Hollenbeck blieb weiterhin auf der Seite derjenigen, die eine Änderung des Grundgesetzes und der Strafprozessordnung nicht für notwendig erachteten.

Mittags rief Caro an. «Du brauchst heute Emma nach der Chorprobe nicht abzuholen. Sie geht anschließend zu einer Freundin, die auch im Chor singt. Sie wollen danach noch Geburtstag feiern.»

«Aber sie feiert doch wohl nicht in ihren Geburtstag hinein?»

«Warum nicht, könnte sein. Lass sie doch, es ist eine lustige Mädchentruppe. Du müsstest einmal früher nach Hause kommen, dann könntest du sie mit ihren Freundinnen erleben.»

Kemper dachte an einen quirligen, quietschenden rosa Pulk von Mädchen und an seinen Vollzeit-Beruf, der oft Überstunden erforderte, für die er gelegentlich dankbar war. Wie an den Tagen der Heimsuchung, von denen Caro gerade so begeistert erzählte.

«Die Kinder sollen nicht übertreiben, das wird doch viel zu

spät, reinfeiern», sagte Kemper. Emma würde mit ihrem Slang jetzt entgegnen, «geht's noch?», überlegte er und löschte im Outlook-Kalender den «Emma-Abholen» Eintrag für den Abend.

«Die Kinder sind inzwischen Jugendliche und haben morgen frei. Schon vergessen?»

«Warum haben sie schulfrei? Schon wieder Unterrichtsausfall, Lehrer krank?»

«Es ist doch einer der beweglichen freien Tagen im Schuljahr. Das hatten wir dir aber letzte Woche schon gesagt. Es ist schön, wenn du mal früh nach Hause kommst.»

«Kennst du die Freundin? Was sind das für Leute? Ich weiß nicht, sie ist erst dreizehn.»

«Vierzehn. Fast ist sie vierzehn, sie zählt schon die Tage, der Countdown beginnt übermorgen.»

«Ja, das habe ich mir gerade noch so merken können, ihren Geburtstag. Aber als Vater macht man sich schon Sorgen um die Tochter. Um unser einziges Kind.»

«Hajo, bitte. Weißt du, bei meinen Urgroßeltern stand hinten auf dem Grabstein eingemeißelt ‹Die Liebe höret nimmer auf›. Bei dir müssten sie ‹Die Sorgen hören nimmer auf› draufschreiben. Manchmal übertreibst du und sag jetzt bitte nicht, dass es mit deinen Fällen zu tun hätte.»

Caro hörte ihren Mann tief durchatmen.

«Bis später», sagte er nur, dann legte er auf.

Nach dem Aktenstudium rieb Kemper sich müde die Augen. Für eine Ermittlungsakte hatte er seit dem Mittagessen nur in Kommentaren und in der Datenbank von Juris recherchiert. Er sollte für heute Schluss machen, dachte er. Manchmal fühlte man sich so ausgelaugt, dass alles Weitere ineffektiv wurde und man lieber eine Pause einlegen oder für den Tag abbrechen sollte. Er fuhr den Computer herunter und hängte sein Jackett in den Schrank, holte seine Regenjacke hervor und war schon in der Tür, als sein Telefon klingelte.

Vielleicht Peter Brandt, dachte er, nahm ohne auf das Display mit der angezeigten Nummer zu blicken ab.

«Herr Kemper?», fragte eine Frauenstimme.

«Ja», und in dem Moment erkannte er ihre Stimme. «Ich bin's, Constanze Möllers. Ich müsste sie unbedingt in den nächsten Tagen sprechen. Ich habe Emma bereits einen Zettel mitgegeben. Passt es Ihnen morgen Abend, vielleicht wieder beim Italiener?»

«Donnerstag?», Kemper grübelte. Den Rechner mit seinem Outlook-Terminkalender hatte er schon ausgeschaltet, aber so spät musste es eigentlich klappen.

«Einverstanden, 19.00 Uhr», sagte er, erwartete, dass sie noch erwähnte, was los sei, etwas mit Emma vielleicht. Allein dieser Gedanke versetzte ihm sofort einen Stich in den Magen, doch sie sagte nur kurz «danke» und hatte schon aufgelegt, bevor er noch reagieren und nachfragen konnte.

Während der Autofahrt war er immer noch mit dem merkwürdigen Anruf der Lehrerin beschäftigt. Wann hatte er schon mal Kontakt mit dem Lehrerkollegium von Emmas Gymnasium, überlegte er, neulich das erste Mal mit der Klassenlehrerin, und jetzt schon die nächste Begegnung.

Ausgerechnet heute war Emma unterwegs und übernachtete nach der Chorprobe auch noch auswärts bei einer Freundin. Das konnte Frau Möllers nicht wissen. Möglich war, dass Caro mehr über die Hintergründe von Frau Möllers Anruf wusste. Er parkte in der Garage und ging ins Haus. Caro war oben in ihrem Arbeitszimmer und korrigierte eine Klassenarbeit. «So früh schon?», fragte sie, als er hereinkam und ihr einen Kuss auf den Mund gab. «Ist doch spät genug. Bin müde», sagte er, «soll ich schon Abendessen vorbereiten?» Caro nickte. «Ich brauche noch eine gute halbe Stunde», gab sie zurück. «Ach, hat vielleicht Frau Möllers angerufen?», fragte er.

«Wer ist Frau Möllers?», wollte Caro wissen, ohne den Blick vom Heft zu nehmen. Sie setzte ein Komma und machte einen roten Strich an den Heftrand.

«Aha, neulich hast du mich auf die Probe gestellt mit deiner trickreichen Frage, wie der Lehrer von Emma heißt. Es war eine Frau, nämlich besagte Frau Möllers.»

«Ah, die Frau Möllers, Emmas Klassenlehrerin, na klar, ich dachte, du meinst eine deiner Kolleginnen. Nein, sie hat nicht angerufen.»

«Gab es ein Problem mit Emma in der Schule?», fragte Kemper, «hat sie dir irgendetwas gesagt? Eine Andeutung?»

«Nein, bitte, was ist denn los? Ich muss mich jetzt auf die Arbeiten konzentrieren, reden wir gleich darüber, aber Emma hat zumindest heute früh nichts erzählt.»

Beim Abendessen hatten sie längst andere Themen. Kemper wollte den Anruf nicht mehr erwähnen, es würde sich am nächsten Tag ohnehin alles klären, nahm er an.

22. Oktober 2015, 16.00 Uhr

Gegen 16.00 Uhr klopfte es und Brandt kam mit Frederikes Vater herein. Der große, hagere Mann trug fast die gleiche Kleidung wie beim letzten Treffen. Sie begrüßten sich, der Vater dankte, dass es so kurzfristig zu dem weiteren Gespräch kommen konnte. Dann setzten sie sich an einen kleinen Beistelltisch, auf den Kemper schon drei Tassen gestellt hatte. Er schaltete die Kaffeemaschine ein, die bald darauf zu röcheln anfing.

«Entkalker», sagte Brandt knapp, nutzte das aber nur zum Auftakt seiner Rede. «Ich habe mir Folgendes überlegt. Leider können wir ausschließen, dass der Täter in sich geht und ein Geständnis ablegt. Ändert die Politik das Strafrecht, geht es an dem Täter vorbei.»

«Warum nochmal?», fragte Frederikes Vater.

«Nulla poena sine lege», sagte Kemper.

«Auf Deutsch heißt das, keine Strafe ohne Gesetz. Nulla poena sine lege ist ein alter römischer Rechtsgrundsatz», ergänzte Brandt.

«Was habt ihr Juristen eigentlich an den Römern gefressen?», fragte der Vater erbost mit kräftiger Stimme. «Ich als Nichtjurist kenne die Römer eher als Tyrannen, die in den Arenen Gladiatorenkämpfe veranstalteten, in der der Besiegte nicht mehr aufstehen durfte. Oder denken Sie an die Christenverfolgung. Sie wurden in der Arena den wilden Tieren zum Fraß vorgeworfen, den Römern zur Belustigung. Und die spielen bis heute in unserem Justizwesen mit? Dann wundert mich gar nichts mehr. Und ausgerechnet von denen wollt ihr lernen?»

«Ja, in klaren Momenten hatten es die Römer drauf, wie man heute sagen würde. Das Rückwirkungsverbot zum Beispiel. Nachträglich soll das Strafrecht nicht verschärft oder verändert werden. Das ist ein Willkürschutz und zu Recht unantastbar, denn während der Nazizeit oder anderen Diktaturen hat man mit rückwirkender Strafverschärfung Opfer immer länger im Kerker lassen können. Hätten sie sich mal mehr an römische Rechtsgrundsätze gehalten, müsste man sagen. Wenn das nicht der Fall war, ging das meistens übel aus», sagte Brandt.

«So, das war ein Ausflug in die dunkelsten Kapitel deutscher Gesinnungsjustiz. Kommen wir mal wieder zurück in die Gegenwart», drängelte Kemper, «du sagtest, du hättest dir was überlegt, weil wir im Strafrecht am Ende sind.»

«Ja, genau», sagte Brandt und sah dabei Frederikes Vater an, «Sie sehen, mein ehemaliger Kollege drückt aufs Gas, ich klaue ihm die ganze Zeit seine Aufmerksamkeit, die er sonst Bußgeldverfahren widmen möchte.»

«Witzig, kommst du von Hollenbeck? Der macht auch immer so schräge Witze», sagte Kemper.

«Du wirst es nicht glauben, aber Sven wollte ich zum Termin dazu bitten, es ist gar nicht schlecht, wenn einer immer Kontra gibt, das erdet und stellt alles in Frage. Erst wenn wir das dann nochmal abklopfen und immer noch für gut befinden, können wir uns ans Gericht wenden, dachte ich. Eine Möglichkeit besteht über die Änderung des Strafprozessrechts. Es ist allerdings umstritten, ob das Rückwirkungsverbot auch für das Verfahrensrecht gilt. Also auch wackelig.«

«Und kommt jetzt Hollenbeck dazu?», fragte Kemper.

«Nein, ich habe ihn telefonisch nicht erreicht.»

«Das haben wir gleich», sagte Kemper, griff zum Hörer und wählte die Büronummer seines Kollegen. Die Leitung war tot. Kein Frei- und kein Besetztzeichen. Kemper zuckte mit den Achseln, legte auf, dann wählte er die Nummer der Zentrale. «Irgendetwas stimmt mit der Telefonanlage nicht. Ich kann den Kollegen Sven Hollenbeck nicht erreichen.»

«Ja, das ist richtig», sagte die Mitarbeiterin der Zentrale. «Aber kein Fehler, sondern Absicht. Tut mir leid, ich kann Ihnen nichts Näheres dazu sagen. Wenden Sie sich am besten an den Kollegen selbst.»

Kemper dankte und legte auf. «Sven ist derzeit nicht erreichbar, keine Ahnung, was da wieder los ist, das müssen wir verschieben. Jetzt leg endlich mal los, was hattest du dir überlegt?» Kemper stand auf, ging zur Kaffeemaschine, aus der Wasserdampf herausquoll und füllte die Tassen.

«Ich war doch auf der Kreuzfahrt», bemerkte Brandt.

«Ja, mit diesem Gerichtsmediziner», erinnerte sich Kemper.

Brandt nickte. «Wir waren natürlich nicht die einzigen Juristen an Bord und die Reiseleitung bemühte sich, ihre Passagiere nach den Berufen …»

«… nach den ehemals ausgeübten Berufen solltest du sagen, denn mit Blick auf das Durchschnittsalter warst du doch mit Abstand der Jüngste», unterbrach Kemper.

«Stimmt. Also sie machten einen ehemaligen Anwalt ausfindig und setzten ihn an unseren Tisch.»

«Reiner Selbstschutz der Crew», unterbrach Kemper erneut.

«Was ist? Soll ich erzählen oder langweile ich dich?»

«T'schuldigung, ich bin ganz Ohr», Kemper schmunzelte.

«Kaum ist Hollenbeck nicht da, musst du ihn ersetzen.»

«War ich wirklich so schlimm?»

«Geht so, gerade noch», Brandt winkte beschwichtigend mit der Hand nach unten. «Wir waren also schon zu dritt am Fachsimpeln. Der Anwalt war Amerikaner. Wir hatten spannende Gespräche über das komplizierte amerikanische Rechtssystem.»

«Spannend? Bist du sicher?», fragte Kemper, «wenn du deinen Mandanten nicht verlieren willst, dann solltest du das Thema überspringen.»

«Nein, lassen Sie, ich kann viel vertragen», entgegnete Frederikes Vater.

«Danke!», sagte Brandt. «Aber mein Kollege Kemper offensichtlich nicht. Machen wir es kurz. Der Anwalt ist immer noch Senior, Anfang achtzig, und in seiner Law firm, so nennen die ihre Kanzleien, richtige Anwaltsfirmen mit hundert, zweihundert oder noch mehr Anwälten, war auch einer, der beim Prozess um den ehemaligen American-Football-Spieler und Schauspieler O. J. Simpson mitwirkte.»

«Simpson? Das ist jetzt nicht diese Trickfilmserie? Moment, langsam dämmert's mir», sagte Kemper, «der mit dem Doppelmord, oder?»

«Richtig. Weltweite Aufmerksamkeit erlangte Simpson durch den Verdacht, in Florida seine Ex-Frau Nicole und deren Bekannten Goldman ermordet zu haben. Von Bedeutung im Prozess waren die DNA-Beweise gegen ihn. Das Geschworenengericht sprach ihn frei, auch weil der Verteidiger von Simpson den Ermittlern Rassismus unterstellte. Das waren so richtige Haudegen, diese Anwälte. Ich kann mich noch erinnern, dass damals nach dem Doppelmord die Verfolgungsjagd live auf den amerikanischen Kanälen gezeigt wurde. Kam dann auch bei uns in der Tagesschau. Die Sendeanstalten hatten Helikopter gechartert, die alles filmten, den Geländewagen mit Simpson am Steuer, die Armada an Streifenwagen, die ihn verfolgte und dahinter die Meute an Reportern, die sich an die Stoßstangen der Cops gehängt hatte. Die Beweise gegen ihn waren erdrückend, aber wie gesagt, die Verteidiger nahmen alles auseinander und am Ende blieb von der Anklage nicht mehr viel übrig. Ein Anwalt war übrigens der Kardashian.»

«Sagt mir nichts.»

«Na, Robert Kardashian, der Vater von Kim Kardashian.»

«Ach, die, na ja», sagte Kemper.

«Muss ich die kennen?», fragte Frederikes Vater.

Kemper sah ihn belustigt an, «nein, dann wären Sie mir unheimlich!»

«Kim Kardashian ist doch dieses Model, sie ist immer in den Hochglanzmagazinen», erklärte Brandt.

«Die du abonnierst?»

«Ach», Brandt wischte Kempers Kommentar mit einer Armbewegung wie ein Schwerthieb in dessen Richtung beiseite. «Die lagen doch überall auf dem Kreuzfahrtschiff herum, ob beim Friseur, in der Bordbibliothek oder in den Cafés. Klar, dass der alte Anwalt mir ein paar Kim Kardashian Artikel raussuchte. Hast nichts verpasst, Hajo», beruhigte ihn Brandt, «aber jetzt kommt's: Trotz des Freispruchs im Strafprozess hat ein Zivilgericht Simpson im Februar 1997 zu einer Schadensersatzzahlung in Höhe von insgesamt …», Brandt stoppte und kramte in seiner Jackett-Tasche, zog einen Zettel heraus, faltete ihn auseinander und zitierte, «insgesamt über dreiunddreißig Millionen US-Dollar sollte er nach dem Urteil an die Hinterbliebenen zahlen. Im Unterschied zu einem Strafprozess, bei dem an der Schuld des Angeklagten keine begründeten Zweifel herrschen dürfen, ist es im Zivilprozess ausreichend, wenn die Zweifel an der Schuld nicht überwiegen.»

Kemper sah Frederikes Vater an. «Dreiunddreißig Millionen US-Dollar! Nicht schlecht als Schadensersatz oder Schmerzensgeld für die Hinterbliebenen. Auch wenn die Opfer dadurch nicht lebendig werden», fügte Kemper schnell an.

«Soweit das Urteil. Keine Ahnung, ob die Hinterbliebenen bis heute überhaupt einen Cent gesehen haben. Solche Urteile laufen auch in den USA bisweilen ins Leere. Der Anwalt meinte, weil in Florida Rentenbezüge und Immobilien, die Simpson bewohnt, nicht pfändbar sind, konnte der Anspruch bislang nicht vollstreckt werden.»

«Das kennen wir auch bei uns, dass Schuldner sich in die Insolvenz flüchten», sagte Kemper, «aber ich liege doch richtig, dass dich das auf die Idee gebracht hat.»

«Ja, so ist es. Deshalb sind wir ja hier. Mit Frederikes Vater bin ich das mal durchgegangen und zum Ergebnis gelangt, dass wir mit den strafprozessualen Möglichkeiten am Ende sind. Unser Täter darf nicht Gegenstand neuer Ermittlungen werden. Wir müssen auch im Umgang mit ihm aufpassen und dürfen ihn nicht als Mörder bezeichnen, weil er rechtskräftig freigesprochen wurde. Wir würden uns sonst selbst strafbar machen.»

«Was ich absolut nicht verstehen kann», sagte Frederikes Vater und schüttelte den Kopf.

«Doch, Herr Brandt hat Recht, das Gesetz schützt den

Täter vor weiteren Ermittlungen, weil wir den Wahrheitsbeweis nicht mehr antreten können.»

«Genau, und da setze ich ein», sagte Brandt, «wir werden den Zivilrechtsweg beschreiten, Klage beim Landgericht, dann beim Oberlandesgericht einreichen, notfalls gehen wir nach dem Bundesverfassungsgericht zum Europäischen Gerichtshof.»

«Sag noch mal kurz und knapp, was wollen wir im Zivilprozess erreichen?», fragte Kemper.

«Das muss mein Anwalt wissen», sagte Frederikes Vater matt, der die Frage auf sich bezog und blickte erwartungsvoll zu Brandt.

«Schmerzensgeld wegen unerlaubter Handlung zum Beispiel», sagte Brandt.

«Schmerzensgeld wegen unerlaubter Handlung», wiederholte Kemper nachdenklich, «du weißt, dass der Fall über drei Jahrzehnte zurückliegt und ein Schmerzensgeldanspruch nach dreißig Jahren verjährt ist.»

«Das ist bekannt, Wissen für Jura-Erstsemester», sagte Brandt leicht gelangweilt. «Aber mein lieber Herr Jurist, was ist denn Verjährung? Na? Eine Einrede. Und wie kann ich die Einrede geltend machen? Nicht auf schriftlichem Wege. Zur Erklärung», dabei sah er auf Frederikes Vater. «Einrede der Verjährung heißt, dass nicht der Richter die Verjährung feststellt, sondern die beklagte Gegenseite muss das ins Verfahren einbringen. Das klingt etwas komplizierter als beispielsweise im Verwaltungsprozess. Dort gilt der Amtsermittlungsgrundsatz. Das ist leicht für den Kläger. Der braucht nur etwas zu behaupten, den Rest erledigen die Richter, die alles durchprüfen müssen. Beim Zivilprozess gelten andere

Regelungen. Was nicht in den Prozess eingebracht wird, gilt als nicht vorgetragen. Pech für die Schweiger. Dann verlieren sie. Das bedeutet, ist die Klage verjährt, muss es zwingend durch den Beklagten oder dessen Anwalt vorgetragen werden. Das heißt Einrede», sagte er an den Vater gewandt. «Würde das der Anwalt der Gegenseite oder der Beklagte vergessen, dann könnte ein längst verjährter Anspruch durchgehen. Wir würden folglich den Prozess gewinnen. Da eine Einrede aber nicht im Schriftsatz wirksam vorgetragen werden kann, muss es zwingend zur Hauptverhandlung kommen.»

«Trickreich, auf die Strategie wäre ich jetzt nicht gekommen», sagte Kemper anerkennend.

«Eben. Mit der Hauptverhandlung haben wir die Öffentlichkeit hergestellt», sagte Brandt mit Genugtuung. «Wir können sogar Pressevertreter einladen, die berichten werden, der Fall ist ja spektakulär. Und dann können wir uns Hoffnung auf ein Spendenaufkommen machen. Es gibt aber noch einen weiteren taktischen Zug: Wir können ihn als Täter benennen, er müsste sich inhaltlich zur Wehr setzen. Ich bin mal gespannt, ob er den Vorwurf des Mordes im Prozess substantiiert bestreitet.»

«Mit substantiiert meinen Sie?», fragte Frederikes Vater.

«Er muss seine Behauptung im Prozess mit Tatsachen begründen und belegen», erklärte Brandt.

«Das hört sich nicht schlecht an! Aber wer soll das bezahlen? Die Gerichts- und Anwaltskosten sind beträchtlich, auch die der Gegenseite. Wenn ihr verliert, habt ihr die an der Backe.»

«Ich hab nichts», sagte Frederikes Vater, «ich bin Rentner.»

«Das ist das Problem», sagte Brandt.

«Komisch. Das ist eigentlich immer das Problem», bemerkte Kemper.

«Wir müssen kreativ sein. Ich habe mein Auskommen und werde Frederikes Vater nichts in Rechnung stellen. Aber die Kosten der Gegenseite und die Gerichtskosten müssen wir abdecken, falls wir verlieren. Sicher sind unsere Erfolgschancen nämlich nicht.»

«Was wäre mit Prozesskostenhilfe? Weißer Ring? Fundraising?», fragte Kemper.

«Fund ...», fragte Frederikes Vater, «wie heißt das Wort?»

«Das ist eine neue Art der Spendensammlung, bei der versucht wird, die potentiellen Spender gezielt zu erreichen, sei es durch Aktionen über soziale Netzwerke, E-Mails, also Nutzung des Internets wie auch andere diverse Kanäle. Wir können natürlich auch Straßen- und Haustürsammlungen durchführen, aber da werden uns die Türen zugeschlagen, bevor wir zum eigentlichen Anliegen kommen. Auch auf einem Wochenmarkt einen Stand zu platzieren, wäre möglich, aber brächte nur kleine Beträge, von denen könnten wir vielleicht die Fahrtkosten zum Prozess abdecken. Es könnte helfen, mit dem Fall an die Öffentlichkeit zu gehen. Wenn viele, die auf unserer Seite wären, einen Euro spenden würden, dann könnten wir tatsächlich irgendwann vor dem Europäischen Gerichtshof stehen», sagte Kemper.

Die drei schwiegen einen Moment, weil sie das Ziel in so weite Ferne gerückt sahen. Sie machten sich gegenseitig Mut, ohne an das Positive am Ende zu glauben.

«Wir haben also kein Geld, bisher jedenfalls nicht», sagte Kemper nach einer Weile, «vielleicht machen wir mal den Faktencheck.»

«Jetzt werd' nicht so kompliziert», mahnte Brandt, «wir können das heute auch nicht ausdiskutieren. Wie wär's, treffen wir uns doch demnächst zu diesem Thema in meiner Kanzlei.»

«Das ist jedenfalls ein guter Vorschlag. Ruf mich einfach in den nächsten Tagen an, dann kommen wir bei dir in gleicher Besetzung zusammen. Es wäre trotzdem nicht schlecht, wenn wir Hollenbeck ...»

«Ja, in Gottes Namen, dann bring ihn halt mit.»

«Ihm müsste ich etwas Futter geben. Schick mir doch per E-Mail ein paar Details deiner Taktik für den schnellen Durchblick, dann muss ich aber mit meinen Ermittlungen weitermachen, sonst schaffe ich meine Fallzahlen nicht, nur so am Rande, sonst meint Frederikes Vater noch, wir hätten hier regelmäßig so nette unverbindliche Kaffeezirkel. Also, dann berichte ich Hollenbeck von unserer Strategie.»

Die drei tranken ihre Kaffeetassen leer, erhoben sich und Frederikes Vater verließ mit Brandt das Büro, während Kemper wieder seine Aktenarbeit fortsetzte.

Kemper erinnerte sich an den 19.00 Uhr-Termin am Abend, trug die Uhrzeit in seinen Outlook-Terminkalender mit einem Erinnerungssignal 30 Minuten vorher ein.

Als das kleine Popup-Bild auf dem Monitor auftauchte, speicherte er seine Anklageschrift ab, an der er tagsüber gesessen hatte, fuhr den Computer herunter und schnappte sich seine Jacke vom Bügel.

Er hatte doch länger gebraucht mit der Parkplatzsuche. Schnell ging er auf das hell erleuchtete Lokal zu. An der langen Fensterfront zur Fußgängerzone sah er Constanze Möllers. Sie saß bereits am Tisch, an dem gleichen Fensterplatz, den sie vor knapp drei Wochen ausgewählt hatten.

«Entschuldigung, aber der Verkehr, die vollen Straßen, Sie konnten wahrscheinlich von der Schule aus wieder zu Fuß kommen.»

Constanze Möllers lächelte ihn an. Das ernste Gesicht hatte sie wohl am Schulportal zurückgelassen, was ihn etwas beruhigte, denn insgeheim hatte er sich den ganzen Tag Sorgen gemacht, ob etwas mit Emma nicht stimmte. Ihm schien es aber ein aufgesetztes, nicht von innen kommendes Lächeln zu sein, brüchig, fragil, wie zur Selbstaufmunterung. Der Eindruck, entstanden durch die überraschende Einladung zu dem Abendgespräch, verstärkte sich noch, als er ihr nervöses Fingerspiel an einem Zipfel der Tischdecke sah. Irgendetwas beschäftigte Constanze Möllers, was mit Emma zu tun haben dürfte. Oder mit ihm und seiner Arbeit?

«Hätte ich das geahnt!», sagte sie, «das nächste Mal parken Sie auf dem Lehrerparkplatz, abends steht der ohnehin leer.»

Er wunderte sich über ihre Worte, «das nächste Mal», was hatte diese Frau mit ihm vor? Er ging zur Garderobe, langsam, nachdenklich, ohne dass ihm ein möglicher Hintergrund für ihr Verhalten in den Sinn kam. Er hängte seine Jacke an den Bügel und kam zum Tisch zurück.

«Ehrlich gesagt, beim letzten Treffen hatten Sie mir den Eindruck vermittelt, Emma komme ganz gut mit», sagte er, zog einen Stuhl vom Tisch zurück, setzte sich aber noch nicht. «Was sagten Sie damals? Ja, Sie sprachen von einer Selbstläuferin. Bis auf Mathe. Aber da brachte sie neulich eine ‹Zwei› mit nach Hause.»

Kemper setzte sich erst dann und ließ die Speisekarte, die bereits auf seinem Platz lag, noch zugeklappt. Es hatte etwas Reserviertes, diese beiden Gesten, im Stehen ein vermeintliches Problem mit Emma anzusprechen und nicht sofort zum Essen zu schreiten. Er wollte unbewusst damit Distanz aufbauen, weil ihm die Intention von Emmas Lehrerin noch nicht klar war.

«Ich möchte Sie beruhigen. Mit Emma ist alles in Ordnung», sagte sie in einem gelassenen Tonfall. Kontrastreicher konnte es nicht sein, dachte Kemper, denn mit dem Gefühl seiner Erleichterung, dass es keine Probleme mit Emma gab, wechselte die Miene von Constanze Möllers wieder zu einer Strenge, die ihm beim ersten Treffen aufgefallen war. Ihre Lippen waren mit einem kräftigen Rot nachgezogen, die gleiche Farbe glänzte auch auf den Fingernägeln. Er überlegte, ob sie beim letzten Mal auch schon so stark geschminkt gewesen war.

«Dann werden Sie mir sicherlich verraten können, was Ihr Anliegen für unser ...», er machte eine Pause und suchte nach einem anderen, passenderen Wort als das möglicherweise für etwas zu plump zu haltende «Rendezvous», «... sagen wir, für unser konspiratives Treffen ist», dabei zog er die Silben von kon-spi-ra-tiv in die Länge und beobachtete genau die Mimik seines Gegenübers, die sich aber nicht veränderte.

«Wir haben, ich meine, Emma und ich, wir kamen nochmal ins Gespräch über ihre Berufswahl. Ich fragte sie, warum gerade Staatsanwältin? Ich finde es ist ein eher ungewöhnlicher Berufswunsch für ein Mädchen.»

«Sie haben Ihre Getränke schon gewählt?», fragte der Kellner, der plötzlich auftauchte, als habe er das letzte Wort «...wunsch» als Getränkewunsch verstanden.

Beide klappten ihre Karten auf und bestellten wie beim letzten Mal alkoholfreies Bier. Dann gingen sie die Speisen durch und landeten erneut beim leichten italienischen Salat mit Hähnchenbruststreifen. Kemper hatte das Gefühl, es liefe alles auf eine Routine zwischen ihnen hinaus, ja, auf ein Ritual zwischen ihnen, das beim Essen begann und da enden könnte, wo statt einer Problemlösung ein neuer Konflikt entstehen würde. Denn er saß einer durchaus selbstbewusst wirkenden Frau gegenüber, die sich ihrer Ausstrahlung im Klaren zu sein schien. Und attraktiv war sie.

«So, wir waren beim Berufswunsch», sagte Kemper und reichte dabei dem Kellner die beiden Speisekarten, «die Frauenquote beim Jurastudium ist hoch.»

«Ja, sie wählen dann schicke Berufe wie Rechtsanwältin oder Richterin, genauer: Scheidungsanwältin oder Jugendrichterin, das kann ich mir gut vorstellen. Aber als Staatsanwältin muss man eine gewisse Durchsetzungskraft haben, eine Strenge, dem Angeklagten mit Bestimmtheit entgegentreten zu können und es auszuhalten, wenn die Verteidiger einen vielleicht auch ungerecht angreifen. Das sind Fähigkeiten, die sich erst im Alter herausstellen, die sich jetzt bei Emma noch nicht zeigen.»

«Und aus dieser Sorge heraus fragten Sie, warum gerade Staatsanwältin.»

Frau Möllers nickte. «Weil Sie den Beruf ausüben würden, antwortete mir Emma.»

«Ja, das ist richtig.»

«Und warum haben Sie mir das verschwiegen?»

«Muss ich das jedem offenbaren? Verschweigen heißt, etwas gezielt und vorsätzlich nicht erwähnen. Niemand läuft wie ein Herold herum und posaunt seinen Beruf heraus. Es sei denn, derjenige wäre Vertreter für ein bestimmtes Produkt und hätte es auf Geschäftsabschlüsse abgesehen.»

«Natürlich haben Sie Recht. Aber ich hätte vielleicht beim letzten Treffen ein Thema angeschnitten, das mir sehr am Herzen liegt. Deshalb das heutige Treffen.»

«Dann legen Sie mal los», sagte Kemper, mittlerweile entspannt, weil er wusste, es ging nicht um Emma und etwaige schlechte schulische Leistungen. Ab und zu war er schon von Bekannten oder von Nachbarn mit dem einen oder anderen rechtlichen Problem konfrontiert worden. Meistens konnte er dann ausweichen und mit Hinweis auf das Rechtsberatungsgesetz sagen, dass er keine Auskünfte geben dürfe, das sei allein Anwälten vorbehalten. Oder er riet ihnen, wie sie am besten vorgehen sollten, Widerspruch einlegen oder was auch immer in dem Fall aus rein formalen Gründen angeraten erschien, ohne inhaltlich ins Detail gehen zu müssen. Denn ohne Aktenkenntnis war es heikel, zuverlässige Antworten geben zu können.

Der Kellner brachte die beiden Biere. Sie hoben die Gläser, prosteten sich zu. Dann, nach einer kleinen Pause, begann Constanze Möllers.

«Über Jahrzehnte verfolge ich die Presse über einen Mordfall, der sich hier bei uns im Landkreis von Hainbergen ereignet hat. Verstehen Sie mich nicht falsch. Ich weiß, dass da draußen nicht nur heile Welt besteht, dass wir unsere Schüler auch auf das Schlechte in der Welt und in den Menschen vorbereiten müssen, dass sie mit kritischem Blick, aber auch aufgeschlossen auf ihre Umwelt zugehen müssen. Verbrechen passieren. Auch Morde hier im beschaulichen Hainbergen. Aber dieser Fall damals, der hat eine ganze Menge in uns verändert, in mir, meine ich, weil ich fast in dem Alter der Ermordeten war und in der Jugend noch sensibler und stärker empfunden habe als heute. Und wenn ich eben von ‹uns› gesprochen habe, dann, weil ich aus den Gesprächen mit meinen Freundinnen weiß, dass meine ganze Schulklasse so empfunden hat wie ich.»

«Der Fall liegt demnach viele Jahre zurück», unterbrach Kemper kurz.

«Ja, über dreißig Jahre», antwortete sie.

«Moment, Sie meinen doch nicht etwa den Mordfall Frederike?»

Constanze Möllers sah ihn mit großen Augen an.

«Sie sind auch unterrichtet in dem Mordfall?»

«Ja, mein Kollege, der jetzt ausscheidet und in Pension geht, hat ihn mir vor einiger Zeit übergeben. Ein abgeschlossener Fall im Übrigen. Aber Sie haben mich wirklich überrascht. Woher kennen Sie den Fall, abgesehen von der Berichterstattung in den Medien?»

«Ich war auf der gleichen Schule wie Frederike. Es passierte ja alles quasi hier vor der Haustür, einschließlich des ersten Prozesses am Landgericht von Hainbergen. Frederike war ein paar Klassen über mir. Dennoch kannte ich sie sehr gut, da ich damals im Chor der Kantorei aufgenommen worden war. Frederike hatte schon seit längerem gesungen. Wir freundeten uns an. Ich hatte gelegentlich Reitstunden. Sie wollte unbedingt mit auf das Gestüt und war so glücklich, als ich sie das erste Mal mitnahm. Sie war ein guter Kumpel.

Ich glaube, deshalb hing sie auch an mir, weil ich sie zum Reiterhof mitnahm. Sie verdiente sich dann ab und an was dazu, denn viel Geld besaßen sie und ihre Familie nicht. Reitstunden hätte sie sich nicht leisten können. So half sie beim Ausmisten, Striegeln, was so anfiel auf dem Hof.

Als die Tat geschah und sie vier Tage verschwunden war, da entwickelte sich für uns Schüler ein Drama daraus, mit einschneidender Erfahrung. Ein Mensch verschwindet. Können Sie sich vorstellen, was da an einer Schule los ist? Damals schienen alle überfordert. An Unterricht war nicht zu denken. Es war ein Mittwochabend, an dem sie verschwand. Am Donnerstag haben wir davon erfahren. Die Kripo ging durch die Klassen, befragte alle von uns, auch die Lehrer. Die Fragen, nein, die Ermittlungen gingen sicher in alle Richtungen, aber wir hatten mehr an ein Abenteuer gedacht und erwarteten Fragen, wie zum Beispiel, ob sie schon mal ausgerissen sei, im Unterricht gelegentlich gefehlt hätte, blaugemacht oder in der Art, ob wir sie mit einem Freund gesehen hätten, ob es einen Bekannten mit Auto gegeben hätte, mit dem sie vielleicht auf und davon sei. Nichts. Sowas ging einem in den ersten Stunden durch den Kopf. Dann fiel mir eine Geschichte mit ihr ein. Sie begleitete mich, wie gesagt, nach der Schule manchmal auf dem Weg zu meinen Reitstunden auf das Gestüt. Es war ein heißer Sommertag. Ihr letzter Sommer. Es tut mir immer noch weh, wenn ich das sage oder denke, ihr letzter Sommer oder ihr letzter Winter, dabei war sie keine alte Frau am Ende eines langen, erfüllten Lebens, als sie zu Tode kam. Nach der Reitstunde striegelten wir gemeinsam das Pferd. Ich erinnere mich, wie sie einmal von einem Bild sprach, das sie vor Augen hatte: Wir zwei an einem Strand, vielleicht in Italien oder Spanien. Wir reiten auf Pferden über den Sand, lenken sie auf die auslaufenden Wellen, die Hufe lassen die Gischt aufspritzen. Ein toller Tag am Strand, erfrischend für uns und für die Pferde, einfach frei zu sein, die Pferde im Galopp, den kühlen Seewind um die Nase wehen lassen, im Sprühnebel der aufgewirbelten Brandung. Mit wenigen Worten skizzierte sie ein Bild, das ich auch vor Augen hatte. Vielleicht dachten wir zugleich an einen Werbeclip, der für ein Deo oder eine Seife lief. Für einen kurzen Moment dachte ich, als nach ihr gesucht wurde, sie ist auf und davon, ihren Traum vom Reiten an einem Strand, an dem jetzt Sommer ist, zu verwirklichen.»

«Haben Sie ihr das zugetraut?», fragte Kemper.

«Nein, der Gedanke blitzte nur kurz auf. Wir kannten ja Frederike als hellwache, besonnene Mitschülerin. Sie konnte den Tagtraum vom Realen unterscheiden.»

«Würden Sie sagen, Sie waren dicke Freundinnen?»

«Wie definieren Sie das? Wir steckten oft zusammen, hatten die gleichen Interessen, aber es gab auch den Altersunterschied. Außerdem hatten wir nicht die Chance, zu dicken Freundinnen zu werden, dazu blieb ihr zu wenig Zeit.»

«Tut mir leid. Ich stelle im Moment zu viele dumme Fragen», sagte Kemper.

«Ist schon in Ordnung. Rückblickend bleibt viel Schönes zurück. Es ist schon merkwürdig, wie das Kalte im Leben ausgeblendet wird. Mir fällt ein, wir hatten die tollsten Pläne entwickelt. Unser Chor stand vor einem Partnerschaftstreffen in Frankreich, wir hatten schon verabredet, dass wir mitfahren und in einem Doppelzimmer übernachten würden. Frederike träumte von einer Mädchenband oder einer Vokalistengruppe. A cappella. Die Passionen, die wir sangen, klangen schon gut, aber ihr fehlte manchmal das Moderne, der Rhythmus. Für mich, die Jüngere, war das alles neu und wunderbar. Sie war selbstbewusster, kritischer. Auch deshalb blickte ich auf zu ihr, auch, weil sie schon einen Kopf größer war. Ich bewunderte ihre Locken, ihre Stimme und hatte bald so ein Verhältnis zu ihr wie zu einer älteren Schwester.»

«Dann kommt irgendwann der Augenblick, dass sich ein Freund dazwischen zwängt.»

«Ich wüsste nichts von einem Freund. Soweit war sie noch nicht. Heute würde man sagen, sie war durch und durch solide. Deshalb bekamen wir immer mehr Angst, als der Donnerstag zu Ende ging und es auch am Freitag kein Lebenszeichen von Frederike gab. Über das Wochenende haben wir nur an Frederike gedacht, an ihre Schwester, die auch auf unserer Schule war und an die Eltern. Was mochten sie durchmachen. Ich glaube, wir als Schüler konnten uns da gut hineinversetzen.

Dann, an dem Wochenende, wurde ihre Leiche gefunden. Die Nachricht lief wie ein Lauffeuer durch die Region. Am Montag hatten wir keinen Unterricht, kamen aber zur Schule. Sie hatten einen Mannschaftswagen der Polizei auf den Schulhof gestellt. Er diente vielleicht als Bewachung. Oder als Zeichen, jetzt sei jeder wachsam. Im Lehrerzimmer war Krisensitzung. Aber sowas wie psychologische Betreuung gab es noch nicht. Es wusste ja keiner was passiert war. Wir gingen geschlossen zu einer Andacht in die Kirche. Der Pfarrer redete, der Direktor der Schule ebenfalls, aber das schwamm alles an uns vorbei. Ich kann mich an ihre Ansprachen nicht mehr erinnern. Es war schrecklich, ich kann das heute noch gar nicht in Worte fassen, was da in uns vorging.»

Der Kellner brachte die beiden Salate.

Kemper bediente sich wieder an Öl und Essig, während Frau Möllers ihren Salat zunächst nicht beachtete.

«Wir haben alle den Prozess verfolgt. Die Verurteilung und kurze Zeit später den Freispruch. In der Phase dazwischen, als der Täter hinter Gittern saß, da kehrte erstmals so was wie Ruhe ein. Das war ein Abschluss, der uns wichtig war. Ein abscheuliches Verbrechen war passiert und der Täter wurde zur Rechenschaft gezogen und bekam seine Strafe. Das alles machte Frederike nicht mehr lebendig, aber es war ein Teil unserer Trauerverarbeitung. Bei den Amoktaten an den Schulen, in Erfurt, Thüringen oder in Winnenden, Baden-Württemberg, hatten sich die Täter selbst gerichtet. Da ein Prozess gegen einen Toten nicht stattfindet, gab es auch keine Auseinandersetzung mit der Tat. Für die Hinterbliebenen fehlt da was. Dann die Berufung.»

«Revision», warf Kemper ein.

«Gut, dann kam eben die Revision des Falles, die mit dem Freispruch geendet hat. Das war für alle ein Schlag und es fing von vorne an. Ein Triebtäter aus der Gegend befand sich weiterhin auf freiem Fuß, und die Tat an Frederike war noch nicht gesühnt worden. Damit fehlt den Angehörigen und Freunden der Abschluss, der als Teil der Trauer und Verlustverarbeitung wichtig ist. Der Täter muss nicht nur zur Rechenschaft gezogen werden, die Ursachen der Tat, seine Motive müssen genauso ans Licht gebracht werden wie die Frage, ob es Mitwisser oder Mittäter gab, die belangt werden müssen. Außerdem: Was war der Auslöser der Tat? Das alles muss und wird in einem Prozess zur Sprache kommen. Wie kann Ähnliches in Zukunft verhindert werden? Alles das kommt zu kurz.»

«Ich kann Ihre Aufregung in dem Fall gut verstehen. Mir geht es ja genauso. Manchmal drängt auch die Anzahl der Opfer, die Begehungsweise oder der Druck der Öffentlichkeit auf Aufklärung, auch, wenn die Haupttäter nicht mehr greifbar sind. Denken Sie an den Münchener Prozess gegen den Nationalsozialistischen Untergrund NSU. Die Mörder sind tot, jetzt geht es um Mitwisser, Unterstützer oder weitere Tatbeteiligte», sagte Kemper, der langsam an seinem Salat gegessen hatte, während Constanze Möllers ihn noch nicht angerührt hatte. Jetzt nahm sie eine erste Gabel und tupfte sich mit der Serviette das Salatdressing von den Lippen.

«Bei dem Prozess gegen den Nationalsozialistischen Untergrund wurde es für die Hinterbliebenen noch furchtbarer, als man sich vorstellen kann», fuhr Kemper fort. «Nicht nur die unmittelbaren Täter sind tot und müssen sich nicht mehr vor Gericht verantworten. Nach allem, was in dem Prozess in München zu Tage kommt, hatten die Ermittler die Familien der Opfer im Visier. Lange Zeit wurden Abrechnungen aus dem Untergrund vermutet, Streitigkeiten im Drogenmilieu zum Beispiel. Das muss eine schreckliche Zeit für die Trauernden gewesen sein. Sie haben nicht nur einen fürsorglichen Familienvater verloren, der sich mit viel Mühe eine kleine Existenz aufgebaut hat, sie standen auch selbst im Verdacht, den Vater umgebracht zu haben.»

«Das fällt auch unter das Thema, ‹wenn man denkt, schlimmer geht's nicht, dann› ...», sagte Constanze Möllers. Sie aßen schweigend am Salat weiter, bis die Lehrerin nochmal auf den Berufswunsch von Emma zu sprechen kam.

«Sie werden das bestimmt schon oft gehört haben», sagte Constanze Möllers, «aber als ich von Emma hörte, dass Sie Staatsanwalt sind, dachte ich, wann sonst, wenn nicht jetzt nutze ich die Chance und rede mit Ihnen», sie legte die Gabel wieder auf die Serviette. «Aber das Erlebte wäre noch kein Grund für unseren Termin heute Abend. Ich bin noch nicht so weit», sagte sie leise, wie als Selbstgespräch vor sich hin, dann nahm sie die Gabel wieder in die Hand und aß ein paar Blatt Salat und pickte ein Stück Hähnchenbrust auf. Kemper trank einen Schluck aus der Pilstulpe und beobachtete sie aus den Augenwinkeln. Er wurde nicht so recht schlau aus der Lehrerin, wusste durch ihre Andeutungen noch nicht, worauf sie hinauswollte, abgesehen von der Gesetzesänderung, die ja viele forderten, sich deshalb aber nicht mit jedem Staatsanwalt fachsimpelnd an einen Tisch setzen würden.

«Entschuldigung, Sie haben jetzt zu leise gesprochen. Hörte ich, Sie seien noch nicht so weit? So weit für was?»

«Nein, nein», sie legte das Besteck wieder ab, wedelte mit den Händen, als wollte sie ihre letzten Worte verscheuchen und schien anschließend mit einem anderen Thema ablenken zu wollen.

«Die 68er Jahre lagen in unserer Kindheit so lange zurück, dass wir erstmal im Lexikon blättern mussten, was unsere Eltern eigentlich unter den 68er Jahren verstanden, oder der oder die ist ein 68er, der früher auf die Barrikaden stieg und gegen das Establishment demonstrierte. Das hatte etwas Rebellisches, aber wenn man sich die Leute heute ansieht, dann fragt man sich, ob der nicht immer schon so angepasst war, wie er heute aussieht. Hätten wir aber als Schüler damals erfahren, wie viel Glück der Mörder von Frederike gehabt hat, dass er aus rechtlichen Gründen heute nicht mehr belangt werden kann, sein Auskommen hat, seine Familie, ein Haus, ein Auto, jemand, der regelmäßig in Urlaub fahren kann und alle Ziele erreicht hat, zu denen er Frederike nicht den Hauch einer Chance eingeräumt hat, dann wären wir bestimmt auch auf die Barrikaden gegangen. Aber drei Jahrzehnte später haben wir nicht mehr die Energie. Es ist zu viel passiert an Ungerechtigkeit in der Welt, so ist es eben, denken wir, die einen sind auf der Sonnenseite und die anderen kommen aus dem Schatten nicht mehr heraus. Die Bürgerkriege, die Flüchtlingsströme, die vielen ertrunkenen Flüchtlinge auf hoher See, was ist schon ein Menschenleben. Täglich lesen wir von unzähligen Toten. Wir stumpfen ab. Alles wird blasser, man kann sich nicht gegen alles auflehnen, dann mache es einen selbst kaputt, hört man viele sagen. Ich fühle mich manchmal allein mit meiner Meinung, dass wir es nicht dabei belassen dürfen, dass wir mehr an die Opfer denken müssen. Es ist einfach nicht gerecht und wer Frederike gekannt hat, wird verstehen, dass man so eine barbarische Rechtsregel nicht so stehen lassen darf.»

«Barbarisch? Das war der Täter. Das Recht, auch wenn es in einem Fall ungerecht wirkt, ist nicht unbedingt barbarisch zu nennen, aber sonst stimme ich Ihnen zu», sagte Kemper, der sich fühlte, als müsse er die Rolle des Kontragebers Hollenbeck übernehmen. Tatsächlich war er nach den Gesprächen mit Hollenbeck in Zweifel gekommen, ob man die ganze Sache nicht doch ruhen lassen sollte. Den Täter, der

Frederike auf dem Gewissen hatte, bekam man ohnehin nicht mehr hinter Gitter.

«Doch, es ist barbarisch. So geht man mit den Menschen nicht um. Der Gesetzgeber soll auch mal an die Opfer und Angehörigen denken. Wie ist das denn auszuhalten, wenn die Hinterbliebenen den Täter mit Familie durch den Park flanieren sehen und das eigene Kind liegt auf dem Friedhof. Dann sollte der Gesetzgeber auch mal an die Tat selbst denken. Der Täter hat ja nicht aus Fahrlässigkeit getötet, durch Augenblicksversagen, einmal nicht aufgepasst im Straßenverkehr, oder in jungen Jahren eine Kabbelei, man misst seine Kräfte, prügelt sich, der andere fällt unglücklich auf den Hinterkopf und stirbt. Unfälle passieren, davor ist niemand geschützt. Hier war es eine grässliche Vorsatztat, eine Vergewaltigung und nachdem er sie benutzt hat, wurde sie weggeworfen, abgeschlachtet wie Vieh. Sie hatte mir anvertraut, dass sie noch nie einen Freund hatte.»

«Frau Möllers, ich gebe Ihnen ja Recht. Kommen Sie, essen wir erstmal unseren Salat.»

Kemper fühlte sich nicht wohl in seiner Haut. Er dachte ja auch wie Frau Möllers, doch wunderte ihn ihre innere Aufregung, die sie nicht mehr verbergen konnte. Rote Flecken leuchteten an ihrem Hals. Er vermutete noch einen weiteren, bisher verschwiegenen Grund. Offensichtlich traute sie sich nicht, darüber zu sprechen.

«Ich weiß, ich bin unmöglich. Vielleicht bin ich zu lange allein geblieben», sie lachte kurz auf, «wissen Sie, ich sitze dann in meiner Wohnung und führe Selbstgespräche. Und wenn ich wie heute Abend die Gelegenheit habe, purzeln alle diese Gedanken aus mir heraus. Und Sie sind mein heutiges

Opfer, wofür ich mich bei Ihnen schon herzlich bedanke. Oder entschuldigen muss, wie auch immer.»

Ihr nervöses Fingerspiel, während ihrer Rede eingestellt, wurde wieder aufgenommen. Aber unauffällig. Sie nahm das Besteck in die Hand, führte ein paar Salatblätter in den Mund, dann legte sie Messer und Gabel an die Tellerseite, richtete es geradlinig aus, nahm es abermals in die Hand. Ihre Finger waren ständig in Bewegung und signalisierten eine Unruhe, die ihre Ursache im tiefen Inneren von Constanze Möllers zu haben schien. Kemper fühlte sich in der unbehaglichen Position des Beobachters, wie bereits beim Disput zwischen Hollenbeck und Brandt. Das Schweigen, das sich über den Tisch legte, belastete ihn. Gleich würde sie sich mit einer Frage an ihn richten, auf die er wahrscheinlich keine treffende Antwort wusste. Manchmal, wenn ihm ein Verhör zu redundant erschien, achtete er nur auf Gesten seines Gegenübers oder konnte völlig abschalten und war mit den Gedanken bei einem anderen Fall. Es gab Protokollanten, die ihn absicherten, damit er sich bewusst auf anderes konzentrieren konnte wie zum Beispiel die Mimik, die Augen, das Tremolo der Finger. Dann durfte keine Gegenfrage gestellt werden, die er zwar bei einer Vernehmung unterbinden konnte, nicht aber in einem privaten Gespräch. Verhöre mussten sich wiederholen, Fragen in anderer Form erneut gestellt werden, um Widersprüche aufdecken zu können.

«Wollen wir einen Nachtisch essen?», fragte Frau Möllers plötzlich in die Stille hinein, «als Belohnung, dass Sie solange mit mir durchgehalten haben?»

Kemper überlegte. Mit einem Nachtisch würde das Gespräch, von dem er noch nicht wusste, was er davon halten sollte, in die Verlängerung gehen.

«Nur zum Abschluss», sagte Frau Möllers, die merkte, dass Kemper noch Zeit für die Frage nach einem Dessert zu benötigen schien. «Was ich kritisiere ist, dass das Gesetz um den Täter herum einen Schutzkäfig gebaut hat. Er ist unantastbar. Hätte der Gesetzgeber mal sowas für Frederike konstruiert! Verstehen Sie, das ist das Unerträgliche!»

Kemper nickte. Aber irgendetwas stimmte an dem Abend nicht. Das alles konnte nicht der Grund sein, sich mit ihm in dem Lokal zu treffen. Sie hätte ihn anrufen können. Oder ihn bei Gelegenheit, am Rande des Elternsprechtags, beim Schul- oder Sportfest ansprechen können. Es hätte ja gereicht, dass sie ihren Unmut über die Gesetzeslage formuliert hätte.

«Frau Möllers», sagte er nach einer Weile, als auf ein Winken von ihr der Kellner erneut die Speisekarten brachte, «was wollen Sie mir eigentlich sagen? Deshalb sind wir hier doch nicht zusammen gekommen.» Er breitete seine Arme aus, als wollte er das italienische Restaurant umarmen, eine Gestik, die der Kellner kurzerhand nutzte, um ihm eine Speisekarte in die Hand zu drücken. Kemper klappte sie nur kurz auf, flog über die Seite mit den Nachspeisen und schüttelte den Kopf.

Frau Möllers gab dem wartenden Kellner ebenfalls mit einem bedauernden Kopfschütteln die Karte wieder.

«Ja, es gibt einen Grund, und ich weiß nicht, wie ich beginnen soll.»

«Vielleicht mit dem Anfang», sagte Kemper ungewollt flapsig, aber er wollte etwas Auflockerndes sagen und verhaute sich prompt. Er biss sich verlegen auf die Unterlippe.

«Wenn es so einfach wäre», sagte sie. «Sie müssen mir aber versprechen, dass alles, was ich Ihnen nun sage, unter uns bleiben muss. Ich habe Ihr Wort, ja?»

Kemper nickte. Er war kein Seelsorger, kein Anwalt, kein Arzt, nicht im Dienst, aber dennoch fühlte er sich an die Bitte zu Schweigen gebunden.

Es war spät geworden. Auf der Fahrt nach Hause hatte er über das Schicksal von Constanze Möllers nachgedacht. War das alles Zufall, dass die Dinge jetzt gerade auf ihn einprasselten? Er musste oft an Hollenbeck denken, der immer alles so leicht nahm. Kemper wusste nicht, ob es an Hollenbecks Naivität lag, die er zu seiner Überraschung insgeheim zu bewundern schien, weil es eine Unbekümmertheit war, mit der Hollenbeck durchs Leben ging, die sicherlich einiges entkrampfte, während Kemper spürte, dass er selbst zu viel Pathos in seine Worte und sein Denken packte, die der Sache genauso wenig gerecht werden würde wie die tänzelnde Leichtigkeit, die Sven Hollenbeck an den Tag legte. War er selbst ein guter Jurist? Oder war es ein Defizit, eine Rechtsnorm nicht als vorgegeben hinnehmen zu können, wie es ein Rechtspositivist praktizieren würde, sondern sie abzulehnen? Auch seine Rechtsposition immer in Frage zu stellen, beschäftigte ihn. Auf so einen Gedanken käme Hollenbeck nie. Hollenbeck besaß eine ganz andere innere Stärke, ging unbeirrt seinen Weg und käme nie zu den Selbstzweifeln, denen er sich selbst derzeit ausgesetzt fühlte, dachte Kemper.

War es wirklich richtig, gegen einen freigesprochenen Täter vorgehen zu wollen? Kemper stand zwischen den Interessen von Peter Brandt und Sven Hollenbeck. Und seit heute Abend war eine dritte Person dazu gekommen: Constanze Möllers. Was sie durchgemacht haben musste und auf welche Seite er sich schlagen sollte, wurde Kemper auf dieser Fahrt nach Hause deutlich. Das waren manchmal die gewinnenden Momente einer öden, immer gleichen Autofahrt, sich über Dinge im Klaren zu werden, die im Alltagsgeschäft, ob im Büro oder mit der Familie zu Hause, nicht zu Ende gedacht werden konnten. So gesehen wirkte der kleine blecherne Käfig, der ihn zwischen den Orten hin und her transportierte, wie das geschaffene Gehäuse für Exerzitien, ähnlich den Räumlichkeiten einer Klosterzelle. Abgeschottet zu sein, nur Platz zur Selbstreflexion.

Das Haus der Kempers lag im Dunkeln. Erst als der Wagen vor die Garage fuhr, reagierten die Bewegungsmelder und legten den Platz und die Zuwegung zur Haustür in grelles LED-Licht. Nachdem er in der Garage geparkt hatte, öffnete er leise die Haustür, legte an der Garderobe ab, schlich sich ins Bad und sah nach dem Zähneputzen, als er in den dunklen Flur trat, dass unter dem Türspalt von Emmas Zimmer noch Licht brannte.

Emma lag im Bett und las in ihrem Buch, sah nur kurz auf, als die Tür aufging.

«So spät? Was war denn los?», wollte sie wissen.

«Überraschender Termin, hat alles leider länger gedauert.»

«Mama hat sich ziemlich aufgeregt wegen dem Zettel in meinem Heft. Außerdem hat sie Migräne und war früh im Bett.»

«Was für einen Zettel?»

«Von Frau Möllers, dass sie dich sprechen will. Aber zu mir

hat sie gar nichts gesagt. Ich habe keine Fünf geschrieben, ehrlich.»

«Ist schon gut, Emma», er ging zu ihrem Bett, küsste sie auf die Haare. «Es ging um etwas anderes.»

«Hast du meine Klassenlehrerin getroffen? Sie hatte Angst, du würdest den Termin vergessen.»

Kemper schüttelte den Kopf. «Hat alles geklappt. Aber jetzt wünsche ich dir eine gute Nacht», dann schloss er leise die Tür.

Er schlich sich wie ein Dieb ins Elternschlafzimmer und machte die Nachttischlampe an. Seine Frau lag auf dem Rücken und hatte einen Waschlappen auf der Stirn. Sie schlief. Oder sie tat so, als sei sie bereits im Tiefschlaf. Kemper brauchte hingegen lange zum Einschlafen, da nutzte auch der Hopfen des Bieres nicht viel. Was Constanze Möllers berichtet hatte, das würde ihn bestimmt noch lange beschäftigen. Ebenso wie der Fall Frederike.

23. Oktober 2015

«Sag mal, was bedeutet dieser Zettel in Emmas Heft?», fragte Caro streng.

Emma war bereits zum Schulbus gelaufen und die Eltern saßen allein in der Küche beim Frühstück. Caro hatte ihre Migräne überwunden, und Kemper hatte das Gefühl, dass der Zettel etwas mit ihrer Aufregung und diese Aufregung etwas mit der nächtlichen Migräneattacke zu tun gehabt hatte.

Kemper ließ sich den Zettel geben. «Sag bitte Deinem Vater, dass ich ihn unbedingt sprechen muss. C. Möllers», stand darauf. Darunter eine Handy-Nummer.

«Warum will sie dich sprechen und hat mich nicht angerufen?», fragte Caro. «Ich war sonst immer bei den Elternabenden und kenne Frau Möllers besser als du. Oder gibt es da etwas, das ich wissen müsste?»

Kemper stellte seine Kaffeetasse ab.

«Das ist nicht einfach zu erklären. Wie fange ich an?», fragte er und überlegte den Einstieg.

«Du weißt, dass Peter Brandt in den Ruhestand gegangen ist. Er hinterließ mir einen Fall, der ihm keine Ruhe gelassen hat und um den er sich als Anwalt kümmern möchte.»

«Als Anwalt? Will der nicht mal zur Ruhe kommen?», fragte Caro, «also wenn ich in der Schule mal aufhöre zu arbeiten, dann aber richtig. Und ich will nicht hoffen, dass du anderer Auffassung bist.» Dann dachte sie wohl an den Ärger am Vorabend und schränkte ein, «na ja, vielleicht hat das auch seinen Reiz, wenn du dich als Anwalt nach deiner Pensionierung niederlässst», wobei Kemper hoffte, dass sie das eher im Spaß gesagt hatte. Er berichtete ihr vom Mordfall Frederike und dem unbefriedigenden Ende, aber so wolle es die derzeitige Gesetzeslage.

«Ich war selbst überrascht, als mich Frau Möllers um ein Gespräch bat. Ich war in Sorge, es wäre etwas mit Emma. Dann schilderte sie ihre Sicht auf den Fall. Sie kannte Frederike, denn sie besuchte damals die gleiche Schule. Es passierte ja hier im Landkreis. Ich merkte im Gespräch aber auch, dass es nicht der einzige Grund sein konnte, dass sie sich mit mir treffen wollte. Ganz zum Schluss, ich wollte schon aufbrechen, da bat sie mich noch zu bleiben und dann kam sie zum eigentlichen Anliegen. Der Fall mit Frederike ist ja verkorkst durch die Gesetzeslage. Wir kommen nicht ran an den Täter. Und sie will, dass ich weitermache, ich wüsste doch, was man im politischen Bereich machen könne, Rechtsnormen überprüfen lassen, auf Abgeordnete zugehen, damit ihre Fraktionen Gesetzesinitiativen starten könnten und so weiter. Ich sagte ihr, dass ein Kollege von mir Anwalt wird und den Fall weiter im Auge behalten möchte. Ja, den sollte ich bitte unterstützen. Warum, fragte ich sie, warum habe sie so ein großes Interesse an dem Fall. Sie wiederholte nur, sie habe Frederike gekannt und mit der Familie mitgelitten.»

«Das ist ein Grund für ein abendliches Gespräch?», fragte Caro.

«Das Gleiche habe ich auch gedacht.», sagte Kemper.

«Und, was war nun der Grund?»

«Sie bat mich um Stillschweigen und ich habe ihr mein Wort gegeben», sagte Kemper.

«Das ist jetzt nicht dein Ernst?»

«Doch, Caro. Bitte, es ist nichts, was du wissen müsstest, es ist ihre persönliche Schicksalsgeschichte. Was sie aber besonders betroffen macht für den Mordfall Frederike. Es ist auch nichts zwischen Frau Möllers und mir, wenn du das denken solltest.»

Caro schwieg. Sah ihn an und schwieg, was es für Kemper auch nicht leichter machte.

«Versteh' doch, Caro, von vielen Seiten höre ich, dass wir was tun müssen, uns für eine Änderung des Gesetzes starkmachen. Sie hat auch Schlimmes erlebt und mich bestärkt, weiterzumachen.»

Caro atmete tief durch. «Aber wenn alle so denken wie ihr, wo liegt denn das Problem?»

«So einfach ist es eben nicht, auch wenn unser Bundestagsabgeordneter im Wahlkreis formulieren würde, bei einem breiten gesellschaftlichen Konsens werden wir in einer Gesetzesnovelle ...»

«Ja, ja, Hajo, ich erinnere mich auch. Wir hatten unsere Unterschriften gesammelt und wollten für die Sicherheit der Kinder Tempo 30 im Ort, aber weil es eine Bundesstraße war, durften wir die Schilder nicht anbringen. Bundesstraßen könnten nicht auf Tempo 30 reduziert werden. Da ging gar nichts.»

«So könnte es auch diesmal ausgehen. Einige verfassungsrechtliche Bedenken werden geäußert, sie hätten alle vollstes Verständnis für unsere Initiative, aber leider, leider...»

«Jetzt mal den Teufel nicht an die Wand, ein Versuch ist es allemal wert», sagte Caro.

«Gegenwind bekomme ich doch schon von den Kollegen.»

«Wer?»

«Sven Hollenbeck. Und was er sagt, deckt sich mit der derzeitigen Rechtslage. Sie könnten uns am ausgestreckten Arm verhungern lassen. Und im Mordfall Frederike können wir ohnehin nichts ausrichten, da die Gesetzesänderung nicht nachträglich Frederikes Mörder hinter Gitter bringen kann. Er schlüpft durch die Maschen, das steht fest.»

«Allen zukünftigen Fällen könntet ihr vorbeugen. Dann wäre Frederike Tod nicht umsonst gewesen», sagte Caro.

Kemper hasste solche Plattitüden, genauso wie die Aussage, es wäre im Sinne der Toten gewesen. Er hatte ja auch schon überlegt, weiterzumachen, kreative Ideen zu entwickeln, wie gegen Täter vorgegangen werden konnte, denen der Staat ein kuscheliges Nest aus verfassungsrechtlich denkwürdig verankerten Grundsätzen gebastelt hatte. Dieses Nest wurde aus den rettenden Strohhalmen konstruiert, die der Täter gegriffen und die er dem Opfer nicht offeriert hatte. Eine Maßnahme wäre doch wenigstens, solche Täter mit neuen, eindeutigen Beweisen vorzuladen und zu konfrontieren, immer hoffend, dass sie unter der Last der Beweise ein Geständnis abgäben. In solchen Momenten dachte er auch an Frederike, dass ihr Tod nicht umsonst gewesen sein durfte. Umsonst? Was für eine seichte Redewendung, ärgerte er sich erneut. Für welchen unbezahlbaren Preis suchten sie jetzt nach einer Hilfskrücke gegen den nicht zu belangenden Täter?

Immerhin, Caro hatte ihn bestärkt, an der Sache dranzubleiben, Peter Brandt zu unterstützen und sich nicht von Hollenbeck beeinflussen zu lassen. Manchmal, wenn man im Zweifel war, sollte man den Sachverhalt einem neutralen Dritten erzählen. Er hatte oft positive Erfahrungen damit gemacht, wenn es auch komplizierte Sachverhalte waren, die er vielleicht selbst nicht verstanden hatte. Sobald er gezwungen war, den Vorgang einem anderen zu erklären, fielen ihm manchmal spontan Lösungen ein oder ihm wurde klar, wie er sich in dem Fall zu verhalten hatte. Jetzt trug er den Mordfall zum zweiten Mal vor und Constanze Möllers hatte ihn ebenfalls erzählt. Und jedes Mal wurde ihm deutlich, wie unvollkommen das Gesetz solche Fälle regelte und man das unmöglich mit Blick auf die Verfassung abtun konnte.

Kemper sah auf die Uhr. «Du musst sicher auch los. Ich habe mich auf eine Verhandlung vorzubereiten. Wenn wir heute die Beweisaufnahme abschließen, muss ich plädieren.»

Er nahm sich nochmal Kaffee, aß das restliche halbe Brot auf, während Caro ins Bad ging. Er räumte den Tisch ab und wischte Krümel und Butterflecken weg, denn meistens saß Emma am Nachmittag am Küchentisch um ihre Schulaufgaben zu machen, eine merkwürdige Angewohnheit. Als Schüler hatte er Hausaufgaben immer in seinem Zimmer am Schreibtisch erledigt. Emma wollte scheinbar nicht alleine oben sitzen, sondern unten auf die Rückkehr der Mutter warten. Caro war regelmäßig vor ihm zu Hause.

Auf der Fahrt ins Büro dachte er über Emma nach. Sie kam in die Pubertät, gab jetzt schon patzige Antworten und nicht nur einmal hatte Kemper erwähnt, dass er von seinem Vater rechts und links Ohrfeigen eingefangen hätte, hätte er ähnliche Widerworte wie Emma von sich gegeben.

Dann dachte er, wie froh Frederikes Vater heute wohl wäre, wenn er noch einmal mit seiner Tochter streiten könnte, alle Facetten des Miteinander-Lebens durchmachen, sich um das Kind sorgen, sich freuen, trösten, oder manchmal auch strafen. Das alles nicht mehr zu können, welche Leere öffnete sich dann vor einem, welcher Abgrund tat sich auf und was konnte man machen, um nicht dort hineinzufallen?

Kemper hatte einen langen Verhandlungstag vor Gericht gehabt und kam am späten Nachmittag in sein Büro zurück. Er zog Unterlagen aus dem Pilotenkoffer und legte die Mappen auf den Aktenbock. Für heute war der Arbeitstag abgehakt und er fühlte sich nach den vielen Stunden im Gerichtssaal wie ausgelaugt.

Es klopfte kurz an der Tür und Hollenbeck steckte seinen Kopf herein. Als er merkte, dass Kemper allein war, trat er näher und schloss sofort die Tür hinter sich. Er trug ein dunkelblaues Sakko mit breiten silbernen Streifen, die von der Schulter an den Ärmeln entlang nach unten liefen, so dass Kemper für einen Moment dachte, Adidas liefere jetzt auch Herrenoberbekleidung aus. Hollenbeck kombinierte den Chic mit einem quittengelben Hemd und fuchsroter Feincordhose. Das Einstecktuch war anthrazitfarben. Da hatte Hollenbeck also seine dezente Note versteckt, dachte Kemper.

«Sven, so eine Überraschung, ich dachte, sie hätten dich aus dem Dienst entfernt», sagte Kemper.

«Nein, jetzt fang du nicht auch noch an. Hätte ich das geahnt», stöhnte Hollenbeck.

«Wundert dich das nicht? Ich hatte gestern Peter Brandt und Frederikes Vater bei mir. Wir hätten dich gerne als Gegenpart und Bedenkenträger gehört, wie weit wir uns von den Realitäten dieser Welt entfernt haben, aber es gibt keine Telefonverbindung mehr zu dir.»

«Ach, ich habe nur eine neue Nummer bekommen. Sonst nichts», sagte Hollenbeck.

«Sonst nichts? Wirklich?»

«Wenn ich es dir sage. Was soll das jetzt? Ich hänge doch auch nicht den großen Verhörexperten heraus, du kannst unter Kollegen den Staatsanwaltsberuf mal ausblenden.»

«Das soll kein Verhör sein, aber wenn du Probleme hast, dann kannst du dich an mich wenden.»

«Vielen Dank für das großzügige Angebot, ich werde mal in einigen Jahrzehnten darauf zurückkommen.»

«Ich sag das doch nur, weil du als Single vielleicht zu Hause nicht den Partner zum Abblubbern hast.»

«Wäre ich doch nicht durch diese Tür getreten», erwiderte Hollenbeck laut. «Ich glaube, ich muss unten im Hof kurz eine rauchen.»

«Jetzt bleib hier und erzähl, was ist dir widerfahren? Um es kurz zu machen, das mit der neuen Telefonnummer von der Verwaltung ist eine fast geglückte Ausrede. Allerdings habe ich auch versucht, dich zu Hause zu erreichen, um dir Brandts neue Ideen mitzuteilen. Ich wählte deine Nummer und es kam ständig das Ansageband ‹kein Anschluss unter dieser Nummer›. Jetzt sag bitte nicht, die fürsorgliche Verwaltung hätte auch gleichzeitig deine Privatnummer geändert. Wirst du bedroht? Gegen wen ermittelst du zurzeit?»

Hollenbeck schwieg und schien mit sich zu ringen, ob er Kemper ins Vertrauen ziehen sollte.

«Ich sag's auch keinem weiter», insistierte Kemper.

«Also gut. Der Verwaltung musste ich es ja auch stecken. Aber es bleibt unter uns! Ich werde gestalkt.»

«Gestalkt? Sind das die neuen Intensiv-Follower aus den sozialen Medien?»

«Haha, witzig. Komisch, dass ich darüber nicht lachen kann.»

«Wir mailen, twittern, skypen, chatten, bloggen, googeln, jetzt stalken wir auch noch. Gender mal Stalker, den Satz würden meine Eltern nicht verstehen», bemerkte Kemper.

«Ich auch nicht, was soll das bedeuten? Gender mal Stalker?», fragte Hollenbeck.

«Das bedeutet, ob es ein Stalker oder eine Stalkerin war.»

«Was soll jetzt diese Anspielung? Ah, ich verstehe, du meinst, weil ich fünfundvierzig Jahre alt bin und immer noch ledig, kann dahinter nur ein Grund stecken. Deshalb der

Stalker. Ich kann ja noch nicht einmal sagen, dass es eine Beleidigung ist, um nicht politisch unkorrekt zu sein.»

«Hollenbeck, du bist sensibler geworden», sagte Kemper.

«Ich war immer schon sensibel. Aber ich glaube, es ist nichts leichter, als diesen Charakterzug zu kaschieren. Große Klappe und alle halten einen für den großen Zampano. Bald wirst du auf diese Rolle fixiert und dann kannst du noch so viel Empathie zeigen, daraus wird dann bestenfalls eine depressive Attacke.»

«Wer weiß, am Ende begrüßt du vielleicht, dass wir Frederikes Vater zu seinem Recht verhelfen wollen, nicht aufgeben, sondern weitermachen, auch wenn das Gesetz uns anderes signalisiert. Ich war selbst am Zweifeln, ob das alles richtig ist, oder ob wir es zu akzeptieren haben. Wenn man hin- und hergerissen ist zwischen zwei Strömungen, kommen manchmal Zufälle ins Spiel. Vor kurzem wurde ich angesprochen», begann Kemper. «Die Person hatte lange mit sich gerungen, bevor sie sich mir offenbarte, obwohl das Verbrechen schon drei Jahrzehnte zurückliegt. Vielleicht merkst du die Parallele zum Mordfall Frederike. Sie wurde als junge Studentin vergewaltigt. Trotz der langen Zeit würde alles noch nachwirken. Der Täter sei damals gefasst und verurteilt worden. Sicherlich war der Prozess für sie auch eine Belastung, aber mit der Verurteilung und der gerechten Strafe konnte sie einen Schlussstrich ziehen. Trotzdem war sie lange in psychologischer Behandlung und hat bis heute Probleme eine Beziehung aufzubauen. Sie hat mich aber bestärkt, dass es für die Opfer oder Hinterbliebenen von Bedeutung ist, dass ein Strafverfahren ein Verbrechen zum Abschluss bringt. Für ihre Eltern sei es damals wichtig gewesen zu erleben, dass der

Täter, der ihrer Tochter Schlimmes angetan hat, hinter Gittern landete. Sie wüsste gar nicht, ob sie es überstanden hätte, wenn auch bei ihr der Täter aus rechtlichen Gründen nicht hätte belangt werden könnte. Sie wäre wahrscheinlich durchgedreht. Das musst du dir vorstellen, da wird eine junge Frau als Verbrechensopfer völlig aus der Bahn geworfen, hat ihr ganzes Leben daran zu arbeiten, ihr Trauma überwinden zu können – und dann käme die nächste Katastrophe, dass ihr Peiniger ohne Strafe davonkommt. Wir sollten uns mal in die Situation der Betroffenen einfühlen. Aus dieser anderen Perspektive heraus müsste dir dein gesunder Menschenverstand doch auch sagen, dass wir nicht am Ende der Fahnenstange sein können.» Kemper hatte sich bemüht, so neutral wie möglich von dem ihm zugetragenen Fall zu berichten, damit Hollenbeck keine Rückschlüsse auf die Person ziehen konnte. Er blickte Hollenbeck eindringlich ins Gesicht. Der wandte sich ab und sah aus dem Fenster den vorbeifahrenden Autos hinterher. Dann drehte er sich abrupt zu Kemper um. «Hajo, du gibst nicht auf. Du bist wie Brandt und ihr beide fahrt auf dem Tandem gegen die Wand. Es ist ja schön, dass ihr euch Gedanken macht, um Recht und Gerechtigkeit, um diese ganze Rechtsphilosophie, um das Gute und das Schlechte am Rechtspositivismus, aber manchmal muss eben auch mal Schluss sein. Denkst du, die Gesetzgeber wären davon völlig unbeleckt? Das wurde in den Rechtsausschüssen hoch und runter diskutiert. Die haben das schon fundiert abgewogen, das ist sicher. Du kannst mir noch so viele Geschichten von Betroffenen erzählen. Ich kann die ja sogar verstehen. Ich möchte auch nicht, dass Täter aus formalen Gründen laufen gelassen werden müssen. Aber wir haben in unserer Rechtsgemeinschaft Regeln aufgestellt, die gelten und wir dürfen nicht sagen, ‹Moment bitte, in diesem Fall aber nicht!›. Was hat das denn mit Rechtssicherheit zu tun?»

«Machen wir Feierabend, Sven, wir drehen uns sowieso nur noch im Kreis.»

«Ja tatsächlich, wir drehen uns im Kreis und ich habe den Eindruck, dir ist davon schwindelig geworden. Jetzt stell dir mal vor, jemand ist ständig hinter dir her und du kannst dich nicht wehren. Überall versucht jemand, in dein Leben einzudringen, auch über die Öffentlichkeit. Du kannst dich nicht verstecken, alle wissen Bescheid über dich, die Nachbarn sind informiert, es ist eine Hetzjagd. Und wenn du sagst, ich bin sensibler geworden, ja, wenn ich es nicht schon war, dann jetzt durch die Stalkerin, die mich auf Schritt und Tritt verfolgte. Ich kann mich in die Person des mutmaßlichen Täters hineinversetzen. Er hat schlicht Schwein gehabt und das Recht ist heute auf seiner Seite. Bei der Stalkerin war ich machtlos. Sie verfolgte mich, ich habe Gerichte eingeschaltet, aber niemand kann mir helfen. Du kannst dir nicht vorstellen, welcher Druck auf einer Person lastet, die ständig verfolgt wird. Du kannst nicht mehr unbefangen vor die Tür gehen, überall könnte dir jemand auflauern.»

«Mir kommen gleich die Tränen», antwortete Kemper mit ironischem Ton. «Der arme bedauernswerte Mörder kann nicht mehr einen Schritt nach draußen wagen. Frag‘ bitte mal Frederike, was sie seit langem nicht mehr machen kann.»

«Jetzt machst du auch noch den Fehler und vermengst Vermutungen mit richterlichen Tatsachenfeststellungen, zu denen es aber nicht mehr gekommen ist», regte sich Hollenbeck auf. «Es ist überhaupt nicht bewiesen, dass euer Täter wirklich der Mörder von Frederike ist. Es sind schlicht Vermutungen, die nicht mehr überprüft werden können. Damit gilt für ihn die Unschuldsvermutung. Und für einen Unschuldigen geht er durch die Hölle, falls er unschuldig ist. Eben hast du mir selbst gesagt, ich sollte alles aus der Perspektive des Opfers betrachten. Dann gilt Gleiches auch für dich. Stell dir vor, dein angeblicher Mörder ist nicht der Täter. Ich habe es selbst erlebt wie es ist, wenn man ständig verfolgt wird und diesen Schatten nicht abschütteln kann.»

«Willst du erzählen, was vorgefallen ist?» Kemper wollte seinen Kollegen beruhigen. Vielleicht, so hoffte er, konnte er sich ja jetzt einiges von der Seele reden, was ihn seit längerem bedrückt hatte.

«Seit Jahren stellt mir eine frühere Nachbarin nach. Es ist unglaublich, was sie alles angestellt hat, um mich zu sehen. Einmal ist sie in die Wohnung eingebrochen, ein anderes Mal kletterte sie sogar über die Balkonbrüstung in meine Wohnung, stand plötzlich in meinem Schlafzimmer.»

«Gab es nicht mal Zeiten, in denen du ganz froh gewesen wärst über solche Besuche?», sagte Kemper in einem spaßhaften Ton.

«Ja, ja, das musste ja von dir kommen, ich weiß, was du jetzt denkst. Schon wie du guckst! Sie ist ungefähr zwanzig Jahre älter als ich und absolut nicht mein Typ.»

«Wie hat es denn begonnen? Oft gibt es ja einen Auslöser, um in den Kreis der Auserwählten eines Stalkers zu kommen», sagte Kemper.

«Ja und das hätte jeden treffen können. Es klingelt in unserem Mehrfamilienhaus an der Tür, was mir erstmal nicht zeigt, ob es jemand aus dem Haus ist oder jemand, der unten an der Straße an der Gegensprechanlage steht. Also gehst du an den Hörer. Unten steht aber keiner. Du öffnest unbefangen die Etagentür und wenn es um Hilfe in der Nachbarschaft geht, hilfst du, so gut es geht und wimmelst die Leute nicht ab. Es ist eine Frau vom gleichen Stockwerk. Sie hat ein Problem mit dem Anschlussschlauch der Waschmaschine. Ich gehe in ihre Wohnung. Ein banales Problem. Hinterher ist man immer schlauer. Sie muss wohl selbst die Schelle am Schlauch gelockert haben, sagt aber, seit dem Schleudergang und den Vibrationen funktioniert sie nicht mehr. Ich finde die abgelöste Schelle unter der Maschine, schraube alles wieder fest zusammen und die Waschmaschine läuft anschließend tadellos. Sie bittet mich noch zu bleiben und zu prüfen, ob die Programme auch richtig durchlaufen. Nach fünf Minuten ist zwar der Defekt behoben, aber die Maschine braucht danach für das Waschprogramm anderthalb Stunden. Sie überschüttet mich während des Wartens erst mit Lob, dann mit einem opulenten Abendessen, das sie angeblich und ganz zufällig ohnehin schon fertig gehabt hätte und danach mit selbst aufgesetztem Brombeerlikör.»

«Jetzt sag nicht, sie hat dich damit gefügig gemacht.»

«Hajo, bitte!», rief Hollenbeck entrüstet. «Mich hat noch keine unter den Tisch gesoffen. Es war sogar eine Art kultivierte Unterhaltung. Nichts deutete an, was dann folgte.»

«Und das war?»

«Sie machte auf jung. Vielleicht sah sie aus dem Fenster und wartete, bis ich abends aus dem Büro kam. Jedenfalls lief sie mir im Treppenhaus ständig über den Weg, passte mich ab, trug auffällige Klamotten ...»

«Lass mal ein Beispiel hören», drängelte Kemper.

«Wie wäre es mit einem Auftritt als gestiefelter Kater. Mit schwarzen Langschaftstiefeln und rückseitig aufgesetztem Schmuckreißverschluss und goldfarbenen Nieten stolzierte sie im Treppenhaus vor mir her, die Stiefel mündeten oberhalb des Knies in fleischfarbene Leggins, so dass ich zunächst dachte, sie liefe halbnackt durchs Treppenhaus.»

«Ein Blickfang also», amüsierte sich Kemper.

«Nein, den Eyecatcher hielt sie in der Hand, einen Retro-Tragekorb mit Bierflaschen. Sie trug ein kurzes schwarzes Jäckchen über weißer Bluse, tiefschwarz gefärbte und hochtoupierte mittellange Haare, wie gesagt, sie war Ende sechzig und nicht Anfang zwanzig.»

«Na ja, mit deinem Outfit beweist du ja auch täglich Mut zur Farbe.»

«Weiß nicht, was du meinst.»

«Und dann sah sie dich, tat überrascht und lud dich auf ein Bier ein», lenkte Kemper von seinem Flachs ab.

«Exakt. Mein Instinkt sagte mir, nein, sag ab, kann nicht, bin zu müde. Und so verfuhr ich in der Folge. Vielleicht war ich da zu brüsk, dumm gelaufen, wenn es denn der Auslöser gewesen sein sollte, aber für den folgenden Prozess war es wichtig, dass ich ihr nicht einen Grund für Nachstellungen oder falsche Hoffnungen gegeben hatte. Mal war sie aufgetakelt mit tiefer Solarienbräune, dann wieder hell geschminkt wie eine Stummfilmschönheit, oder elegant mit breitkrempigem, schwarzem Hut und schwarzem Hosenanzug, wie eine Grande-Dame der High-Society.»

«Sie prüfte, auf was du abfährst.»

«So ungefähr.»

«Aber sie sei bei dir eingestiegen, sagtest du eben.»

«Ja, wir hatten ja die Wohnungen und damit auch die Balkone nebeneinander. Sie muss über die Brüstung geklettert sein und stand plötzlich im Schlafzimmer.»

«Wie hast du reagiert?», fragte Kemper und überlegte sofort, was er an Hollenbecks Stelle unternommen hätte, doch schien ihm die Situation so weit entfernt, dass er sich im Moment nichts anderes vorstellen konnte, als erstmal Licht anzumachen und den Eindringling nach erstem Schrecken und dem Erkennen, dass es kein Verbrecher, sondern die Nachbarin von Gegenüber war, in ein Gespräch zu verwickeln.

«Was macht man? Ich habe laut geschrien vor Schreck. Es war übrigens mitten in der Nacht. Ich hörte ein Geräusch neben mir, hatte es wohl zuvor in meinen Traum eingebaut. Dann kommen ja Traumphasen, in denen du meinst, du träumst nur, alles halb so wild, was jetzt passiert. Kennst du, oder?» Hollenbeck wartete nicht auf eine Antwort Kempers. «Genauso, wie ich manchmal erkenne, ich träume und nehme das Kopfkino nicht ernst, so war mir schlagartig bewusst, dass jemand in mein Schlafzimmer eingedrungen ist, so kalt wehte die Nachtluft durch die Balkontür. Ich schreie also auf, taste nach dem Schalter der Nachttischlampe und fasse auf eine feuchtwarme Hand, die begierig zupackt, so dass ich nicht mehr an die Lampe komme.»

«Und dann begann ein Kampf?»

«Ach was, im gleichen Augenblick hatte ich ihr Parfum in der Nase und wusste sofort, wer neben mir stand, besser gesagt, neben mir lag, denn sie hatte mit ihrer anderen Hand die Bettdecke zurückgeworfen und sich neben mich ins Bett reingedrängt. Ihre warme, erhitzte …», Hollenbeck winkte ab, «lassen wir das, keine weiteren Details mehr.»

«Ooh, jetzt wurde es gerade spannend. Ich wiederhole, ihre warme, erhitzte ...»

«Hajo, du bist unmöglich. Wahrscheinlich schreibst du nachträglich ein Wortprotokoll und ich höre die Geschichten auf einer Karnevalsrede wieder.»

«Nein, ich bin genau wie du zu Verschwiegenheit verpflichtet», versicherte Kemper.

«Jaja, also noch ein Satz. Sie hat sich nackt hereingeschlichen. Und ich schlafe ohne Pyjama. Reicht das?»

«Nein, du kannst doch nicht mitten in der Geschichte abbrechen. Ich will nur wissen, wie weit ein Stalker, eine Stalkerin gehen würde.»

«Hörst du ja. Pass auf. Sie hat mir auch leidgetan. Irgendetwas ist doch bei ihr gründlich schief gelaufen. Normal ist das jedenfalls nicht. Ich wollte dieses Stalken lange Zeit nicht wahrhaben. Aber mit der nächtlichen Aktion hatte sie die rote Linie erneut überschritten, das konnte ich nicht mehr tolerieren.»

«Das war der Auslöser, sie bei der Polizei anzuzeigen?»

«Nein, schon vorher. Eine Woche zuvor standen zu meiner Überraschung Blumen auf dem Küchentisch. Ich dachte, mich trifft der Schlag. Woher stammten die Blumen? Ich hatte da so einen Verdacht, brauchte nur runter in den Keller zu gehen und hörbar das Treppenhaus wieder hochzugehen, da stand sie schon im Flur vor der Tür und fragte mit einem unschuldigen Lächeln, wie mir denn ihr Blumenstrauß gefallen hätte. Ich bin sofort zur Polizei und habe sie angezeigt.»

«Und was kam dabei raus?», wollte Kemper wissen.

«Rate mal. Sie sagte bei der Beschuldigtenvernehmung, ich

hätte morgens die Tür offenstehen lassen. Sie würde im Haus eine Art Hausmeisterfunktion wahrnehmen und würde aufpassen. Das Tolle: Man höre ja so viel Schlechtes, Gesindel, das einbreche und die Gegend unsicher mache. Damit ich abends keinen Schrecken über die offene Tür bekam, stellte sie den Blumenstrauß hinein, als sei das ihr untrügliches Erkennungszeichen, und zog die Tür zu. Anschließend hätte sie mir das alles erklärt.

«Dem hast du widersprochen?»

«Ja klar, ich lass doch nicht meine Etagentür offenstehen. Ich ziehe immer hinter mir zu.»

«Aber bist du dir bei den automatischen Abläufen immer sicher?»

«Ja, ja, ich weiß. Hast du den Herd ausgemacht? Die Tür, das Auto abgeschlossen? Keiner würde darauf schwören. Sicher bin ich, dass ich immer die Tür zuziehe. Ob ich sie abgeschlossen habe, wäre dann die berühmte Frage, die ich nicht hundertprozentig beantworten kann.»

«Lass mich raten: Die Sache wurde eingestellt.»

Hollenbeck nickte. «Das Schlimme war, sie nahm mir die Anzeige gar nicht übel. Sie umgarnte mich weiterhin, als sei nichts vorgefallen. Nachdem ich ein paarmal ihre Einladungen zum Abendessen ausgeschlagen hatte, eskalierte es erneut. Überfallartig schoss sie einmal im Treppenhaus auf mich zu, umarmte mich, versuchte mich zu küssen, grabschte. Die Frau war wie von Sinnen. Als sie immer penetranter wurde, habe ich sie erneut angezeigt. Ich konnte einen Teilerfolg verbuchen: Es wurde Ordnungshaft verhängt. Später wurde sie verurteilt, sogar ohne Bewährung.»

«Was war vorgefallen?»

«Das war die Einbruchgeschichte, als sie im Schlafzimmer stand.»

«Und es ist vorher nie was passiert zwischen euch?»

«Hajo, bitte! Ich hatte nie etwas mit ihr. Nach der Waschmaschinenreparatur gab es den unverfänglichen Gruß im Treppenhaus, hie und da eine Begegnung im Laden beim Einkauf, alles harmlos, auf beiden Seiten übrigens. Keine Ahnung, was bei ihr der Auslöser war, dass ich unbedingt der Mann war, der nicht mehr von ihrer Seite weichen durfte. Die Distanz war bei ihr plötzlich von heute auf morgen weg.»

«Schließlich ist sie aber doch noch verurteilt worden», sagte Kemper.

«Das Urteil wurde aber nie rechtskräftig, weil die Kollegen der Staatsanwaltschaft eine höhere Strafe wollten und die Verteidigung einen Freispruch, weil sie die Schuldfähigkeit verneinten.»

«Die Stalkerin blieb als lachende Dritte übrig», schätzte Kemper ein.

Hollenbeck nickte. «Es wurde Gutachter um Gutachter bestellt, der Letzte stellte dann eine verminderte Steuerungsfähigkeit fest. Das war's dann. Die Staatsanwaltschaft konnte nur noch auf Freispruch plädieren. So kam es dann auch. Jetzt hat sie einen Freibrief und kann machen, was sie will. Ihr passiert nichts mehr.»

«Ist denn die Einweisung in die Psychiatrie geprüft worden?»

«Na klar, aber die Hürden für eine Einweisung sind zu hoch. Meine Stalkerin gilt nicht als gemeingefährlich, sondern ist nur lästig. Das müsse die Allgemeinheit aushalten, meinte das Gericht und trifft natürlich damit nur mich. Eine bloße

Belästigung, verteilt auf die Gesellschaft, ist ja in Ordnung, aber sie hält ein Brennglas drauf und im Brennpunkt stehe nur ich. Und da wird es mir langsam zu heiß und ungemütlich. Kurzum: Der Rechtsstaat stößt mit dem Fall auch an seine Grenzen und ich muss es aushalten. Aber zurück zu eurem Fall. Mit der Dauerverfolgung muss Schluss sein und dieses Recht hat auch ein mutmaßlicher Täter. Er ist freigesprochen worden. Das heißt er ist ein freier Mensch, hat Anspruch auf Ruhe und Schutz vor weiterer Verfolgung. Alles andere kannst du vergessen!»

Kemper hatte beobachtet, wie Hollenbeck immer lauter und erregter wurde. Es beeindruckte ihn, wenn jemand engagiert um eine Position kämpfte. Jedenfalls überprüfte Kemper in solchen Fällen meist seine eigene Position, inwieweit er sich verrannt hatte oder er sich sicher auf dem richtig eingeschlagenen Weg fühlte. In Strafverfahren erlebte er oft diese Situationen, in denen sich die Strafverteidiger für die Angeklagten mit Verve einsetzten und dem Plädoyer des Staatsanwalts Kontra gaben.

«Ich will das aber nicht vergessen», sagte Kemper in einem bewusst ruhigen Ton, «du schilderst die Rechtslage und die ist ungerecht und zu ändern.»

«Bis zu einer Änderung der Rechtslage haben wir die Situation zu akzeptieren und den Täter, ich korrigiere, den mutmaßlichen Täter, denn es gilt für ihn immer noch die Unschuldsvermutung, in Ruhe zu lassen. Wir nennen das Rechtsfrieden. Du hast mir doch neulich von dem Geständnis erzählt, das der Mörder einer Eisverkäuferin nach fast dreißig Jahren abgelegt hat. Der Täter gestand aufgrund seiner Albträume. Er versprach sich Ruhe von dem Geständnis und von der Sühne einer folgenden langen Haftstrafe. Du weißt doch gar nicht, wie es im Inneren des Täters aussieht. Bei dem Mörder der Eisverkäuferin war es seine Strafe, frei zu sein.»

Kemper schwieg. Die Worte Hollenbecks wirkten in ihm. Hollenbeck wollte ihn in der inneren Auseinandersetzung mit seinen Argumenten alleine lassen. Er nickte ihm zum Gruß zu und war gerade im Begriff, Kempers Büro zu verlassen, als er von seinem Kollegen zurückgerufen wurde. Er öffnete die noch nicht geschlossene Tür. Kemper hatte etwas auf einem Zettel notiert, den er ihm reichte. «Samstagnachmittag in acht Tagen treffen wir uns in Brandts Kanzleiräumen. Die wolltest du doch auch kennenlernen. Auf dem Zettel ist die Adresse mit Telefonnummer. Ach ja, Innenstadtlage, Seitengasse, den Straßennamen hatte ich zuvor auch noch nicht gehört. Keine Parkmöglichkeit.» Hollenbeck steckte sich den Zettel in die Hemdtasche und ging.

Kemper konnte ihn verstehen. Immerhin, Hollenbeck war ein glasklarer Rechtspositivist, er hatte seine Prinzipien, die er jetzt auch gegen sich wirken ließ. Denn von einer Stalkerin verfolgt zu werden und zu wissen, der Rechtsstaat war an seine Grenzen gekommen, hätte Hollenbeck ja dazu bewegen können, aktiv den Schutz der Allgemeinheit und der Betroffenen erhöhen zu wollen. Nein, da war Hollenbeck oberkorrekt und fand sich mit der Situation ab.

Kemper war nicht einmal sauer auf Hollenbeck, aber er hatte in dieser Woche zweimal einer Person sein Wort gegeben und das wollte er gerne halten. Er hatte Constanze Möllers versprochen mit Brandt den Fall weiterzuverfolgen und er hatte ihr versichert, dass er niemandem verraten würde, dass sie ein Vergewaltigungsopfer war.

29. Oktober 2015

Eine Woche später war Elternsprechtag. Caro hatte am Sonntag zuvor beim Mittagessen ihren Mann auf den Termin hingewiesen und mit einem Lächeln gefragt, ob er diesmal hingehen wolle. Immerhin war doch Frau Möllers bestimmt froh, Emmas Vater anstatt immer wieder die Mutter begrüßen zu können. Kemper hob den Arm, seufzte und verkündete, sich unter Zurückstellung aller Bedenken freiwillig und pünktlich zum Elternabend in der Schule einfinden zu wollen. Emma stocherte in ihrem Essen herum und meinte, auch wenn er jetzt gewollt gekünstelt gesprochen hätte, so geschwollen klänge es sonst auch immer bei ihm und so würden nur Juristen reden. Caro bemerkte lächelnd, wie schön es sei, dass sich Emma mal an dem Gespräch ihrer Eltern beteiligt habe. Aber Juristen könnten nicht nur gelegentlich geschwollen reden, sie würden manchmal auch Fehler machen. Das sei kein Elternabend, sondern ein Elternsprechtag. Der Elternabend sei noch nicht lange her, diesmal ginge es um die Leistungen der Schüler.

Seine Teilnahme am Elternsprechtag wäre fast so verlaufen wie beim Elternabend, mit gehöriger Verspätung. Sie hatten tagsüber eine Strafsache verhandelt, die kein Ende nehmen wollte. Fast hätte er in einer Verhandlungspause Caro angerufen und gebeten, in die Schule zu fahren, dann hatte der Vorsitzende Richter ein Einsehen und beendete den Prozesstag.

Als Kemper die Schule erreichte, waren die freundlichen Helfer im Foyer und Treppenhaus, die die kryptischen Kurs-

und Klassenbezeichnungen in Raumnummern transformierten, bereits verschwunden, so dass er kurzerhand die erste Klassentür aufriss, Frau Möllers nicht sah und sich nach dem Raum der Lehrerin erkundigte. Er musste ein Stockwerk höher laufen und dann einem langen Gang folgen. Verspätet und tief Luft holend platzte er in den Vortrag von Frau Möllers. Kemper meinte, ein vertrautes und freundliches Nicken in der Mimik Möllers erkannt zu haben, als er in die Klasse trat. Er setzte sich leise auf einen Stuhl und sah verstohlen die Eltern an, die pünktlich, bestens vorbereitet mit Papier und Stift vor sich auf dem Pult scheinbar hochkonzentriert an den Lippen der Lehrerin hingen. Er versuchte, flacher zu atmen und kam langsam wieder auf normalen Puls. Auf seiner Stirn spürte er einen feuchten, kühlenden Film. Es waren nur allgemeine Hinweise der Klassenlehrerin, dann klappte sie eine Tafel auf. In sauberer Handschrift waren über Schlieren und Wolken schlecht verwischter Kreide die Namen aller Fachlehrer der Klasse aufgelistet, die in bestimmten Klassenzimmern auf die Eltern warten würden. Kemper gab Constanze Möllers ein Zeichen, dass er auf jeden Fall mit ihr auch noch sprechen wollte, suchte dann den Mathelehrer auf, weil das Fach Emma Probleme bereitete. Viel Neues konnte der ihm nicht mitteilen, immerhin war die Gefahr eines «Mangelhaft» vorerst gebannt. Die Nachhilfestunden hatten sich schon bezahlt gemacht. In Physik und Biologie lief es besser, dann suchte Kemper wieder den Raum mit Frau Möllers auf. Er wartete geduldig, bis die letzten Fragen der Eltern beantwortet waren und schob sich gegen deren Strom zum Ausgang langsam näher an Constanze Möllers heran.

Als sie im Klassenraum allein waren, sah Frau Möllers kurz auf die Uhr. «Ich hätte Sie erst jetzt erwartet, Herr Kemper. Womit habe ich Ihre Wertschätzung für diese Schule verdient, also ich meine besonders Ihre Pünktlichkeit?»

«Tut mir leid, das war höhere Gewalt, sonst wäre ich wirklich mal pünktlich gekommen, aber ich bin ja schon froh, dass Sie mein Bemühen anerkennen.» Einen Moment, nach Kempers Gefühl eine Spur zu lange, standen sie sich schweigend gegenüber, ohne dass von ihr oder ihm eine Initiative ausging. Bei solchen Augenblicken breitete sich eine Spannung aus, die Kemper befangen machte. Sie war elegant gekleidet, was ihm deshalb auffiel, weil er mit Caro neulich das Theater besucht hatte und das Publikum sehr formell gekleidet gewesen war. Die Herren in Anzug und Krawatte, trugen schwarz glänzende Lederhalbschuhe und die Damen dunkle Hosenanzüge, Bolerojäckchen mit weißen Blusen darunter, alle herausgeputzt wie auf einer Hochzeit oder einem anderen herausragenden Fest. Kemper dachte kurz daran, ob sie anschließend auch zu einer Theater- oder Opernaufführung wollte, doch dazu wäre es jetzt zu spät gewesen. Bestenfalls ein Restaurantbesuch würde sich an dem späten Abend noch einbauen lassen und mit dem Gedanken beendete Kemper die spannungsgeladene Atmosphäre zwischen den beiden. «Gehen wir zu unserem Italiener?», hörte er sich zu seiner Überraschung fragen. Schon seine vereinnahmende Formulierung «zu unserem Italiener» beinhaltete etwas Vertrautes, Regelmäßiges, als hätte er bereits von Zeiten und Orten Besitz ergriffen, die er mit ihr nur noch gemeinsam durchleben wollte. Constanze Möllers nickte, erst dann hellte sich ihre Miene auf und ließ die beiden in ein Déjà-vu-Erlebnis eintauchen, das nur darin variierte, dass der Hausmeister diesmal nicht auf der Bildfläche erschien, der dem Paar, das miteinander vertraut schien, aber ohne innige Körpernähe das Schulgebäude verließ, andächtig hinterher gesehen hätte.

Sie entschieden sich erneut für die gleichen Getränke und Salate und Kemper referierte, wie sich der Mordfall Frederike in den letzten Wochen entwickelt hatte. Beide sparten jegliche Andeutung auf das Verbrechen an Constanze Möllers aus. Es blieb unausgesprochen, dennoch präsent, bei Kemper stets mitgedacht im Hinterkopf, als er von den Bedenken seines Kollegen Hollenbeck berichtete, welcher an den Rechtsfrieden erinnerte, der einem Täter zustehen würde. Er wusste genau, dass Constanze Möllers mit dem Begriff Probleme haben würde, und dass er nach dem Abend wieder deutlicher auf der Seite Brandts und Frederikes Vater stehen würde. Er vermied es, wörtlich das wiederzugeben, was Hollenbeck formuliert hatte, dass der Rechtsfrieden nur dann gewahrt wäre, wenn ein Täter zur Ruhe kommen konnte. Und das wäre nicht der Fall, wenn er trotz Freispruchs immer wieder von Opferseite belangt würde.

Constanze Möllers nahm aber sofort das Stichwort «Rechtsfrieden» auf und reklamierte den Begriff für die Opfer, die auch gerne zur Ruhe kommen würden und das wäre ja wohl erst dann der Fall, wenn die Täter hinter Schloss und Riegel säßen und nicht wegen kruder gesetzlicher Regelungslücken auf freiem Fuß wären. Aber in unserer Gesellschaft dächte man eher an den armen, fehlgeleiteten Täter, der aufgrund seiner schwierigen Kindheit oder Jugend ja gar nicht anders habe handeln können.

Ihre Reaktion war emotional und laut, sie gestikulierte wild und einen Moment lang blickten die Leute von den Nachbartischen auf das Paar, das sich lebhaft unterhaltend gegenüber saß. Der Kellner brachte die bestellten Getränke und Kemper nutzte die kurze Unterbrechung durch das Servieren, um mit der eingereichten Klage von Brandt das Thema auf die Zukunft zu lenken. «Es geht voran», sagte er wie ein Bergführer, der eine müde Truppe anleiten musste und den ersten Anstieg hinter sich lassen konnte. Frau Möllers überlegte kurz. «Das ist eine öffentliche Verhandlung?»

«Ja», bestätigte Kemper, «ein Zivilprozess. Es geht um kein Jugendstrafrecht, keine Familiensache, bei der die Öffentlichkeit ausgesperrt werden könnte.»

«Dann machen wir doch eine Kampagne daraus, informieren die Presse, machen richtige Öffentlichkeitsarbeit.» Sie nahm einen kräftigen Schluck aus der Biertulpe, «wir werden massiv Bewegung in den Fall bringen. Verstehen Sie doch, wir haben eine Aufgabe, ein Ziel, ein Motto: Knackt diesen festgefahrenen Fall!»

«Frau Möllers, Sie haben ja richtig Temperament», sagte Kemper.

«Ach was, Frau Möllers hier, Frau Möllers da, sagen Sie doch Constanze und wir sollten uns duzen. Ist besser für die Teambildung.»

Sie reichte ihm unvermittelt die Hand, die er nach kurzem Zögern ergriff, «Hajo. Ist die Abkürzung von Hans-Jochen, sagt aber keiner.»

Der Kellner kam mit schnellen Schritten und beendete das kurze, fast schon feierliche Zeremoniell und servierte die Salate. Diesmal war es Frau Möllers, die sofort anfing zu essen, während es Kemper noch nicht zu schmecken schien. Das Besteck ließ er unangetastet. Er wirkte nachdenklich.

«Ich habe keinerlei Erfahrung mit Pressearbeit oder diesen Kampagnen», gab er zu.

«Das hat am Anfang keiner», erwiderte Constanze Möllers, «haben Sie bloß keine Angst, Fehler zu machen. Ah, sorry, wir sind beim ‹Du›. Als Anfänger kannst du keinen Fehler machen, nur dazulernen. Es haben sich schon ganz andere blamiert, dabei ist Öffentlichkeitsarbeit immens wichtig und kann förmlich das Ruder herumreißen, wenn du vorher fast schon deprimiert meinst, das Ding fährt gegen die Wand. Du machst etwas publik, denkst die ganze Zeit, du wärst als Einzelkämpfer unterwegs und niemand unterstützt dich, weißt nicht einmal, was die Gesellschaft, wir alle über einen verzwickten Fall denken, und von jetzt auf gleich erfährst du von allen Seiten Solidarität. Du kannst dir gar nicht vorstellen, wieviel Rückenwind dich plötzlich ins Ziel trägt.»

«Schön zu hören, dein Mutmacher aber allein mir fehlt der Glaube», sagte Kemper.

«Denk nicht an Goethe. Es ist in unseren Augen ein Skandal, wie das Recht einen Täter schützt und das machen wir publik. Lassen wir doch die Gesellschaft über den Fall diskutieren. Ich sehe ja, wie du hin und her wankst mit deiner Meinung. Vielleicht liegen wir ja tatsächlich falsch und betreiben eine Hexenjagd auf einen Menschen, der freigesprochen wurde und nicht mehr mit dem Fall belästigt werden darf. Aber da hätte ich gerne mal die Meinung von allen gehört, wenn ihr schon ‹im Namen des Volkes› Recht sprecht.»

«Ihr? Ich spreche nicht, ich klage an. Der Richter spricht das Urteil im Namen des Volkes.»

«Du weißt, wie ich das gemeint habe.»

Jetzt redet sie schon wie Caro, dachte Kemper.

«Ich wollte eigentlich nicht mehr über mein persönliches Drama sprechen, aber es lässt sich nicht abschütteln. Es kommt immer wieder hoch und als ich von dem Mordfall Frederike las, dass gegen den Täter nichts auszurichten ist, war alles wieder präsent. Ich habe in meiner Sache ein ganz klein wenig Glück gehabt. Nein, Glück ist nicht der richtige Ausdruck. Ein wenig Wiedergutmachung durfte ich erfahren, denn der Täter wurde gefasst und verurteilt. Für sein Verbrechen erhielt er eine gerechte Strafe. Wichtig war auch, dass dem Täter in dem Prozess deutlich wurde, was er angerichtet hatte, was er zerstört und wieviel Leid er mir und meinen Eltern zugefügt hat.»

«Als du mir beim letzten Treffen davon erzählt hast ... oder soll ich das Thema nicht mehr ansprechen?», fragte Kemper unsicher.

«Doch, ich habe es eben ja auch gestreift, ich will mir keine ‹no go›-Themen im Kopf einrichten.»

«Kurze Zeit später veröffentlichte das Bundesjustizministerium erschreckende Zahlen. Nur acht Prozent aller Vergewaltigungsanzeigen führen zu einer Verurteilung. Das Ministerium arbeitet daher an einer Gesetzesvorlage, dass der Nachweis des Opfers, es habe sich gewehrt, entfallen soll. Mit dem Argument kommen heute noch viel zu viele Täter davon, weil sie behaupten, es gäbe kein Opfer, denn alles, was passiert ist, sei einvernehmlich geschehen, schließlich habe die Gegenwehr gefehlt.»

«Ich kenne die Zahl von acht Prozent, denn ich verfolge inzwischen aufmerksam die Diskussion um die Reform. Es wird noch drastischer: 95 Prozent der Frauen, die sexuelle Gewalt in Deutschland erleben, bringen sie nicht zur Anzeige. Das heißt, nur fünf Prozent trauen sich überhaupt und von der geringen Anzahl erreichen nur acht Prozent eine Verurteilung.»

«Wenn ich in Mathe aufgepasst und dich richtig verstanden habe, dann werden nur fünf Prozent der Vergewaltigungen angezeigt und davon wiederum nur acht Prozent verurteilt. Das heißt, acht von fünf Prozent sind 0,4 Prozent. Das ist wieder das Faszinierende an der Statistik. Man liest oder hört, acht Prozent der Vergewaltiger werden verurteilt, nein, nur jeder 250. Täter wird für seine Tat belangt. Die Zahlen müsste man fast schon unter Verschluss halten, sonst traut sich bald kein Opfer mehr zur Polizei zu gehen», sagte Kemper.

«Wir sollten zurück zu unserer Kampagne kommen», sagte Constanze. «Wenn bei Frederike der mutmaßliche Täter frei herumläuft, eine Familie gegründet hat, in einem prächtigen Haus wohnen darf, sein Leben in Wohlstand führen kann, dann sollte ihm diese Selbstsicherheit genommen werden. Dann soll er wissen, dass es da draußen eine wie auch immer kleine oder große Gruppe von Mitmenschen gibt, die ihn im Blick haben, die nicht vergessen und solange nicht verzeihen können, wie er nicht gesühnt hat. Und noch etwas: In einem Magazin las ich neulich von einem ähnlichen Fall, der vor über zwanzig Jahren passiert ist. Ein bestialischer Mord an einem jungen Mädchen. Es gab Verdächtige, aber keine heiße Spur. Die Familie gab nie auf, blieb immer dran. Dann wurde ein Hauptkommissar in Pension geschickt, der zu den bekanntesten Profilern in Deutschland gehörte. Der Anwalt der Familie rief ihn an und bat, den Fall zu übernehmen. Er nahm den Auftrag an und versuchte wochenlang, den Tatablauf zu rekonstruieren, war immer wieder am Tatort, hatte Fotos der Polizei gesichtet und kam mit seiner Analyse auf einen damals bereits Tatverdächtigen, der aber laufen gelassen worden war. Er ist mit seinem Ergebnis zum mutmaßlichen Täter gefahren und hat ihn angesprochen. Er sagte nur einen Satz: Er käme wegen des toten Mädchens. Es kam zu keinem Gespräch, der Mann redete nicht, aber der Profiler studierte sein Gesicht, das Erschrecken, vielleicht auch die Angst, weil er jetzt wusste, die da draußen, die Öffentlichkeit, die hat ein langes Gedächtnis, vergisst nicht, ist auch nach zwanzig Jahren immer noch mit dem Fall befasst. Der Profiler sagte, ein Mörder findet keine Erlösung.»

«Das habe ich meinem Kollegen Hollenbeck auch gesteckt. Es gab da diesen Mord an einer Eisverkäuferin. Der Täter stellte sich Jahre nach der Tat, weil er die Bilder nicht mehr loswurde.»

«Ja, die Bilder quälen einen jeden Tag, sagte auch der Profiler.»

«Der Profiler ist direkt auf das Haus des Täters zugegangen?»

«Genau, stand jedenfalls so in den Medien. Er hat quasi ein Milieustudium durchgeführt. Wie lebt er? Merkt man ihm an, dass er an der eigenen Tat zerbrochen ist, dass er leidet? Hat er sich von der Umwelt isoliert? Das alles konnte er in den wenigen Augenblicken für sich und seine Aufgabe analysieren und gab das Ergebnis anschließend an die Ermittler weiter.»

«Mit welchem Erfolg?», fragte Kemper neugierig.

«Man muss Geduld haben, aber die habt ihr ja alle. Zuerst

passierte nichts. Dann kam plötzlich Bewegung in den Fall. Die Ermittler bekamen Post vom Anwalt des Tatverdächtigen. Weitere Details wurden nicht mitgeteilt, aber für den Profiler stand fest, dass der Ermittlungsprozess wieder eine Eigendynamik entwickelt hatte.»

«Jetzt erinnere ich mich, dass Brandt beim letzten Treffen erzählt hat, Frederikes Vater sei am Haus des Täters gewesen. Seine Ex-Frau habe sogar einmal an der Tür geklingelt», sagte Kemper.

«Und, wie hat der Täter reagiert?»

«Frederikes Vater erwähnte nur, dass er den Täter im Revisionsverfahren vor über dreißig Jahren das letzte Mal gesehen hätte, damals sei das ein junger, schmächtiger Kerl gewesen. Er würde ihn heute nicht mehr wiedererkennen. Kann auch sein, dass er sich nicht getraut hat, das Grundstück zu betreten. Er hätte niemanden gesehen. Auch in der Nachbarschaft sei es ruhig gewesen, keiner im Garten oder auf der Straße. Es waren offensichtlich alle ausgeflogen oder im Haus beschäftigt. Seine Ex-Frau ist da schon einen Schritt weitergegangen, sie begnügte sich nicht damit, die Wohnverhältnisse zu betrachten. Der Tatverdächtige wohnte in einer ruhigen Straße mit vorzeigbaren Einfamilienhäusern in einem der besseren Stadtviertel. Auf den Vater hätten die Häuser eine Wertigkeit ausgestrahlt, dass er dachte, wer hier lebt, der hat es geschafft.»

«Er traute sich also nicht bis an die Haustür. Aber seine Frau hat geklingelt. Und dann?», drängelte Constanze Möllers.

«Seine Ex Frau», korrigierte Kemper. «Sie haben sich bald nach der Geburt der beiden Töchter getrennt. Auf ihr Klingeln hätte eine Frau geöffnet, sie nur angeguckt und sofort angeschrien. Es war mir unheimlich, als Frederikes Vater davon erzählte. Als hätte die Frau an der Haustür mit einem Blick Frederikes Mutter erkannt, was aber nicht möglich ist, weil nur der Vater gelegentlich in der Presse mit Foto aufgetreten ist. Die Mutter ist immer im Hintergrund geblieben.»

«Hat denn die Frau irgendetwas zur Mutter gesagt?»

«Nein. Das Schreien seien keine verständlichen Worte gewesen. Es wurde nichts gesprochen. Frederikes Mutter hätte daraufhin sofort den Rückzug angetreten.»

«Das sagt der Täterfamilie aber, da draußen gibt es Menschen, die haben nicht vergessen. Das ist wichtig, um den Täter mürbe zu machen», sagte Constanze.

«An was müssen wir noch denken? Du hast von Kampagnen gesprochen. Beschreib die mal.»

«Kampagnen sind immer auf nachhaltige Veränderung bezogen. Sie wollen zunächst die Öffentlichkeit auf einen bestimmten Sachverhalt aufmerksam machen. Das läuft direkt über das Skandalisieren auf das Sichtbarmachen eines untragbaren Zustands hinaus, der geändert werden muss. Zunächst müssen wir uns fragen, was wir bewirken wollen? Dazu habe ich mir in den letzten Tagen schon Gedanken gemacht. Wenn wir auf eine Gesetzesänderung abzielen, müssen wir, aber das weißt du als Jurist am allerbesten, die erreichen, die für Gesetzesreformen zuständig sind: die Politiker. Also sollten alle einflussreichen Stellen angesprochen werden.»

«Das kann über Petitionen bei Landes- und Bundesparlamenten geschehen», sagte Kemper, «ferner sollten wir uns an die Wahlkreisabgeordneten in Bund und Land, an die EU-Abgeordneten wenden, aber grundsätzlich an alle.»

«Genau. Über Leserbriefe in Printmedien, Teilnahmen an Talk-Shows, Podiumsdiskussionen, überall, wo Öffentlichkeit ist, müssen wir unsere Duftmarke setzen, Flyer hinterlegen. Es gibt auch ein tolles Forum für Internetpetitionen. Change.org nennt sich das. Moment», Constanze Möllers nahm ihre Handtasche vom Boden auf und zog ein Tablet hervor, legte es auf den Tischrand und schob erst mal ihren Salatteller zur Seite, platzierte dann das Tablet, tippte und wischte ein paar Mal auf dem Display und rückte mit dem Stuhl ums Eck des Tisches, damit beide besser auf die aufgerufene Seite sehen konnten. «Ich habe mal die Homepage von change.org aufgerufen. Nach eigener Darstellung werden derzeit jeden Monat über 600 Petitionen in Deutschland auf der Plattform gestartet. Das können die unterschiedlichsten Themen sein.» Sie scrollte die Seite herunter. «Mehr als 3,5 Millionen Menschen in Deutschland nutzen sie, schreiben die Initiatoren. Das wäre doch was für uns. Eine Petition zu starten, die sich für eine Verfolgung des Täters starkmacht.»

«Wir müssen präzise formulieren, denn die Verfolgung des Täters kann nicht mehr unser Ziel sein. Aber eine Gesetzesänderung, damit sich diese Situation eines unantastbaren Mörders nicht mehr wiederholen kann, das muss erreicht werden.»

«Okay, das Thema der Petition müsstet ihr Juristen dann selbst formulieren.»

Kemper überlegte, während sie das Tablet ausschaltete und wieder in ihrer Tasche verstaute.

«Das Thema muss kurz und prägnant sein», sagte er, «das werde ich mir Brandt besprechen.»

«Ich kann euch helfen. Aber nur, wenn ihr wollt. Ich möchte

mich euch nicht aufdrängen», sagte Constanze Möllers vorsichtig.

«Nein, ich sage jetzt schon danke für das Angebot. Du scheinst ganz fit zu sein mit diesen sozialen Netzwerken und Internet-Foren. Das ist nicht so mein Ding. Bisher jedenfalls nicht.»

«Du, mir hat auch niemand einen Computer in die Wiege gelegt. Es gibt an der VHS Computerkurse.»

«Haha, witzig, von diesen Seniorenkursen habe ich auch schon gehört.»

«Ich will damit ja nur sagen, wenn selbst die Senioren sich aufraffen und Neuland betreten, dann schaffst du das allemal.»

«Darum geht es nicht, wir sind so spezialisiert, ich will gar nicht alles wollen und können. Es reicht, wenn du das beherrschst. Wir sind nicht multikulti, sondern multiduty. Jeder hat seine Aufgabe in unserem kleinen Team. Ich rede mit Brandt und dann kommst du beim nächsten Treffen dazu.»

«Jetzt noch eine Frage, die nicht ganz unwichtig ist. Wie finanziert denn Brandt den Prozess? Frederikes Vater hat doch als Rentner nicht das passende Kleingeld für Gerichtskosten, Anwaltskosten, vielleicht noch Gutachter und so weiter», fragte sie.

«Brandt verzichtet auf sein Honorar. Das wird man vom Gericht und der Gegenseite nicht erleben. Grob überschlagen wird es eine Stange Geld kosten, wenn wir den Rechtsweg ausschöpfen müssen. Brandt ist willens, bis vor das Bundesverfassungsgericht und danach vor den Europäischen Gerichtshof zu ziehen. Ich fürchte, das wird nicht zu bezahlen sein.»

«Laufen wir doch einfach mit dem Klingelbeutel herum», schlug Constanze Möllers vor.

«Darauf wird es hinauslaufen. Aber willst du Klinken putzen? Von Tür zu Tür laufen?»

«Ich meine das ernst mit dem Geldsammeln. Wir sollten in die Kampagne auf jeden Fall einen Spendenaufruf einbetten. Auch bei change.org können wir darauf hinweisen, dass Spenden willkommen sind, einzig nur zur Prozessverfolgung.»

Sie aßen den Salat und wechselten allmählich das Thema. Sie streifte als Klassenlehrerin kurz Emmas Leistungen in der Schule, die von ihr und den anderen Lehrern als ordentlich beschrieben wurden. Emma gehörte nicht in die Spitzengruppe, aber zur besseren Mitte, was Kemper schon beruhigend fand, denn er spürte, wie der Zugang zu ihr schwieriger wurde. Obwohl in anderen Familien oft betont wurde, dass Töchter sich lieber mit dem Vater als mit der Mutter austauschten, mochte er das so nicht bestätigen. Caro kritisierte zu Hause beim Abendessen oft den Unterrichtsausfall, dass Emma erneut früher nach Hause gekommen war, weil wieder eine Doppelstunde ausgefallen war oder Emma beschwerte sich direkt bei ihnen, dass sie die erste und sechste Stunde Unterricht hatte und dazwischen Leerlauf. Als Fahrschülerin konnte sie mit der Freizeit zwischen den Stunden wenig anfangen. Schulaufgaben oder Vokabeln pauken stand jedenfalls nicht auf der To-do-Liste in den Freistunden. Im Aufenthaltsraum war es angeblich zu laut.

Vom Restaurant aus gingen sie zum Schulparkplatz zurück. Nachdem sie sich mit Handschlag verabschiedet hatten, dachte Kemper auf der Heimfahrt noch lange an die Lehrerin. Mit jedem Treffen fand er sie nicht nur sympathischer, sondern auch attraktiver. Wie sie ihm erzählt hatte, gab es offensichtlich Probleme, einen Partner für ihr Leben zu finden. Und das wegen eines Verbrechens, das vor einer Ewigkeit passiert war. Die Zeitspanne eines halben Menschenlebens reichte also nicht, um Schlimmes zu vergessen oder so zu verarbeiten, dass man das Leben mit all seinen gesteckten Zielen irgendwann wiederaufnehmen und ablaufen lassen konnte.

31. Oktober 2015

Am Wochenende hatten sich Kemper, Brandt, Hollenbeck und Frederikes Vater in den neuen Kanzleiräumen Brandts verabredet. Kemper kam pünktlich. Fast zeitgleich traf Hollenbeck ein, der an der Tür klopfte, die Brandt ihm fast vor der Nase zugeschlagen hätte.

«Wir haben noch Zeit», sagte Brandt, weil Frederikes Vater offenbar Verspätung hatte. «Ich führe euch erstmal durch die Kanzleiräume. Das hier ist der Empfangsbereich», er deutete auf einen Garderobenständer, an dem bereits Kempers Jacke baumelte und wohin auch die von Hollenbeck wanderte, «das ist meine Teeküche», die eine Nische war, ausgefüllt mit einer alten Küchenspüle, und einer Anrichte, auf der eine Kaffeemaschine stand, darüber ein Hängeschrank, in dem Geschirr vermutet werden durfte. Schließlich fand noch ein schlanker Kühlschrank Platz. «Und das hier ist mein Arbeitsplatz.» Der Raum am Ende eines knapp geschnittenen Flurs war so groß, dass neben dem Schreibtisch eine runder Besprechungstisch mit vier Stühlen sowie einige Regale mit Akten Platz fanden. «Ich hoffe, ich verlaufe mich nicht in deinen …, wie sagst du dazu, Kanzleiräumen. Klingt so nach Plural. Räumen …», Hollenbeck musste lachen.

«Lach nur, du hast keine Ahnung von den Mietpreisen in der Innenstadt», entgegnete Brandt.

«Frederikes Vater weiß von unserem Termin?», fragte Kemper, weil sie noch immer nur zu dritt waren.

«Ja, ich habe ihn angerufen und gestern hat er mir den Termin noch bestätigt. Er wird kommen, er hat mich noch nie versetzt.»

«Wie kommt er zurecht mit dem Tod der Tochter? Ich meine, nach über dreißig Jahren. Dass er in seinem Alter noch so viel Energie aufbringt und die Sache nicht zum Abschluss führen will», fragte Hollenbeck.

«Natürlich hat er sich in seiner Trauer nicht eingegraben. Manchmal denke ich, er ist darüber hinweg. Dann zweifle ich wieder und denke, die Tat hat sein ganzes Leben zerstört. Aber setzt euch doch erstmal.»

Die drei nahmen am Besprechungstisch Platz. «Frederikes Vater hat Kampfgeist und will weitermachen, bis die Gesetze geändert werden», sagte Brandt, «und dafür bewundere ich ihn und seinen unbändigen Willen. Er ist ja durch den Mord an seiner Tochter durch die Hölle gegangen. Wie kommt man überhaupt über den Tod eines Angehörigen hinweg?», fragte Brandt nachdenklich. «Vor zwei Jahren starb meine Frau an Krebs», fuhr er fort. «Wir waren durch die lange Krankheit vorbereitet, aber dennoch kam der Tod viel zu früh, plötzlich und unerwartet, wie es dann auch in der Todesanzeige stand. Benommen lief ich am Tag nach der schrecklichen Nachricht an einem Kollegen vorbei. Ich war wegen der Erledigung von Formalitäten der Beisetzung in der Stadt. Dem Kollegen, es war ein Richter am Amtsgericht und ich will euch den Namen jetzt nicht sagen, erzählte ich vom Tod meiner Frau und der anstehenden Beerdigung. Mir war bekannt, dass er stark in der Kirchengemeinde engagiert und mit einem festen, unerschütterlichen Glauben versehen war. So kamen mit Blick auf meine mir anzusehende Erschütterung von ihm umgehend die Worte ‹der Tod gehört zum Leben›. Dabei schien sein Gesicht zu lächeln, dezent, aber die Augen blickten fröhlich voller Zuversicht in die Welt. Sie sollten mich anstecken mit einer einfachen, schlichten Feststellung. Und einen Augenblick lang wirkte es auch. Ja, der Tod gehört zum Leben. Es waren vielleicht Sekunden, in denen der Satz etwas Tröstendes ausstrahlte, in dem ein Ereignis, vor dem wir alle einmal stehen werden und selbst betroffen sind, mit einer kurzen Formel quittiert wird, die bei mir jedoch sofort wieder substanzlos in sich zusammensackte. Der Trost war verflogen, wie auch der Richter weitergegangen war. Für ihn war das Problem abgehakt. Aus dem Trost wuchs in der Umkehrung Wut über die Oberflächlichkeit der Bemerkung ‹der Tod gehört zum Leben›. Eine Hilfe war es für mich nicht und auch kein Zugang zum Glauben als Brücke über die Untiefen, die beim Tod eines Angehörigen entstehen. Aber zurück zu Frederikes Vater. Ich weiß nicht, wie er letztlich darüber hinwegkam.»

Irgendwo rasselte ein Eierwecker. Brandt stand auf und ging durch den kurzen Flur zur Etagentür. Offensichtlich war es das lästig lärmende Geräusch der Haustürklingel. An Kosten für einen Empfang mit Personal hatte Brandt keine Zeit verschwendet, der Weg durch den Flur war ohnehin so kurz, dass ein Vorzimmer überflüssig schien.

Frederikes Vater kam. Kemper hörte, wie er zu Brandt «der Zug hatte Verspätung», sagte. Die Kleiderbügel an der Garderobe klimperten am Metallgestänge, dann kamen beide in das Büro. Nach der Begrüßung übernahm Brandt das Wort.

«Wir wollen heute unsere Strategie besprechen. Darüber hatten wir uns kurz ausgetauscht, aber Sie möchten bestimmt einiges über den Klageweg und die Erfolgsaussichten hören», wandte er sich direkt an Frederikes Vater. «Herr Kemper und Herr Hollenbeck sind hier, weil ich mich immer gerne absichere, Sie kennen doch den Spruch, zwei Juristen, drei Meinungen, heute müssten von uns dreien mindestens vier Meinungen ausgehen. Ich möchte voranstellen, dass ich, wenn die Anwaltszulassung in der nächsten Woche eintrifft, für Sie kostenlos arbeite. Daran erkennen Sie auch die Bedeutung, die der Fall aus meiner Sicht ausstrahlt und die Chance, dass wir damit Rechtsgeschichte schreiben können – wenn sich die Politik, also der Gesetzgeber, bewegt. Auf der Strafrechtsschiene geht nichts mehr. Ein Geständnis können wir nicht erwarten. Bleibt nur der zivilrechtliche Weg.»

«Herr Brandt will auf dem Zivilrechtsweg den mutmaßlichen Täter auf Schmerzensgeld verklagen. Nach dreißig Jahren ist der Anspruch laut BGB verjährt, was der Klagegegner ...», begann Kemper, wurde aber von Brandt unterbrochen.

«Sag mal, spielst du jetzt den Dolmetscher? Ich glaube doch, dass ich eben sehr verständlich gesprochen habe. Auf was ich noch hinweisen wollte, ist das Problem der Einrede der Verjährung.»

«Nicht so schnell, Peter. Ein Hinweis zum besseren Verständnis», unterbrach Kemper erneut den Vortrag Brandts und sah dabei Frederikes Vater an, «die Einrede der Verjährung muss vom Beklagten erhoben werden.»

«Das habe ich ihm schon früher einmal aufgezeigt», drängelte Brandt. «Wir müssen aber mit der Einrede rechnen. Sie wird kommen, damit ist der Prozess schnell beendet. Aber die große Frage ist doch, ob die Einrede nicht gegen Treu und Glauben verstößt oder ob die Verjährung nur mit dem Wissen zu laufen beginnen kann, wer überhaupt Anspruchsgegner ist. Frühestens seit dem DNA-Test wissen wir, wer der mutmaßliche Täter und damit der Anspruchsgegner oder Schadensverursacher ist. Erst nach der Analyse hatten wir Namen und ladungsfähige Adresse.»

«Ich war auch nicht untätig», sagte Kemper. «Ich habe recherchiert und zufällig fand ich beim Lesen in einer überregionalen Zeitung einen Artikel über das Massaker während der olympischen Spiele in München. Terroristen haben 1972 die israelische Mannschaft im Olympiadorf überfallen. Beim Überfall gab es den ersten Toten, später bei der missglückten Geiselbefreiung starben die anderen Sportler. Die israelischen Hinterbliebenen erhielten über Jahrzehnte keine Akteneinsicht. Als es ihnen doch noch gelang, in die Akten zu sehen, wurde deutlich, dass es Fehler wegen des unzureichenden Sicherheitskonzeptes der Spiele und bei dem dilettantischen Befreiungsversuch gegeben hatte. Ihre Klage wurde jedoch mittels Einrede der Verjährung durch die Beklagten abgewiesen. Beklagte waren die deutsche Regierung, die Regierung des Freistaats Bayern sowie die Stadt München. Auch hier konnte innerhalb der Verjährungsfrist nicht geklagt werden, da ein Verschulden der Beklagten durch die jahrzehntelange Verweigerung, in die Akten sehen zu dürfen, nicht überprüft werden konnte. Die Folge wäre nun, dass bei jedem Schadensereignis prophylaktisch über einen Anwalt Klage erhoben werden müsste, um Akteneinsicht über das Gericht erzwingen zu können.»

«Die Anwaltschaft würde sich über viele neue Mandate freuen, die Gerichte würden allerdings noch stärker überlastet werden», warf Hollenbeck ein.

«Sehr gutes Beispiel für eine perfekt inszenierte Hinhaltetaktik», Frederikes Vater schüttelte bei den Worten missbilligend den Kopf. «Es werden solange die Akten unter Verschluss gehalten, bis alles verjährt ist. Erst dann rückt die Verwaltung mit den Fakten heraus. Das ist ähnlich ungerecht wie in Frederikes Fall. Ich habe bei den Ermittlungsbehörden immer wieder nachgefragt, habt ihr neue Beweise? Gibt es neue Analysemethoden? Aber ich wurde abgewimmelt, anders kann ich das nicht bezeichnen. Ich würde sogar noch weiter gehen und sagen, es ist über die Jahre geschlampt worden. Die haben erst reagiert, wenn ich aktiv geworden bin. Dann aber nur halbherzig, ohne Biss, ohne Überzeugung. Sie hätten von Amts wegen die technischen Neuerungen anwenden müssen. Die habe die Akten einfach weggeschlossen und fertig. So habe ich mich selbst schlau machen müssen und manche Stunde in der Universitätsbibliothek gesessen, Fachmagazine und kriminologische Zeitschriften gewälzt, bis in den neunziger Jahren der genetische Fingerabdruck kam und dessen Zulassung als Beweismittel. Sie können sich nicht vorstellen, was das am Anfang für mich als absoluten juristischen Laien für ein Kauderwelsch war, bis ich die Sätze im Laufe der Zeit verstanden habe. Wir sitzen deshalb heute hier, weil schlampig gearbeitet wurde, um das nochmal deutlich zu sagen.»

«Was ich als Anwalt kritisieren werde, ist doch der Wertungswiderspruch», bemerkte Brandt. «Bei Mord haben wir wegen der NS-Gräuel die Verjährung nach dreißig Jahren aufgehoben, im Zivilrecht blieb aber alles beim Alten. Wenn beim schlimmsten aller Verbrechen die Verjährung aufgehoben ist, muss das auch für die Folgen des Verbrechens gelten. Dann müsste ich auch nach dreißig Jahren noch Schmerzensgeld einfordern dürfen. Oder der Gesetzgeber regelt in einer Korrektur, dass die Verjährungszeit erst dann zu laufen beginnt, wenn der Anspruchsgegner bekannt ist.»

«Solche Ausnahmen gibt es bei Bagatellen genügend, das sind Peanuts», sagte Kemper.

«Na ja, als Bagatellen möchte ich die anderen Fälle nicht bezeichnen, die gerichtlich entschieden wurden, aber es sind für uns wichtige Hinweise, dass Verjährungsregeln nicht nur einmal durchbrochen worden sind.»

Brandt zog aus einem Stapel eine Mappe hervor, schlug sie auf und sah sich die ausgedruckten Seiten an. «Hier ist so ein Fall, der sich in der Schweiz zugetragen hat und der vom Europäischen Gerichtshof für Menschenrechte entschieden wurde. Ein Arbeiter war als Monteur Asbeststaub ausgesetzt gewesen, erkrankte deshalb an Lungenkrebs …»

«War er Raucher?», fragte Hollenbeck, der bisher nur zugehört hatte.

«Spielt keine Rolle, Asbeststaub war ursächlich für den Lungenkrebs. Seine Erkrankung wurde als Berufskrankheit anerkannt. Das Problem war die absolute Verjährungsfrist von zehn Jahren, die mit dem Tag begann, an dem der Monteur dem Asbeststaub ausgesetzt war. Die Latenzzeit, also die Phase, bis sich die Erkrankung zeigt, dauert aber Jahrzehnte. Bis er merkte, dass er deswegen an Lungenkrebs erkrankt war, war auch die Verjährung eingetreten. Indem man deshalb den Zugang zum Gericht verwehrte, hatte man das Recht auf ein faires Verfahren verletzt.»

«Und aus dem Fall ziehst du die Parallele zum Mord an Frederike», sagte Kemper. «Weil die Behörden geschlampt haben, wie Frederikes Vater sagte, wurde der Täter binnen der Verjährungsfrist nicht ausfindig gemacht. Ein DNA-Test hätte ihn aber durch die neuen Analysemethoden innerhalb der Verjährungsfrist ausfindig machen können.»

«Ja, das werde ich vortragen. Die absolute Verjährung binnen dreißig Jahren beschränkt den Zugang zu einem Gericht, verletzt ein faires Verfahren, obwohl wir ein berechtigtes Ziel verfolgen, das in angemessenem Verhältnis zwischen den angewendeten Mitteln und dem verfolgten Ziel steht. Das ist nämlich auch so eine Bedingung des Europäischen Gerichtshofs.»

«Damit fallt ihr hinten herunter», orakelte Hollenbeck, «schaut euch mal im Nachbarland um. In Frankreich gilt eine kurze Verjährung von zehn Jahren bei Mord.»

«Haha», Kemper lachte gekünstelt. «Der Fall ging durch die Presse, den kenne ich. Was unser guter Sven Hollenbeck unterschlagen hat, ist, dass bei Geiselnahme und Entführung keine Verjährung gilt. Die Morde an mindestens zehn Frauen sind verjährt. Den Mann hat man aber jetzt wegen Entführung und Geiselnahme festgenommen.»

«Was ist das denn für ein Unsinn?», wetterte Frederikes Vater und sah irritiert in die Gesichter der Juristen.

«Und? Ändern sie denn jetzt in Frankreich die Verjährungsregeln?», wollte Brandt wissen.

«Nein. Politiker reagieren über die Landesgrenzen hinweg etwas …, na, sagen wir, irrational. Die französische Justizministerin sagte schlicht, es sei ‹nicht normal›, dass wegen nachlässiger Ermittlungen diese Mordfälle nicht früher aufgeklärt worden waren. Wenn etwas nicht normal ist, muss man ja nicht reagieren. Man wartet einfach darauf, dass sich Mörder in Zukunft wieder loyal und gesetzestreu verhalten, sich folglich kurz vor Verjährungsende den Behörden stellen», warf Kemper mit bitterer Ironie ein.

Brandt nahm ein paar Papiere vom Schreibtisch. «Ich habe mir schon Gedanken zu einer Klageschrift gemacht», sagte er, «hier, lies mal.» Er reichte Kemper ein Blatt und wies auf einen Absatz in der Blattmitte hin. Kemper las laut vor: «Berechtigtes Ziel ist Bestrafung des Täters, Sühne für einen Mord und Ausdehnung der Verjährungsfrist auf die Kenntnis von dessen Täterschaft, die mangels technischen Fortschritts damals noch nicht nachgewiesen werden konnte, obwohl die Beweismittel gesichert in der Asservatenkammer lagerten.»

«Die Klageschrift klingt schlüssig», sagte Hollenbeck, nachdem auch er die Blätter gesichtet hatte. «Aber warum der ganze Aufwand für ein paar Minuten Verhandlung? Peter, du verdienst nichts dabei, für Frederikes Vater ist das wieder viel Aufregung und ihr habt die Kosten, von denen ihr nicht wisst, wie ihr das mit den Folgeprozessen abdecken könnt. Wenn es denn Schlamperei gewesen ist, die letztlich die Klage und Schadensersatz vereiteln würde, dann überleg dir doch eine Klage auf Amts- oder Staatshaftung: Ein Beamter oder Angestellter in Gestalt der Ermittler verletzt schuldhaft die ihm gegenüber einem Dritten obliegende Amtspflicht. Der Staat hat den daraus entstehenden Schaden zu ersetzen.»

«Ja, gute Idee, die nur einen Haken hat: Weise die schuldhafte Amtspflichtverletzung erstmal nach, dann können wir über Staatshaftung weiter reden. Die Ermittlungsbehörden könnten sich damit herausreden, dass es eine Vielzahl von unerledigten, offenen Mordfällen gibt, aber leider keine Vielzahl von Ermittlungsbeamten. Sie können daher nur sukzessiv die Fälle abarbeiten», sagte Brandt.

«Das sehe ich genauso kritisch wie Peter», pflichtete Kemper Brandt bei, stand auf, fuhr sich mit den Fingern durch die Haare und ging zum Fenster, das ihm jedoch keinen nennenswerten Ausblick auf Hainbergen bot. Er setzte sich wieder. Die anderen schwiegen, dann fiel ihm noch ein Argument gegen die Staatshaftung ein. «Im Mordfall Frederike könnten sie entgegnen, sie hätten sogar eine Sonderkommission eingesetzt und über den DNA-Test den Täter, jetzt würde Sven wieder sagen, den mutmaßlichen Täter, herausgefunden. Dass dies leider ein paar Jahre zu spät kam, darf ihnen als Verschulden nicht angelastet werden.»

«Wieder zurück zur Ausgangsklage. Es wird wahrscheinlich ähnlich unbefriedigend ausgehen wie die Klage auf Staatshaftung, an den Täter kommt ihr nicht heran, auch das ist bereits heute bekannt. Binnen fünf Minuten erheben die gegnerischen Anwälte ihre Einrede und der Richter klappt die

Mappe zu.» Hollenbeck schlug mit der flachen Hand auf den Tisch, um das Zuklappen der Aktenmappe nachzuahmen. «Das war's.»

«Wir haben immerhin Öffentlichkeit hergestellt», wehrte sich Brandt.

«Für wie lange? Juckt das denn die da draußen?», fragte Hollenbeck. «Entschuldigen Sie, wenn ich das so frontal ausspreche», sagte er in Richtung Frederikes Vater.

«Jetzt muss ich doch eine Bekannte von mir ins Spiel bringen», mischte sich Kemper in den Disput der beiden ein. «Mit ihr habe ich mich neulich über den Fall unterhalten. Sie ging übrigens auf die gleiche Schule wie Frederike, stammt aus der Gegend. Ich habe sie neulich getroffen und ihr von dem Fall erzählt. Sie sprach von einer gezielt zu planenden Kampagne, die alles umfassen sollte, professionelle Öffentlichkeitsarbeit, als seien wir in der Pressestelle eines Unternehmens, dann muss ein Spendenkonto eingerichtet werden und sie redete von einer Internet-Plattform, auf der wir eine Petition starten könnten.»

«Klingt interessant. Warum hast du sie nicht für heute hergebeten?», fragte Brandt.

«Ich kann doch nicht einfach ohne Absprache weitere Leute zu dir einladen. Du bist der Hausherr. Aber wenn ihr wollt, rufe ich sie an, sie wohnt hier in Hainbergen. Sie ist Lehrerin am Gymnasium.»

«Dann kann sie uns ja gleich beurteilen», witzelte Hollenbeck.

«Willst du das wirklich? Denk an deine Versetzung, die gefährdet wäre», spottete Brandt.

Kemper zog sein Smartphone aus der Tasche, wählte und

ging den schmalen Flur Richtung Eingangstür, um in Ruhe mit ihr zu sprechen. Er erwischte sie beim Bummel durch die Stadt. Das war günstig, denn die City von Hainbergen lag nicht weit entfernt. Kemper beschrieb ihr die Gasse mit der Kanzlei und keine Viertelstunde später meldete sich erneut der schrille Eierwecker.

Brandt und Kemper gingen zur Tür. Constanze Möllers war selbst am Samstagnachmittag elegant gekleidet. Kemper half ihr aus dem Mantel, hängte ihn an die Garderobe, führte sie in den Raum mit den anderen Gästen und stellte sie gegenseitig vor. «Ich habe es gleich gefunden, aber sollte ich nicht in Ihre Kanzlei kommen, Herr Brandt?», fragte sie, als sie an dem kleinen, nur für vier Personen vorgesehenen Tisch Platz nahm. Peter Brandt hatte seinen Schreibtischstuhl an den quadratischen Tisch gerollt. «Das ist die Kanzlei», sagte er, nicht einmal beleidigt, aber er ergänzte, «ich vertrete ja nur einzelne Mandanten und keine Schulklasse. Wenn es soweit ist, dass die Mandantschaft mir in großer Zahl die Bude einrennt, werde ich wohl eine Etage anmieten müssen.»

«Oka-eeiy», gab Constanze Möllers zurück, und zog das «Okay» so fragend in die Länge, wie sie es wohl von ihren Schülern abgeschaut hatte, die damit ihr Erstaunen zum Ausdruck brachten, wenn sie etwas erstmals hörten.

Brandt erläuterte ihr kurz den Grund des Zusammentreffens, dass sie einen Zivilprozess anstrengen würden, weil sie im Strafrecht nicht mehr weiterkamen.

«Hajo hat mir neulich von den rechtlichen Möglichkeiten erzählt, den Fall kenne ich», sie sah dabei auf Frederikes Vater. «Ihre Tochter war ein paar Klassen über mir und wir haben im gleichen Chor gesungen. Wir haben bis heute mit

Ihnen gelitten und werden Frederike nie vergessen. Ich kann aber über dieses Prozessrecht nur den Kopf schütteln und immer noch nicht glauben, dass es keine Handhabe gegen den Täter gibt, obwohl die Beweise eindeutig sind. Das darf von der Politik nicht gewollt sein. Man stelle sich vor, jemand erhält einen falschen Steuerbescheid und als Folge braucht er als Steuerpflichtiger zeitlebens keine Steuern mehr zu bezahlen. Sie können gar nicht so schnell gucken, wie der Gesetzgeber diese Gesetzeslücke schließen würde. Aber hier verhält sich der Staat unbeteiligt, als er hätte er mit der ganzen Sache nichts zu tun.»

«Es freut mich, dass wir da einer Meinung sind», sagte Brandt und wunderte sich, dass Hollenbeck schwieg, Constanze Möllers stumm beobachtete und nicht seinen Senf dazugeben wollte. «Komisch, die Parallele zum Steuerrecht wird auffallend häufig gezogen. Hajo erwähnte, Sie würden sich mit Kampagnen auskennen, wir müssen flankierend zu dem Prozess auch die Öffentlichkeit mobilisieren.»

«Was heißt auskennen? Ich habe in ein Buch reingelesen. Dort werden Kampagnen beschrieben, was ich deshalb interessant fand, weil Kampagnen normalerweise generalstabsmäßig durchgeplant werden müssen. Allerdings sollte ein Kampagnenbetreiber über einen Pressestab verfügen, der die Medien mit entsprechenden Nachrichten versorgt.» Sie sah in die besorgten Gesichter und fügte leise hinzu, «oder über einen Presseverantwortlichen. Produzenten von Talkshows melden sich dann automatisch, wenn ein Thema erkennbar von der Gesellschaft aufgenommen wird. Dann müssen sie es senden.»

«Ist das so ein einfacher Prozess? Wir diskutieren einen Fall in der Öffentlichkeit und die Medien springen darauf an?», fragte Brandt.

«Verkürzt gesprochen: ja. Also, sehr verkürzt. Es steckt eine Menge Arbeit dahinter. Nur die Summe aller Maßnahmen wird solche Effekte hervorbringen können. Öffentlichkeit spiegelt sich auf den verschiedensten Ebenen wider. Die sozialen Netzwerke sind inzwischen eine weitere Ebene, die wir nutzen und einbauen können. Mit einer kleineren Initiative sollten wir beginnen. Aber ob das reicht?», sie zuckte mit den Schultern, «Es wäre zumindest einen Versuch wert.»

«Erzähle bitte von dieser Internet-Plattform, auf der Petitionen eingestellt werden können», erinnerte Kemper.

«Du meinst ‹change.org›. Sie brauchen nur auf die Homepage sehen, das geht relativ einfach. Wir müssen uns aber einen Text überlegen, der kurz und prägnant die wichtigsten Fakten enthält, die die Internetsurfer erreichen. Die haben nicht viel Zeit und müssen schnell überzeugt werden.»

2. November 2015

Nach dem Wochenende tauchte Kemper wieder in seinen Arbeitsalltag ein. Sachverhaltsermittlungen, Plädoyers, zu Hause kümmerte er sich nach seinem Empfinden intensiver um Emmas schulische Leistungen und ihre Erlebnisse in der Schule, was Emma mit immer kürzeren Antworten quittierte und Caro mit dem ironischen Hinweis, das sei nun mal ein Teil der fünf-Minuten-Erziehung eines in Vollzeit beschäftigten Vaters. Tage verrannen. Kemper stellte fest, dass er aufgrund einiger anderer aufregender Prozesse und Ermittlungsverfahren nicht mehr an jedem Tag an den Mordfall Frederike gedacht hatte. Der Fall schien seine Fesseln zu lockern. Auch Hollenbeck sparte in der Kantine das Thema aus, was Kemper zunächst noch registrierte, Hollenbeck schien wohl einer lauten Auseinandersetzung am Mittagstisch ausweichen zu wollen. Dann ließ auch dieser Gedanke nach und er widmete sich ohne Hintergedanken allgemein interessierenden Gesprächsthemen. Wenn sie sich im Büro trafen, dann waren es meist Fachsimpeleien über aktuelle Ermittlungen.

12. November 2015

Kemper konnte schon gar nicht mehr sagen, wann das Gespräch in Brandts neuer Kanzlei stattgefunden hatte, als an einem Nachmittag Peter Brandt anrief. «Wir haben einen Termin», sagte er mit aufgeregt euphorischer Stimme.

«Was, wir haben einen Termin, habe ich den vergessen? Wie geht es dir überhaupt?»

«Nein, nicht wir, ich habe nach unserem letzten Gespräch mit meinem Mandanten die Klageschrift beim Landgericht eingereicht. Wir fordern als Schmerzensgeld erstmal eine symbolische Summe, um ihn in die Gerichtsverhandlung zu zwingen. Du kennst doch noch meinen Schachzug?»

«Ich erinnere mich dunkel», sagte Kemper.

«Na, dann lege ich nochmal einen grellen Lichtkegel drauf:

Unser Schmerzensgeldanspruch wird verjährt sein, da der Mord ja über dreißig Jahre zurückliegt, absolut ungerecht, es dämmert dir jetzt hoffentlich, Mord verjährt nie, aber die zivilrechtlichen Ansprüche daraus. Du weißt, dass die Verjährung als Einrede in der Verhandlung vorgebracht werden muss. Damit stellen wir Öffentlichkeit her. Wir zerren den Täter raus aus der Anonymität ins Rampenlicht.»

Bei Kemper war mit einem Schlag wieder alles präsent. Er fragte nach dem Termin und versprach, wenn es die Zeit zuließe, zum Landgericht zu kommen.

Jetzt stellte sich bei Brandt doch erste Nervosität ein. Seine Stimme klang aufgesetzt optimistisch, aber er atmete kurz und sprach schneller als sonst. Brandt wirkte hektisch, dachte Kemper und er hätte seinen Freund gerne allein durch seine Anwesenheit moralisch unterstützt.

Aus dem Vorsatz wurde jedoch nichts. Kemper hatte als Staatsanwalt Termine abzuarbeiten und konnte sie nicht wie ein Richter selbst festlegen. Zeitgleich zur mündlichen Verhandlung vor dem Landgericht saß Kemper beim Schwurgericht und musste plädieren. Als er am späten Nachmittag am Ende des Prozesstags Brandt am Telefon erreichte, war alles vorbei. Die Verhandlung um Schmerzensgeld hatte nur eine knappe halbe Stunde gedauert. Der Beklagte war gar nicht angereist, weil das Gericht von der Anordnung des persönlichen Erscheinens Abstand genommen hatte, was aber möglich gewesen wäre. Er ließ sich durch einen Anwalt vertreten, der sofort die Einrede der Verjährung erhob. Damit war der Anspruch vom Tisch. Die Vorsitzende Richterin gab zudem zu erkennen, dass sie die entsprechende Rechtsnorm für gültig erachte und keine Normenkontrolle anstreben würde.

Mit diesem richterlichen Hinweis war Brandt klar, wie das Urteil aussehen würde, das ihm in den nächsten Wochen zugestellt werden würde.

21. November 2015

Über eine Woche später trafen sich an einem Samstagvormittag Frederikes Vater, Hollenbeck, Constanze Möllers und Kemper mit Brandt in dessen Anwaltskanzlei. Brandt hatte Kemper überraschend am Freitagabend angerufen und das Treffen anberaumt, weil das Urteil übersandt worden war. «Eine glatte Niederlage», erklärte Brandt deprimiert. Kemper spürte, dass sein Kollege deshalb einlud, um von der Gruppe wieder aufgebaut zu werden. Brandt wirkte auch am Morgen noch niedergeschlagen, obwohl es vorbereitende richterliche Hinweise in der Verhandlung gegeben hatte. Vorgewarnt war er, aber die Hoffnung starb bekanntlich zuletzt.

Doch Brandt riss sich wieder zusammen und machte deutlich, dass die Hoffnung nicht an diesem Tag gestorben war. Er nahm die Urteilsbegründung vom Schreibtisch auf und las vor: «Die Klage wird abgewiesen. Der Kläger hat die Kosten des Rechtsstreits zu tragen.»

«Also im Ergebnis Verjährung», sagte Kemper, «damit kann das Gericht die Urteilsbegründung auch schon beenden. Aber die Kammer hat in unserem Sinne noch was draufgelegt.»

«Hat sich die Zivilkammer mit deinen anderen Argumenten auseinandergesetzt, dass in vielen Fällen die Verjährung gehemmt ist und erst später zu laufen beginnt?», fragte Hollenbeck.

«Das ließen sie sich nicht nehmen, aber sie haben mir auch deutlich zu verstehen gegeben, dass es dem Gesetzgeber um den Rechtsfrieden geht und das wiederum nicht gleichbedeutend mit unserer Vorstellung von Gerechtigkeit sein muss. Wie wahr!», sagte Brandt und legte das Urteil auf den Tisch. Hollenbeck griff danach und blätterte auf die letzten Seiten.

«Aber du hast doch auf die Rechtsprechung vom Bundesgerichtshof hingewiesen?», fragte Kemper.

«Die hätten kurzen Prozess machen können», schaltete sich Hollenbeck in die Diskussion der beiden anderen ein, bevor Brandt antworten konnte. «Es ist doch schon anerkennenswert, dass sie sich offensichtlich mit deinen Argumenten auseinandergesetzt haben. Hier, an der Stelle, bei der sie sich mit der Rechtsprechung des BGH beschäftigen, stellen sie auf die ohnehin sehr kurze Verjährungsfrist in dem betreffenden anderen Fall ab. Es ging damals um eine zwei- und dreijährige Verjährungsfrist. Das sei anders zu bewerten als bei einer absoluten Verjährung von dreißig Jahren, die nach dem BGB ausdrücklich ohne Rücksicht auf die Kenntnis oder grob fahrlässige Unkenntnis eintritt.»

«Das würde ich trotzdem gerne von der nächsten Instanz überprüfen lassen», warf Brandt ein.

Hollenbeck blätterte in den Entscheidungsgründen des Landgerichts weiter. «Du hattest ja auch den Grundsatz von Treu und Glauben bemüht. Ich weiß es noch aus dem Studium und habe den Satz vom Professor noch im Ohr, der gesagt hat, wenn ihnen gar nichts mehr einfällt, dann bemühen sie den Grundsatz von Treu und Glauben.»

«Ich lasse nichts unversucht», verteidigte sich Brandt.

«Aber zu sagen, das wahrheitswidrige Bestreiten des Täters hätte über Jahrzehnte in die Verjährung gemündet und sich nun in seiner Einrede darauf zu stützen, sei eine unzulässige Rechtsausübung, das ist …»

«Dazu stehe ich, in solchen Fällen muss es Ausnahmen geben, dass dann die Verjährung gehemmt ist», verteidigte sich Brandt.

«Aber das Recht schützt doch uns alle. Niemand muss sich selbst belasten, das ist ein elementarer Rechtsgrundsatz», sagte Hollenbeck, «und genau das sagt auch das Gericht auf der letzten Seite.»

«Ja, und das ist bitter, dass letztlich unser Rechtssystem immer den schützt, der des Schutzes weniger bedarf als das Opfer. Nicht Opfer sind privilegiert, sondern Täter», erwiderte Brandt in zornigem Ton.

«Wenn ich das mal als Nichtjuristin auf den Punkt bringen darf», mischte sich Constanze Möllers ein, «dann müssen wir erkennen, dass unsere durchnormierte Welt sich eine klaffende Lücke erlaubt, die richtig wehtut. Der Nachbar erschlägt die Tochter und darf frei herumlaufen, weil es der Gesetzgeber nicht auf die Reihe gebracht hat.»

«So ist es. Und es schmerzt wirklich», sagte Frederikes Vater.

«Entschuldigung», sagte Brandt plötzlich, «ich bin ein unmöglicher Gastgeber, was möchten Sie denn trinken? Oder anders gefragt, wer mag keinen Kaffee?»

Da sich keiner meldete, ging Brandt zur kleinen Teeküchennische, klapperte mit der Kaffeedose und holte Filter und Wasser. Hollenbeck steckte sich eine Zigarette in den Mund und ging raus vor die Tür.

Während der Kaffee durchlief, gab Brandt zu, die Sache vielleicht etwas zu leicht angegangen zu sein, aber zwischen den Zeilen in der mündlichen Verhandlung glaubte er, gewisse Unsicherheiten der Vorsitzenden erkannt zu haben, als sie die Notwendigkeit einer Normenkontrolle verneinte. Mit Blick auf Frederikes Vater und Frau Möllers erläuterte Brandt, dass eine Normenkontrolle die Prüfung erlaube, ob es verfassungsmäßig sei, an der Verjährung seit Tatbegehung festzuhalten, wie es das Bürgerliche Gesetzbuch vorsehen würde, oder vielmehr, ob der deutsche Gesetzgeber sich an die Rechtsprechung des Europäischen Gerichtshofs zu halten habe. Demnach müsste bei der Berechnung der Verjährungsfrist vom Zeitpunkt des Wissens um den Anspruchsgegner ausgegangen werden. Dann wären die Verjährungsvorschriften im Bürgerlichen Gesetzbuch entsprechend zu ändern. Das Landgericht sah es leider nicht so, ein anderes Gericht oder die nächste Instanz könnte ohne weiteres zu einem abweichenden Ergebnis ganz im Sinne von Brandts Klage kommen. Das war der Mutmacher für ihn, in die Berufung zu gehen. Es klingelte an der Tür. Hollenbeck kam wieder herein und setzte sich in die Runde.

«Ja, schauen wir auf der nächsten Instanz, ob wir ein Gericht finden, das tatsächlich zu einem anderen Ergebnis kommen wird», sagte Brandt.

«Peter, das muss ich gegenüber Constanze und Frederikes Vater mal richtigstellen. Es klingt so, als müssten wir auf die Suche gehen, welches Berufungsgericht sich unserer Meinung anschließen würde. Ganz so ist es ja nicht», deutete Kemper vorsichtig an.

«Hajo, das will ich auch gar nicht gesagt haben.»

«Klang aber so. Es ist reiner Zufall und vom Kläger nie steuerbar, an welche Kammer jemand bei Klageerhebung kommt. Es hängt von der Festlegung ab, welcher Richter welchen Fall erhält, so dass es unmöglich wird, dass bestimmte Richter für bestimmte Fälle oder gar Personen zuständig werden. Sowas ist auch im Grundgesetz und im Gerichtsverfassungsgesetz geregelt.»

«Das ist eine immens spannende Frage», meinte Hollenbeck und gähnte demonstrativ, «im Strafprozess ist es neben dem Vorwurf der Befangenheit beliebtes Spiel der Strafverteidiger, die ordnungsgemäße Zusammensetzung des Gerichts zu rügen.»

«Davon habe ich schon gehört», sagte Constanze Möllers. «Es gibt gnädige und scharfe Richter. Also ist es oft Zufall, an welchen Richter man gerät und letztlich auch, ob es Haft oder Bewährung gibt. Da kann ich ja noch nachvollziehen, dass ein Verteidiger gerne mit seinem Mandanten an den milden Richter kommt.»

«Eine Hürde für die Berufung werden die Prozesskosten sein, um auf unseren Fall zurückzukommen», warf Brandt ein.

«Was haben Sie denn in Richtung Spendenkonto und Petition unternommen?», fragte Constanze Möllers.

Brandt zog die Schultern hoch. «Ich bin schlicht nicht dazu gekommen, ich habe ja auch noch andere Mandate übernommen. Habt ihr vielleicht …, er blickte in die Runde, aber jeder wich ihm aus. «Das werte ich mal als klares ‹Nein›. Leute, wir müssen unsere Hausaufgaben machen.»

«Das müsste uns jetzt eigentlich unsere Lehrerin vorwerfen», spöttelte Hollenbeck und grinste Constanze Möllers an.

«Also gut, dann gebe ich nochmal Nachhilfe», sagte Frau Möllers, «Herr Brandt, das riecht zunächst nach einem großen Pott Kaffee...»

«Stimmt, der Kaffee wird längst fertig sein.»

Brandt eilte zur Kaffeemaschine, die sich vom heiseren Röcheln längst erholt hatte und stumm die schwarze, heiße Brühe verwahrte. Man hörte das Klappern und Klirren von Tassen, dann kam er mit einem Tablett und servierte den Kaffee in Pötten. «Milch und Zucker? Ich hoffe, nur Zucker, Milch ist alle.»

Die nächsten zwei Stunden wurde an einem Text für die Online-Petition gefeilt. Brandt lieferte die Fakten, Frau Möllers recherchierte bei den Petitionen im Netz, mit wie vielen Zeilen sie platziert worden waren und welche Informationen noch dazugegeben wurden, um möglichst viele Unterstützer zu mobilisieren. Zum Schluss versprach Frederikes Vater, noch ein paar Bilder seiner Tochter an Frau Möllers zu mailen, damit die Petition auch illustriert werden konnte.

«Apropos mailen, wir sollten unsere Mailadressen austauschen, um in Kontakt bleiben zu können», schlug Kemper vor. Brandt zog ein Blatt Papier aus dem Druckerschacht und ließ es mit einem Kuli rundgehen, damit jeder seine E-Mail-Adresse eintragen konnte.

«Noch eine Frage: Was wird denn aus den Ergebnissen der Online-Petition? Ich meine, was habt ihr davon? Ist das nicht nur reine Symbolik?», fragte Hollenbeck.

«Nein», sagte Constanze energisch. «Petitionen an sich haben manchmal leider nur symbolische Wirkung, wenn ein Bürger sie allein stellt und der Petitionsausschuss eines Landes oder des Bundes das einsam abarbeitet. Hier baue ich auf die Macht des Internets. Daraus kann eine Bewegung entstehen.»

«Eine Bewegung? Das klingt ja nach Revolution oder nach einem maoistischen langen Marsch durch die Institutionen», lästerte Hollenbeck.

«Reg dich nicht auf, so ist er und wir haben ihn nun mal», sagte Kemper zu Constanze.

«Nein, ist doch in Ordnung. Sich oder uns immer wieder in Frage zu stellen, ist absolut korrekt. Deshalb sitzen wir ja zusammen. Wir brauchen keine Leute, die uns unentwegt auf die Schultern klopfen. Das macht uns nur faul und betriebsblind. Wir müssen mit Widerstand rechnen und uns wappnen. Wie gehen wir mit Kritik um und wie entkräften wir solche Argumente, die uns vom Ziel abbringen könnten», sagte Constanze in einem kurzen, aber engagierten Statement für ihren Vorschlag einer Online-Petition.

«Oh, dann bin ich doch zu was nütze», lachte Hollenbeck und zwinkerte Kemper zu, der sich ärgerte, dass Constanze Sven Hollenbeck auch noch zu verteidigen schien und dessen destruktive Art für nützlich hielt.

«Dann geh' doch einfach nochmal eine rauchen», schlug Kemper vor.

«Nein, ich will Schluss machen», erwiderte Hollenbeck und sah Constanze an.

«Mit dem Rauchen?»

«Hajo, womit sonst?»

«Hollenbeck hat die richtige Frage gestellt», meinte Brandt nachdenklich und beendete die Kabbelei der beiden. «Was machen wir mit den Ergebnissen der Petition? Was sind die

Unterstützerunterschriften wert, die wir aus dem Internet erwarten können?»

«Denken Sie an die Kraft der Masse, an Schlagworte wie Crowdfunding, Schwarmintelligenz oder schlicht an die Losung, ‹gemeinsam sind wir stark›», bemerkte Constanze mit Nachdruck.

«Soweit die Nachhilfestunde durch unsere Studienrätin», lästerte Hollenbeck erneut und wippte grinsend auf seinem Stuhl.

«Ich habe mich in den letzten Tagen intensiv mit Petitionen auseinandergesetzt», sagte Constanze. «Wir müssen uns ein Ziel setzen. Ab einer bestimmten Zahl von Unterstützerunterschriften gehen wir an die Presse.» Sie ignorierte den Einwurf Hollenbecks. Kemper beobachtete beide und ärgerte sich insgeheim, dass Constanze die Spötteleien Hollenbecks durchgehen ließ. Oder fielen sie etwa unter Neckereien?

«Mein Vorschlag wäre, wenn zehntausend für uns online unterschreiben, geben wir eine Presseerklärung heraus. Wenn es fünfzigtausend sind, gehen wir ins Bundesjustizministerium und zwar öffentlichkeitswirksam. Ab jetzt ist die Presse immer mit dabei», sagte Brandt.

«Zehn- und fünfzigtausend? Woher sollen die Leute kommen? Das ist viel zu hoch gegriffen», sagte Frederikes Vater.

«Nein, im Gegenteil. Die Zahlen erreichen viele mit ihren Petitionen. Lasst uns was drauflegen. Bei fünfzigtausend geben wir eine Pressekonferenz und bei einhunderttausend Unterstützern treffen wir uns mit großem Pressegefolge beim Bundesjustizminister», schlug Constanze vor.

«Einhunderttausend? Leute, jetzt übertreibt nicht», mahnte Frederikes Vater.

«Warten Sie es ab. Ich denke, es wird funktionieren», sagte Constanze Möllers.

22. November 2015

Als Kemper am Sonntagmorgen auf die change.org-Seite ging und die Petitionen entlangscrollte, kam er bald auf das Gesicht von Frederikes Vater, der ein Foto von seiner Tochter in der Hand hielt. Darunter las er:

«Gerechtigkeit für meine ermordete Tochter Frederike: Der Mord muss gesühnt werden können

In der Nacht vom 4. November 1981 wurde meine siebzehnjährige Tochter vergewaltigt und brutal ermordet. Frederike war auf dem Weg vom Chor nach Hause und wollte – wie so oft – einige Kilometer nach Hause nach Hainbergen trampen.

Der Tatverdächtige wurde damals trotz schwerwiegender Indizien freigesprochen. Mehr als dreißig Jahre danach wurde der DNA-Test in der Kriminalistik zur Überführung von Straftätern eingesetzt und die DNA-Proben waren eindeutig: ***Der damalige Täter ist der mutmaßliche Mörder meiner Tochter, aber weiterhin auf freiem Fuß. Das ist unerträglich für mich.***

Es liegt daran, dass der Mann freigesprochen wurde. Nach bestehendem Gesetz ist es nicht möglich, ihn erneut des Mordes anzuklagen.

Das Gesetz sagt: Mord verjährt aber nicht.

Deshalb fordere ich den Bundesjustizminister auf, § 362 der Strafprozessordnung zu ergänzen. Es muss möglich

sein, ein Verfahren wieder zu eröffnen, wenn neue, vom Bundesgerichtshof anerkannte wissenschaftliche Methoden einen freigesprochenen Täter überführen.

Mehrfach wurde mir gegenüber der vielbeschworene Begriff der «Rechtssicherheit» angebracht – wenn jemand in Deutschland freigesprochen ist, dann soll er auch die Sicherheit haben, dass er nicht erneut angeklagt werden kann. Es geht hier aber nur um die ganz wenigen Fälle eines falsch freigesprochenen Mörders.

In Österreich, in England, in Finnland, in Norwegen und in Schweden ist in solchen Fällen eine neue Gerichtsverhandlung bei neuen Beweismitteln vorgesehen.

Nicht nur für Frederike, sondern für alle Betroffenen bitte ich Sie, Herr Bundesjustizminister, setzen Sie sich mit mir und weiteren Experten an einen Runden Tisch und diskutieren Sie mit uns die Änderung des § 362 der Strafprozessordnung.»

Kemper rief sofort Constanze an. «Habt ihr toll gemacht. Wir sollten bereits jetzt die Presse einbeziehen. Schick doch den Text an die Hainberger Nachrichten.»

«Schon geschehen», sagte Constanze, «das habe ich mit Herrn Brandt und Frederikes Vater abgestimmt. Aber nicht nur an die Hainberger Nachrichten, an überregionale Zeitungen und Wochenmagazine habe ich es geleitet. Mal sehen, wer was bringt.»

«Und ob überhaupt», sagte Kemper, «denn es haben nur fünfunddreißig unterschrieben. Ist das normal?»

«Geduld musst du haben, wir sind doch erst ein paar Stunden im Netz. Warte nur ab.»

24. und 28. November 2015

Am Dienstagmorgen fand Kemper eine Textspalte in den Hainberger Nachrichten. Es war zusammengefasst der Text der Petition. Besser als nichts, dachte Kemper. Die Prozesse unter der Woche, in denen er plädieren musste, lenkten ihn ab. Am Samstag las er eine Mail von Constanze an alle Teilnehmer, die sich vor einer Woche bei Brandt getroffen hatten. Darin präsentierte sie die aktuellen Zahlen. Sie waren bereits bei 3265 Unterschriften und das fand Brandt für die erste Woche sehr ermutigend. Außerdem hatte Constanze die Leserbriefe zu dem Text aus der Hainberger Zeitung gescannt und mitgesandt.

Kemper dankte per Mail und fuhr den Rechner runter. Caro hatte schon nach ihm gerufen. Sie wollten mit Emma in die Stadt zum «Shoppen», für Kemper ein Reizwort. Emma war all die Jahre relativ bescheiden geblieben, aber in letzter Zeit mussten es immer die teuersten Markenklamotten sein. Er stand schon in der Haustür, als das Telefon klingelte.

«Ich geh schon!» rief er Caro und Emma hinterher, die gerade in den Wagen stiegen.

Es war Constanze Möllers.

«Störe ich? Ich rufe an, weil ich deinen Kollegen Brandt nicht erreicht habe, sonst hätte ich ihn auch direkt fragen können.»

«Ist schon in Ordnung, aber viel Zeit habe ich nicht, meine Familie wartet schon im Auto.»

»Nein, dann besprechen wir es am Abend, aber der Artikel

in der Zeitung hat mich so aufgeregt, dass ich sofort einen von euch sprechen wollte.»

«Was denn für ein Artikel? Lass mal hören», fragte Kemper neugierig, «aber Moment, bleib mal dran.»

Kemper ging vor die Haustür zum Wagen. «Wichtige Sache, ich fürchte, ihr müsste ohne mich fahren», sagte er.

«Sehr zerknirscht klingt das aber nicht», sagte Caro, «dafür habe ich was gut. Einmal Theater?»

«Darauf kann ich mich einlassen», sagte Kemper, beugte sich zu Caro und gab ihr einen Kuss. Sie stieg aus und wechselte auf den Fahrersitz, während Emma nach vorne kam und als Beifahrerin Platz nahm. Sie klappte sofort die Sonnenblende mit dem Schminkspiegel herunter.

Na, dann hatten ja alle, was sie brauchten, dachte Kemper, winkte ihnen noch hinterher und ging ins Haus zurück.

«Bin wieder dran», sagte Kemper, «was hat dich denn so aufgeregt?»

«Lies mal die eingescannten Leserbriefe aus der Zeitung. Ich habe sie eben schon mitgesandt, aber danach erst gründlich gelesen. Eine Leserin regt sich auf, wie hier in Deutschland Mörder geschützt und die Rechte der Opfer und deren Angehörigen mit Füßen getreten würden. Mit dem Freispruch 1983 sei Frederike ein weiteres Mal ermordet worden und das von unserer Justiz. Als Krönung bekäme er eine Entschädigungssumme für die achtzehn Monate, die er in Haft war. Was meint denn die Frau mit Entschädigungssumme?»

«Der freigesprochene Täter hat damals tatsächlich eine Entschädigungssumme erhalten, weil er nach dem Freispruch logischerweise unschuldig hinter Gittern gesessen hatte. Ob es nun achtzehn Monate waren, kann ich nicht sagen.»

«Sag mal, wie krank ist das denn? Der verdient auch noch an dem Mord? Wenn wir jetzt aber wissen, dass er der Täter war, kann der Staat dann die Entschädigungssumme nicht zurückfordern?»

«Leider nein. Das hängt alles mit dem Freispruch zusammen. Das ist eine endgültige Entscheidung, die alle Folgen umfasst, auch die Geldsumme für die Haftzeit.»

«So langsam wundert mich nicht mehr, dass bei den Petitionen und auch bei den Leserbriefen Selbstjustiz erwähnt wird. Ich habe euch eine Reaktion zu dem Thema zugemailt. Selbstjustiz sei zwar keine Lösung, sagt ein Leser, aber eine Lösung müsse her, wenn es auch die ist, das Recht in die eigene Hand zu nehmen, wenn der Staat versagt.»

«Bitte tue mir einen Gefallen und erwähne es nicht als eine Option. Dann haben wir uns ganz schnell selbst disqualifiziert.»

«Das waren nicht meine Worte, sondern die eines Lesers, der nicht alleine steht. Du kennst meinen Hintergrund. Irgendwann ist das Maß voll mit dem Täterschutzgefasel. Ich bin verdammt nochmal mit dem Leben davongekommen, der Täter hat viele Jahre im Knast büßen müssen. Aber wenn mir das passiert wäre, der Täter zwar überführt, aber durch ein Fehlurteil freigesprochen worden wäre und flaniert an meinem Haus vorbei, am besten noch im Cabrio, das er vom Haftentschädigungsgeld bezahlt hätte, dann ...»

Constanze Möllers Stimme wurde immer lauter, erregter, schließlich schrill und erstickte dann in einem Weinen. Kemper konnte nichts sagen. Jedes Wort war jetzt zu viel. Nach einer langen Pause hatte Constanze sich wieder gefasst. «Ich schlage vor, wir treffen uns am nächsten Samstag wieder», sagte sie, «dann haben wir eine weitere Woche zum Beobachten der Resonanz auf Petition und Presse.» Kemper spürte am Beben und Zittern ihrer Stimme, wie fragil ihre Gefasstheit war. Sie wollte sich vor ihm nicht gehen lassen und kämpfte um Contenance.

«Sollen wir uns vorher nochmal treffen? Willst du wirklich eine Woche warten? Brauchst du Hilfe?»

«Nein, warum?»

«Du klingst so aufgebracht und bist allein.»

«Ich bin nicht allein. Hab doch dich am Telefon.»

Am liebsten hätte er sich jetzt mit ihr getroffen. Aber wo wohnte sie? Wie sollte er das gegenüber Caro erklären, wenn sie fragen würde, was er während ihrer Fahrt in die Stadt gemacht hatte, wo er hingefahren war? Ein angeblich überraschendes Treffen mit Brandt, Hollenbeck und Frederikes Vater? Und dann begegnete Caro beim Einkaufen in Hainbergen einem der drei? «Viele Grüße an Ihren Mann, Frau Kemper». Nein, das mochte er sich nicht ausmalen, auch wenn zwischen ihm und Constanze nichts passieren würde. Kemper war einerseits enttäuscht von Constanze, dass sie nicht auf sein Angebot eingegangen war und andererseits beruhigt, dass er Caro nicht herausgefordert hatte. Er wusste nicht, wie weit er gehen würde. Constanze war jedenfalls eine Frau, die …, er kam nicht weiter, konnte im Kopf nicht ausformulieren, wie er die Beziehung und Nichtbeziehung zu ihr definieren sollte. Dann fiel es ihm ein, der gesuchte Begriff hieß Phantasie. Sie beflügelte seine Phantasie, was im Ergebnis etwas Positives war.

«Ja, treffen wir uns nächste Woche bei Peter Brandt», sagte er nach einer Weile, die sie beide stumm am Hörer geblieben waren, jeder für sich allein mit seinen Gedanken und doch zusammen über eine Verbindung, die so was wie Halt und Stütze versprach. «Wir sollten uns dann die Meinung der Öffentlichkeit ansehen», fuhr Kemper mit einer Stimme fort, die nach seiner Auffassung zu selbstsicher für seinen aufgewühlten Zustand klang. «Was brodelt da draußen im Netz? Können wir die Stimmung für unsere Zwecke nutzen, gibt sie uns Rückenwind für unsere Forderung nach einer Gesetzesänderung? Ich fürchte, wir müssen der Öffentlichkeit erstmal erklären, was die rechtlichen Hürden sind und was bisher passiert ist.»

«Das versteht noch keiner», sagte sie leise zustimmend, «aber wer es bis zur Petition auf der change.org Plattform geschafft hat, ist sicher echt interessiert und versteht den kurzen Überblick.»

«Was aber auf keinen Fall eintreten darf, wäre ein Entgleisen auf unserer Plattform, dass wir ein Forum für die Durchgeknallten schaffen, denen es nur um Auge um Auge, Zahn um Zahn geht und die Werbung für die Todesstrafe machen wollen», sagte Kemper.

«Bisher sind das wenige Einzelmeinungen. Ich will mich auch nicht vor einen radikalen Karren spannen lassen. Lass uns die Pressearbeit intensivieren», schlug sie vor.

«Ja, das machen wir. Ich wünsche dir ein schönes Wochenende.» Kemper legte auf. Sie hatte ihre Fassung verloren, aber sich wieder in den Griff bekommen. Er hatte Verständnis für ihren Gefühlsausbruch und einmal mehr kam er sich mit seinen theorielastigen Rechtskenntnissen wie ein Neunmalkluger vor, der vom gesunden Menschenverstand vorgeführt wurde. Der Aufschrei von Constanze war wirklich nachvollziehbar. Der fälschlich Freigesprochene erhielt auch noch eine Haftentschädigung, die er beim Beweis des Gegenteils nicht zurückzahlen musste. Peter Brandt begrüßte ein Treffen am nächsten Samstag, wollte selbst schon viel früher eine erneute Zusammenkunft, doch dann kam ihm zeitlich etwas dazwischen. Auf Bitten Kempers übernahm er die Einladung der drei Mitstreiter Hollenbeck, Frederikes Vater und Constanze.

Samstag, 5. Dezember 2015

Als Constanze Möllers, Kemper, Hollenbeck und Frederikes Vater in der Kanzlei von Brandt zusammentrafen, war es bereits 18.00 Uhr. Draußen fegte ein frischer Spätherbstwind durch die Gassen, der den Winter ankündigte. Bald darauf schlugen Regentropfen laut und unrhythmisch gegen die Jalousien. Meteorologisch war es längst Winter, der erste Schnee war wie in fast jedem Jahr bereits Ende November gefallen, hatte wie immer nur ein paar Tage gehalten und sich vor dem beständigen milden Tief aus Südwest verdrückt. So würde es wie fast in jedem Jahr bis zu den Weihnachtsfeiertagen andauern, um in der Silvesternacht frostig in das neue Jahr zu wechseln.

Anwalt Brandt präsentierte stolz ein paar Seiten, die er wie ein Handout auf den kleinen Tisch neben die Kaffeepötte und einen Teller mit Spekulatius und Lebkuchen, die Constanze Möllers mitgebracht hatte, legte. Seine Gäste griffen nach den Ausdrucken und dem Süßen, fingen an zu lesen, während Brandt eine Weile den überraschten Gesichtern zusah und deren Mimik studierte. «Sven Hollenbeck, du gehst ja richtig mit», sagte er, «ich hätte bereits deinen Protest erwartet.»

«Bin doch noch nicht durch», erwiderte er, «kommt noch.»

«Gratuliere, gefällt mir», sagte Kemper anerkennend zum Text.

«Letzte Woche kam noch was dazwischen und ich wurde mit der Klageschrift nicht fertig. Deshalb wollte ich unser Treffen verschieben. Mit Ihnen», er blickte Frederikes Vater an, «nehmen wir die Berufung in Angriff.»

Der alte Herr nickte zufrieden. «Wir haben auf dem Spendenkonto die ersten Eingänge. Übrigens haben bis heute früh 35.786 Menschen die Petition unterschrieben», sagte Frederikes Vater und stopfte einen kleinen Zettel zurück in die Brusttasche seines Hemdes. «Ich konnte es zunächst nicht glauben, aber es waren tatsächlich 35.786», sprach er sichtlich stolz über die Mobilisierung der vielen Unterstützer.

«Die Reaktion der Bevölkerung macht Mut», sagte Brandt. «Ihr seid auf dem richtigen Weg», meinte Constanze Möllers und sah Hollenbeck erwartungsvoll an, der inzwischen die Kopie der Klageschrift aus der Hand gelegt hatte.

«Ich sag erst mal nichts dazu», meinte Hollenbeck.

«Oh, Kreide gefressen? Ich wollte doch ein paar Tipps von meinem schärfsten Kritiker», lockte Brandt. «Eine weitere Idee fiel mir noch ein. Ihr kennt doch den Abgeordneten unseres Wahlkreises, Andresen. Er stammt aus Hainbergen, kennt auch den Mordfall von Anbeginn an. Er wird über seine Fraktion im Landtag eine Große Anfrage einbringen.

Ich werde mit ihm die Fragen formulieren, auf die wir eine fundierte Antwort der Politik erwarten.»

«Jetzt ist es Zeit, mich zu Wort zu melden», begann Hollenbeck. «Was versprecht ihr euch von der Großen Anfrage in einem Bundesland? Ist das Land für Bundesgesetze zuständig? Wohl kaum. Ihr müsst im Bund aktiv werden.»

«Kommt doch alles noch», bremste Brandt die Kritik des Staatsanwaltskollegen. «Wir wollen die Leute erstmal auf der Basis sensibilisieren, dann kommt der Rest im Bund automatisch nach. Die wittern doch auch die Chancen, die sich ergeben, wenn es um den Wählerwillen geht. Nach der Wahl ist vor der Wahl, wie es so schön heißt.»

«Das sehe ich auch so», sprang Kemper Brandt unterstützend bei, «irgendwann erreichen wir Berlin mit unseren Kampagnen.»

Sie nutzten die weiteren Stunden, um am Text der Klageschrift zu feilen, aber auch, um den Inhalt für Constanze Möllers und Frederikes Vater verständlich zu machen.

«Vielen Dank euch allen bis hierher», sagte kurz vor Aufbruch der alte Herr. «Ich hätte das vor einigen Monaten nicht für möglich gehalten. Das bewegt mich sehr. Ohne Herrn Brandt und seinen Verzicht auf ein Honorar und Auslagen …», er stockte, fing sich wieder. «Keine Ahnung, ob wir damit Erfolg haben, aber ich bin es Frederike schuldig, dass ich es wenigstens versucht habe. Anhand von Herrn Hollenbeck sehe ich ja, wie schwierig es wird. Nichts gegen Sie, Sie geben uns immer das Gefühl auf keinen Fall übermütig zu werden und vom Boden abzuheben.»

Hollenbeck lachte. «Ich bin immer für Bodenhaftung. Aber vielleicht sehe ich das ja zu streng. Warten wir es ab.»

Frederikes Vater sah auf die Uhr. «Ich muss mich entschuldigen, mein Zug fährt gleich und ich habe einen dringenden privaten Termin am Abend wahrzunehmen. Ich danke Ihnen nochmals, muss jetzt aber sofort los.»

Peter Brandt begleitete seinen Mandanten bis zur Tür, während seine übrigen Gäste noch über der Berufungsklage saßen und diskutierten.

«Es ist nicht schlecht, dass wir noch ein paar Minuten ohne meinen Mandanten hier sprechen können», sagte Brandt, als er wieder im Besprechungsraum war. «Seine Ruhe ist bewundernswert, trotz allem, was er durchmachen musste und welche Hürden ihm immer in den Weg gelegt wurden und werden. Das Landgericht hat am Schluss der Verhandlung, als die Zivilkammer schon durchblicken ließ, wie sie entscheiden werden, auf die hohen Kosten hingewiesen, die auf ihn zukommen könnten, falls seine Klage abgewiesen würde. Ich fand den Satz von der Vorsitzenden skandalös. Dass er als Rentner finanzielle Probleme haben wird, einen Prozess zu führen, ist augenscheinlich. Dann ist es deplatziert, ihm das noch vor Augen zu führen ...»

«... und fast schon demonstrativ darzulegen, dass nur Begüterte Prozesse führen können», unterbrach Kemper. «Gerichte sind auch für Arme da», pflichtete Constanze bei, «wo kommen wir hin, wenn über die Kosten wenig Begüterte ausgeschlossen werden.»

«Deshalb gibt es ja die Prozesskostenhilfe», erinnerte Hollenbeck, «läuft da dein Antrag, Peter?»

«Den habe ich noch nicht gestellt, wird aber noch geprüft.»

«Warum so zurückhaltend? Das wäre doch die erste Maßnahme, wenn ein Mittelloser klagen will.»

«Wir haben inzwischen ein gutes Spendenaufkommen und ich will erst prüfen, ob mir das angerechnet wird und eine Prozesskostenhilfe daran scheitern könnte», entgegnete Brandt.

Gegen 20.00 Uhr schaute Hollenbeck verstohlen auf die Uhr, was Brandt bemerkte. «Wir sind eigentlich durch mit unseren Themen, wenn euch morgen noch Ergänzungen einfallen, bitte kurz und bündig per E-Mail an mich, sonst reiche ich die Berufungsbegründung nächste Woche, vorzugsweise am Montag, beim Gericht ein.»

«Ja, ich muss auch heim», sagte Kemper, «ich habe Caro gesagt, es dauert nur eine Stunde.»

«Und ich habe Hunger. Mittagessen habe ich ausfallen lassen», sagte Constanze Möllers.

«Ich wollte zum Griechen, kommst du mit?», fragte Hollenbeck.

«Griechisch? Das hatte ich lange nicht mehr. Gut. Aber jeder zahlt selbst», antwortete Constanze.

Kemper ließ sich Zeit, ging als Letzter an die Garderobe, verabschiedete sich von Brandt und den beiden anderen und sah Hollenbeck und Constanze hinterher, als sie in Richtung Fußgängerzone aufbrachen. Was sollte das, dachte Kemper, er hatte mitbekommen, dass sich die beiden bereits duzten, nicht aber, dass sie sich bei Brandt in der Kanzlei «verbrüdert» hatten. War dem ein Treffen vorausgegangen? In ihm schlich sich ein Gefühl von Wehmut hoch, als er die beiden vor sich gehen sah. Er ging extra langsamer, ließ den Vorsprung anwachsen. Constanze und Hollenbeck berührten sich ab und zu mit den Schultern, so nah spazierten sie auf dem Bürgersteig. Sehr vertraut wirkten die beiden. Freu dich doch für die beiden. Wenn sie sich gefunden hätten, wär' das doch okay, sagte Kemper zu sich. Hollenbeck hatte wohl nie ein glückliches Händchen mit seinen Partnerinnen gehabt und Constanze trug schwer an dem schlimmen Erlebnis in ihrer Jugend. Und Kemper hatte zu Hause Caro. Punkt. Schluss. Ende und Aus. Kemper bog bald in eine andere Richtung ab und ließ wenig später per Funk die Blinker seines Wagens aufleuchten. Er setzte sich in seinen Wagen und wollte eine seine Stimmung aufhellende CD einlegen. Aber in den Tiefen seines Handschuhfachs fand er nichts Passendes. Im Radio brauchte er nur den ersten Satz der wie aufgedreht wirkenden Immer-lustig-Moderatoren zu hören, die sie im Duo auftreten ließen, um sofort auszuschalten. Er blieb noch einen Moment im kalten, dunklen Wagen sitzen. Constanze Möllers. Er kam sich vor wie damals, als er Schüler in der 7. Klasse war und er seine heimlich verehrte Mitschülerin händchenhaltend mit dem Großmaul aus der Parallelklasse in der hintersten Ecke des Schulhofes stehen sah. Er schüttelte den Kopf, startete den Motor und fuhr nach Hause.

Die Wochen danach herrschte wieder die eingefahrene Betriebsamkeit des Alltags, dekoriert mit den kommerziellen Begleiterscheinungen des Advents, dem üblichen Lichterglanz und der Erinnerung Kempers an frühere Jahre, in denen Emma sich mit vorzüglicher Liebenswürdigkeit und Fleiß auf das Weihnachtsfest vorbereitet hatte, sprich: Sie hatte einen ambitionierten Wunschzettel geschrieben. Emma war älter und abgeklärter geworden. Sie wusste, dass auf jeden Fall und weitgehend unabhängig von ihrem Verhalten Geschenke unter dem Baum liegen würden.

19. Dezember 2015

Am Samstagvormittag vor dem vierten Advent investierte Kemper selbst einen kurzen Moment in die Zeit der Weihnachtsvorbereitungen. Er überlegte, wo und wann er den Weihnachtsbaum kaufen sollte, welche Sorte – Fichte oder Nordmanntanne – was auch hieß, Fichtenduft oder weiche Nadeln. Dann brauchte er dringend ein überraschendes Geschenk für Caro. Sie hatten vor Jahren beschlossen, auf großartige Geschenke verzichten zu wollen, doch da Geschenkeauspacken seinen Reiz in den Jahren nicht völlig verloren hatte, waren die Kleinigkeiten sukzessive größer, auch werthaltiger geworden. Damit war auch die Qual des Aussuchens gewachsen, vor der die Hürde der Ideenfindung stand. Mitten in diese Gedanken platzte der Anruf von Peter Brandt.

«Hajo, wir müssen uns sofort treffen», rief Peter Brandt ins Telefon und zur Erleichterung Kempers und um die Spannung zu erhöhen, klang die Stimme sehr euphorisch.

«Hast du die anderen schon erreicht?», fragte Kemper.

«Ich dachte, wir machen es wie beim Schneeballsystem. Frederikes Vater hat schon zugesagt und sitzt wahrscheinlich schon im Zug, du könntest Hollenbeck und Frau Möllers anrufen. Sagen wir heute, 14.00 Uhr, in meiner Kanzlei?»

«Ich werde es versuchen, bis später.»

«Das Oberlandesgericht hat die Berufung angenommen, meine lieben Mitstreiter», sagte Brandt, als nachmittags alle zusammen in seiner Kanzlei saßen. Kemper registrierte, dass Constanze Möllers und Hollenbeck gemeinsam ankamen. Constanzes Anrufe waren seit längerem ausgeblieben. Es hatte keinen erneuten telefonischen Hilfeschrei ihrerseits wie Ende November gegeben, als sie sich über die Entschädigungszahlung an den Freigesprochenen aufgeregt hatte, der nach aller Wahrscheinlichkeit doch der Täter war. Hollenbeck setzte sich gelegentlich in der Kantine zu ihm. Constanze erwähnte er nie. Thematisch ging es meistens um laufende Verfahren, die sie bearbeiteten und somit bei der ein oder anderen kniffligen Frage berieten. Über den Mordfall Frederike schwiegen sie sich aus. Peter Brandt hatte zwischenzeitlich einmal angerufen und den Stand der Petitionen durchgegeben. Über 75.000 hatten bereits online unterschrieben.

«Die Annahme der Berufung durch das Oberlandesgericht ist übrigens keine Selbstverständlichkeit, sagte Brandt, «denn das Gericht hätte durchaus die Berufung wegen Aussichtslosigkeit verwerfen können. Wir können uns freuen, dass im März die mündliche Verhandlung terminiert worden ist.»

«Verstehe ich nicht», sagte Frederikes Vater. «Ich kann ja wohl nach jedem Prozess in die Berufung gehen! Wir sind doch zunächst nur in der ersten Instanz unterlegen. Ich habe mal sowas über das Bundesverfassungsgericht gelesen, dass es da eine Vorprüfung geben soll.»

«Ganz so einfach ist es bei dem Oberlandesgericht auch nicht. Es hätte die Möglichkeit gehabt, die Berufung abzuweisen. Es reicht dazu die einstimmige Überzeugung, dass die Berufung keine Chance und das Verfahren keine grundsätzliche Bedeutung hat. Die Hürde ist genommen», freute sich Brandt. «Hier, ich habe noch was aus der Pressemeldung des Oberlandesgerichts für euch kopiert.»

Peter Brandt teilte die Kopie einer Pressemeldung aus und las vor.

«Wegen der Bedeutung der Sache wird nicht auf dem Beschlussweg entschieden. Aus Sicht des Senats scheint eine mündliche Verhandlung geboten, sagte die Gerichtssprecherin. Verhandelt wird am 23. März 2016. Ein persönliches Erscheinen des mutmaßlichen Täters wurde nicht angeordnet. Das Landgericht hatte die Zivilklage in erster Instanz abgewiesen. Die Ansprüche des Vaters seien verjährt, hieß es. Weil die Tat im Jahr 1981 begangen wurde, sei die gesetzliche Höchstfrist von dreißig Jahren zur Geltendmachung von Ansprüchen verstrichen, erklärte das Gericht. Der Beklagte war im Jahr 1982 durch das Landgericht im Strafverfahren wegen Vergewaltigung und Mordes zu einer lebenslangen Freiheitsstrafe verurteilt worden. Nachdem der Bundesgerichtshof das Urteil aufgehoben hatte, wurde dieser im Jahr 1983 vom Tatvorwurf rechtskräftig freigesprochen. Weil in Deutschland der Grundsatz gilt, dass niemand in derselben Sache zweimal vor Gericht gestellt werden darf, kann der Täter strafrechtlich nicht mehr belangt werden – obwohl ihn eine 2012 entdeckte DNA-Spur schwer belastet.»

«Na, das war ja ganz kurz, aber prägnant auf den aktuellen Stand gebracht. Da können wir nicht meckern», sagte Kemper.

«Weil doch bald Weihnachten ist, habe ich was mitgebracht», sagte Constanze Möllers und packte aus dem Rucksack, den sie neben die Garderobe gestellt hatte, Packungen mit Lebkuchen, Spekulatius und Dominosteinen aus.

«Ja, ja, ich geh' schon», sagte Brandt und eilte zur Teeküche, um Kaffee aufzusetzen. «Oder ist euch mehr nach Glühwein?», rief er vom Flur aus.

«Nein, ich muss noch fahren, oder wollt' ihr?», Kemper sah fragend in die Runde.

«Gerne, wenn er schon fragt, muss er ja auch eine Flasche an Bord haben», meinte Hollenbeck, «wir nehmen auch Glühwein», rief er.

Brandt beobachtete die Kaffeemaschine und das Heißwerden des Glühweins im Wasserkocher, den er gewissenhaft vor dem Sieden ausschaltete.

«So wird wenigstens mein Wasserkocher entkalkt», sagte er, als er die Pötte mit Kaffee und Glühwein auf einem Tablett servierte. «Klappt prima. Am Essig kann es nicht liegen, aber der Wein oder die Säure von Zitrone, Orange oder was auch immer im Glühwein ist, geht dem Kalk an den Kragen.»

«Wenn alle was mitgebracht haben, dann will ich keine Ausnahme sein», sagte Frederikes Vater und zog ein rechteckiges, in Geschenkpapier eingeschlagenes Päckchen aus einem Jutebeutel, den er mitgebracht hatte und überreichte es Brandt. «Ich dachte an die nackten Wände in der Kanzlei, da gehört was hin.»

«Ein Buch kann es nicht sein, obwohl das Format dafür spricht», sagte Brandt, «jetzt machen Sie mich neugierig.»

Er nahm es und die gesamte Runde am Tisch sah gespannt auf Peter Brandt, der vorsichtig das Klebeband vom Geschenkpapier löste. «Oder darf ich es erst unter dem Weihnachtsbaum öffnen?»

«Nein, nur zu», ermunterte Frederikes Vater.

Brandt legte das Papier zur Seite. Er hielt ein Portraitfoto von Frederike in Händen, hinter Glas, mit schwarzem Holzrahmen und eine Musikkassette, C 90. Er hielt die Kassette hoch und betrachtete sie nachdenklich. «Daran sieht man, dass sehr viel Zeit verstrichen ist. Mir fehlt ein Abspielgerät. Besitzt jemand einen Kassettenrecorder? Wenn ja, könnten wir gleich die Matthäus Passion vom Chor der Kantorei hören, Aufnahme vom Spätsommer 1981», las er von dem Etikett auf der Kassette ab.

«Ich dachte, Sie hängen das Bild an die Wand, Frederike als Ihr erster Fall. Andere werden folgen und dann haben Sie eine Wand, die Geschichten erzählen kann. Einen Kassettenrecorder? Daran habe ich gar nicht gedacht. Ich habe auch keinen mehr.»

Die Runde am Tisch schwieg betroffen. Es war das Portrait von Frederike, das alle kannten. Es war meistens in den Fernsehsendungen oder Veröffentlichungen in den Zeitungen abgebildet und zeigt sie in den letzten Wochen vor ihrem Tod. Wenn Frederikes Vater in den Medien abgebildet war, dann hielt er meistens dieses Foto von ihr in Händen.

«Eine schöne Idee, herzlichen Dank», sagte Brandt. «Ich werde es heute noch aufhängen, wenn ich denn ..., nein, Hammer und Nagel werde ich noch mitbringen müssen. Was ich aber in den letzten Tagen auch noch gemacht habe: Bei change.org haben wir die Zahl von 90.000 Unterschriften deutlich überschritten. Interessant fand ich die Kommentare unserer Unterstützer. Sie sind so vielschichtig wie die Gesellschaft selbst, daher denke ich, wir haben einen repräsentativen Querschnitt und alle Bevölkerungsschichten erreicht. Da sind Akademiker dabei, Professoren, Kripobeamte, ich erinnere mich an einen Leitenden Kriminaldirektor, dann auch Handwerker, Studierende oder auch Personen, die in ihrer Heimatsprache kommentierten, also nicht in Deutsch schreiben können, offensichtlich aber den Text der Petition lesen und verstehen konnten. Es sind auch Leute darunter, die kaum schreiben können oder so flüchtig, dass sie vor dem Absenden der Mail nicht mehr kontrollieren, was sie schreiben. Bemerkenswert: Nur wenige lassen sich zur Aussage hinreißen, wenn der Staat mir als Verbrechensopfer nicht mehr hilft, dann greife ich zur Selbsthilfe und löse das Problem auf die Art, die einer mit der 50-Cent-Lösung beschrieben hat.»

«50 Cent?», fragte Constanze.

«Das wird die Patrone kosten», sagte Hollenbeck.

«Vermute ich auch», sagte Brandt, «viele verwechseln den Strafklageverbrauch mit Verjährung und wundern sich, dass gegen SS-Angehörige auch siebzig Jahre nach Kriegsende noch Anklage erhoben wird, gegen den Mörder von Frederike hingegen nicht.»

«Die haben den Prozess gegen Oskar Gröning in Erinnerung, der als 93-Jähriger wegen Beihilfe zum Mord verurteilt worden ist», sagte Kemper. «Demnächst wird dem 94-Jährigen Reinhold Hanning der Prozess gemacht, ebenfalls wegen Beihilfe zum Mord und als SS-Wachmann. Ich habe mir auch die Kommentare angesehen. Kaum wird in den Medien über Anklagen gegen SS-Angehörige berichtet, taucht die Frage auf, warum dann nicht gegen den Mörder von Frederike vorgegangen wird. Das versteht keiner.»

«Ich lese jede Woche in den Kommentaren», sagte Frederikes Vater. «Es baut mich auf, wenn ich sehe, wie viele auf meiner Seite stehen, die mir Kraft wünschen, das Ganze durchzustehen. Sie ahnen, was ich durchgemacht habe und was noch vor mir steht.» Er nahm einen Schluck Kaffee. Seine Stimme klang heiser, brüchig, danach ging es ihm besser. «Der Zuspruch tut mir gut. Ich fühle mich dann nicht alleine.» Nach einer Pause fügte er hinzu, «na, mit euch bin ich sowieso nicht mehr allein. Danke! War vielleicht mal fällig.»

Constanze legte ihre Hand auf seine Schulter.

«Als ich für die Petition unterschrieben habe, habe ich mir auch die Kommentare angesehen. Mir fielen die häufigen Vergleiche mit Steuerstraftaten auf, wie unerbittlich der Staat gegen Steuerflucht und Steuerhinterziehung vorgeht. Aber bei Kapitalverbrechen, wie Mord und Totschlag, oder auch Sexualdelikten wie Vergewaltigung, bei denen sich die Delikte nicht gegen den Staat, sondern gegen Mitbürger richten, da reagiert der Staat lasch und weniger konsequent», sagte Hollenbeck.

«Was dann prompt mit Selbstjustiz beantwortet wird», fügte Brandt hinzu, «wie ich eingangs bemerkte.»

«Manche fragen mich, warum ich so ruhig bleibe. Besonders, als das Gericht und auch der Verteidiger von Frederikes Mörder mir Störung des Rechtsfriedens vorwarfen, weil ich die Freiheit des Täters nicht akzeptieren kann», sagte Frederikes Vater und strich sich mit den Händen durchs Gesicht. «Ja, warum fahre ich nicht aus der Haut, engagiere einen Killer? Weil die Leute auf meiner Seite sind, weil sie sicher sind, dass es sich um ein krasses Fehlurteil handelt und deshalb der Täter auf freiem Fuß ist. Und weil alle hoffen, dass wir den Fehler korrigieren können.»

«Der Vorwurf jemand, der wie in diesem schwerwiegenden Fall sein gutes Recht verfolgt, störe den Rechtsfrieden? Das ist so krank, das zu behaupten.» Constanze schüttelte den Kopf.

«Ja, dann lese ich auf der change.org Seite den Zuspruch. Moment, das habe ich mir alles ausgeschnitten und auf einen Zettel aufgeschrieben. Das wirkt wie eine Vitaminspritze beim

Arzt›», sagte Frederikes Vater und holte aus seinem Jackett einen Zettel hervor, auf den ausgeschnittene Zitate geklebt waren.

«Hier schreibt jemand, ‹das Argument, der Rechtsfriede werde gefährdet, wenn ein Mörder durch neue Erkenntnisse erneut vor Gericht gestellt werde, zeugt von Eiseskälte und gänzlich fehlender Empathie gegenüber den Opfern. Gerechtigkeit scheint den so argumentierenden Juristen wohl ein Fremdwort zu sein. Ich appelliere auch an unsere Volksvertreter, diesen unhaltbaren Zustand zu ändern. Tatsächlich steht der Friede des Mörders über der Würde des Opfers›. Eine andere schreibt ein paar Tage später ähnlich: ‹Das falsche Urteil muss berichtigt werden. Mit Rechtsfrieden hat das gar nichts zu tun, im Gegenteil, es würde erst Rechtsfrieden herrschen, wenn der wahre Täter gefasst werden kann›. Sie endet mit einem wichtigen Satz, und den fand ich auch gut, dass ‹Gesetze geändert werden, wenn sie nicht mehr zeitgemäß sind. Das wird in der Politik laufend gemacht. Da wird sogar das Grundgesetz geändert, wenn man nur will›.»

«Das Argument, Frederikes Vater störe den Rechtsfrieden, ist doch eine Frechheit, die mich jedes Mal wieder aufregt», ereiferte sich Kemper. «Ich bin gewiss für eine schonungslose Aufklärung und Verfolgung der Nazigräuel. Wenn ich eben die Prozesse gegen die weit über 90-jährigen SS-Angehörigen erwähnt habe, die teilweise mit dem Rollator in den Gerichtssaal kommen, dann muss man denen, die Gerichtsverfahren gegen Greise kritisieren, entgegenhalten, dass die Kriegsverbrecher siebzig Jahre in Ruhe gelassen worden sind, Glück gehabt haben, weil sie aus unerfindlichen Gründen vor der Verfolgung geschützt worden sind. Aber schlussfolgernd aus dem Verhalten der Justiz gegen unseren Täter müssten sie konsequent sagen, der Rechtsfrieden werde gestört, wenn erst nach siebzig Jahren einem Täter der Prozess gemacht wird. Das Wort Rechtsfrieden fällt aber nicht, komischerweise nur im Verfahren gegen Frederike.»

«Es wäre auch das falsche Signal, wenn wir wegen des Rechtsfriedens nicht gegen SS-Kriegsverbrecher vorgehen würden», bemerkte Brandt. Er stand auf und sah auf die Kaffee- und Glühweintassen, wollte die Kaffeetasse von Frederikes Vater auffüllen, doch er legte die Hand auf den Becher als Signal, dass er genug hatte. Hollenbeck ließ sich dankend Glühwein nachschenken.

«Genau wie es das falsche Signal wäre, gegen Mörder nicht vorzugehen», sagte Frederikes Vater. Er zog weitere Blätter aus einem abgegriffenen Umschlag hervor und reichte sie Constanze, die die Papiere durchsah.

«Das müssten sich unsere Politiker mal durchlesen, was die Unterschriftenleister zur Petition schreiben», sagte Constanze, während sie weiter in den Unterlagen blätterte.

«Das liest keiner von denen», bemerkte Hollenbeck und trank den Becher mit Glühwein leer.

«Deshalb sollen die einhunderttausend Unterschriften an den Bundesjustizminister übergeben werden», hob Kemper hervor und erinnerte nochmals an den Zweck der Petition, die ja nicht mit einer Land- oder Bundestagspetition verwechselt werden durfte.

«Wird ja immer schlimmer. Wenn man die besten Kommentare auf ein Blatt reduziert, verbessert es die Chance, dass mal so eben diese Seite gelesen wird», schlug Hollenbeck vor. «Aber einhunderttausend?»

«Den Vorschlag sollten wir aufgreifen.» Brandt wollte Hollenbecks Vorschlag unterstützen. «Wenn Sie die besten Kommentare sammeln, die wir dann auf ein bis zwei Seiten konzentrieren und dem Paket mit einhunderttausend Unterschriften voranstellen, dann wäre das eine gute Idee.»

«Vielleicht überzeugt Politiker die Auswahl an Kommentaren und sie lesen sich dann in den dicken Katalog ein.» Kemper hatte Hoffnung, dass die eindrucksvolle Sammlung an Kommentaren im Bundesjustizministerium nicht direkt in die Tonne gehauen wurde.

«Stellt eine oder zwei Seiten nicht wie ein Dampfhammer zusammen, sondern bringt auch was Ausgewogenes, Nachdenkliches. Das klingt immer besser als zu einseitig zu bleiben, auch wenn alles einhundertprozentig einstimmig klingt, was die Leute zur Petition schreiben», gab Hollenbeck zu Bedenken.

«Nachdenkliches? Ich erinnere mich an einen, der schrieb, neue Fakten sollen ein neues Verfahren ermöglichen, aber es soll nicht zum Tatverdächtigen-Stalking missbraucht werden», sagte Brandt.

«Richtig, so was gehört auch auf die Seite», kam von Hollenbeck. Es war Kemper klar, dass sich Hollenbeck als Stalking-Opfer in diese Richtung äußerte. Kemper nickte Hollenbeck zu. «Bei diesen sozialen Medien und Internet-Kampagnen müssen wir aufpassen, dass wir nicht eine Lawine lostreten und Leute mobilisieren, die etwas in den falschen Hals bekommen haben und meinen, Selbstjustiz ausüben zu können.»

«Unter die Rubrik ‹Nachdenkliches› gehört auch der Hinweis von einem Leitenden Kriminaldirektor, der auf der

Internet-Plattform sogar seine volle Adresse hinterlassen hat», erinnerte sich Brandt. «Er unterschrieb die Petition, damit das Gewaltmonopol beim Staat bleiben muss. Die Untätigkeit des Staates führe sonst zwangsläufig zur Selbstjustiz. Im Ergebnis war er auch für eine Gesetzesänderung, um den Strafverfolgungsbehörden gesetzliche Grundlagen für eine Strafverfolgung an die Hand geben zu können.»

«Zum Thema ‹Nachdenkliches› habe ich so einiges ausgeschnitten», sagte Frederikes Vater. «Eine Frau, die selbst vergewaltigt worden ist, hat die Petition unterzeichnet. Sie fordert, dass der Vergewaltiger und Mörder Frederikes ein zweites Mal vor Gericht gestellt werden muss, denn wie soll dic Familie des Opfers sonst jemals zur Ruhe kommen. Die Familie hat nicht nur die geschändete Tochter verloren, sie bekommt vom laschen deutschen Staat nicht einmal die Hilfe, die sie verdient hätte.»

Kemper nickte und sah zu Constanze und Hollenbeck, die beide betroffen schwiegen. Er registrierte, dass ihre Stühle eng aneinander standen, die Lehnen rieben laut knarzend, sobald sich einer auf dem Stuhl regte, wie auch beide so nah aneinander gerückt waren, dass sich die Schultern berührten. Constanze Möllers suchte nicht mehr Kempers, sondern Hollenbecks Nähe. Dieser schien sich wohl innerlich, bestimmt aber äußerlich geändert zu haben, was Kemper am dezenteren Kleidungsstil Hollenbecks glaubte ablesen zu können. Selbstbewusste Farbkombinationen waren Grau- und Anthrazittönen gewichen.

21. Dezember 2015

Am frühen Morgen, Kemper hatte seine Kaffeetasse gefüllt und eine Ermittlungsakte aufgeschlagen, klopfte es und Sven Hollenbeck kam herein. «Wir waren schon lange nicht mehr gemeinsam in der Kantine essen», sagte Hollenbeck, «wie wäre es, hast du heute Mittag Zeit?»

«Ja, gerne, um 12.00 Uhr, ich komme bei dir vorbei.»

Es gab einen Gemüseeintopf, der wirkte, als hätte man die Reste der Vorwoche verwertet, und den Kemper aus Trotz gegen die Wegwerfmentalität bewusst auswählte und sich schmecken ließ, während Hollenbeck das an einem fernen Fließband vorgefertigte Cordon bleu nahm. Eine andere Wahl hätte Kemper auch irritiert. Aber kaum hatte er das zu Ende gedacht, tat es ihm wieder leid, wie er Hollenbeck mit Vorurteilen überschüttet hatte. Sein Kollege hatte eine Wandlung durchgemacht, die Kemper ihm zu Beginn der Akte Frederike nicht zugetraut hätte. Hollenbeck sorgte mit seinen kritischen Kommentaren immer für eine Nachkontrolle der nächsten Schritte.

«Neulich hast du noch mit Blick auf deine Stalkerin gesagt, das seien die Grenzen des Rechtsstaats, das müsstest du aushalten. Ich hatte Respekt, weil du das trotz deiner eigenen Betroffenheit ...»

«Ach was, Betroffenheit!», unterbrach Hollenbeck. «Zwischen den Delikten liegen doch Welten. Bei mir geht es um eine liebestolle alte Dame. Ja, es ist richtig, das muss ich aushalten. Vielleicht endet die übersteigerte Zuneigung bei ihr so schnell und überraschend, wie sie gekommen ist. Aber bei Frederike geht es um mehr. Auch bei Constanze. Wir haben, auch wenn das jetzt nach ‹68er Jahre› und dem Betroffenheitskult klingt, aber wir haben tatsächlich nächtelang diskutiert ...»

«Wir?», jetzt unterbrach Hajo Kemper seinen Kollegen.

«Constanze und ich. Das ist auch so ein Kapitel für sich, wie wir zusammenkamen. Nachdem wir uns an einem Wochenende bei Peter in der Kanzlei getroffen haben, sind wir zum Griechen Essen gegangen.»

Kemper hatte die beiden noch vor Augen, als sie vor ihm durch die Hainberger Gassen gingen, eng nebeneinander, redend, lachend. Hatte er aus der Ferne, bei den seltener gewordenen Zusammenkünften von Sven Hollenbeck und ihm in der Kantine, nicht dessen Beschwingtheit längst als Indiz für eine frische Liebe dechiffriert? Und warum ging ihn das was an, warum machte er sich darüber Gedanken? Hollenbeck musste gar nicht ausholen, um ihn ins Bild zu setzen und doch ließ Kemper ihn reden, um sich die für ihn klare Sicht auch aus dem innersten Kreis der beiden schildern zu lassen. Jedenfalls schmerzte es ihn, wie vertraut die beiden schon nach kurzer Zeit miteinander umgegangen waren. Er ließ Hollenbeck Zeit, fragte nach, Hollenbeck holte weiter aus und Kemper versuchte unterdessen, in sich zu gehen und sein aufgewühltes Inneres zu fragen, warum er so an Constanze Möllers hing. Jetzt wusste er, dass er eifersüchtig auf Sven Hollenbeck war. «Wir haben über den Fall diskutiert», fuhr Hollenbeck fort, «ich weiß, dass Constanze dir auch von dem furchtbaren Verbrechen erzählt hat.» Aha, so schnell fasste Constanze also zu ihm Vertrauen, dachte Kemper. «Du weißt, dass ich manchmal eine eher schnoddrige Art habe, die nicht unbedingt vertrauenerweckend wirkt.» In der Tat, sagte sich Kemper. «Aber als Constanze von ihrer eigenen schwierigen Geschichte und dem Verbrechen an ihr erzählte, da …», Hollenbeck stockte, suchte nach Worten. «Ja, da wurde mir klar, dass ich den Mordfall Frederike nicht so einfach mit einem Federstrich und Hinweis auf die Rechtslage abhaken kann. Es sind Regelungslücken, die nicht gewollt oder hinzunehmen sind, ich sehe ein, dass wir was tun müssen. In anderen Fällen kennt der Staat kein Pardon. Constanze erzählte aus ihrer Sicht – und du und ich sind als Juristen vielleicht zu betriebsblind – wie schnell der Staat Lücken schließt, wenn es ihm wehtut. Aber wenn es den Bürger trifft …»

«Ja, wir haben das Thema auch besprochen. Ich sage, wer selbst betroffen ist, so wie Frederikes Vater oder Constanze, der sieht das nicht rechtsdogmatisch. Der will umgehend Gerechtigkeit in seinem Fall und das kann ich nachvollziehen. Du musst dir gar nicht vorstellen, was wäre, wenn sie deine Tochter getötet hätten. Okay, das fällt dir als Kinderloser vielleicht schwer. Stell dir einfach vor, du wirst umgebracht und nichts wird deinem Mörder widerfahren. Was denkst du? Pech oder als Toter geht mich das sowieso nichts mehr an, eine Verurteilung des Mörders macht mich nicht lebendig? Aber wenn du schon deine Ziele im Alter und in der nahen Zukunft nicht mehr erreichen kannst, weil du zur falschen Zeit am falschen Platz warst, dann willst du wenigstens, dass dein Mörder auch keine Freude mehr hat. Ein Mord bliebe folgenlos, das Schlimmste, was du dir vorstellen kannst», sagte Kemper.

«Da gab es doch den Giftmordfall an einem Kreml-Kritiker in London vor einigen Jahren», erinnerte sich Hollenbeck.

«Ja, Alexander Litwinenko. Er war wohl russischer Ex-Agent. Warte, ich recherchiere mal nach Litwinenko.» Kemper zog sein Smartphone aus dem Jackett und hatte bald darauf ein Ergebnis. «Mit dem Strahlengift Polonium-210 wurde er vergiftet. Es war schwierig, den Grund seiner Erkrankung herauszufinden. Das Opfer selbst sagte im Krankenbett, er sei vergiftet worden. Er wusste – und das machte den Angriff ja noch perfider – dass er die schleichende Vergiftung nicht überleben würde. In seinen Abschiedsworten hatte Litwinenko den russischen Präsidenten Putin angeklagt: ‹Der weltweite Aufschrei des Protests wird Ihr ganzes restliches Leben in Ihren Ohren widerhallen!› Der Kreml als Killer seiner Kritiker?», Kemper schloss die Seite und steckte sein Smartphone wieder weg. «Litwinenko hat geahnt, wo sein Mörder sitzt und wusste, dass sein Mörder wohl nie gefasst würde. So ähnlich trifft es auch auf Frederike zu. Ihr Mörder wird frei herumlaufen und Frederikes Vater hat nur noch die Chance, ihn über den Zivilprozess zu belangen. Wir können uns solche Fälle in unserer durchnormierten Welt nicht erlauben. Mord muss zur Verurteilung führen. Es kann nicht hinnehmbar sein, dass klaffende Rechtslücken nicht geschlossen werden können. Das ist der Staat seinen Bürgern schuldig. Die Forensik geht weiter, wir werden in vielen anderen Fällen über die Labortechnik und DNA-Tests eindeutige Beweise über Täterschaften herausfinden. Da werden die einen oder anderen Freigesprochenen dabei sein, die wir drankriegen wollen. Es freut mich, dass du auf unserer Seite bist, auch wenn uns jetzt ein Kontrageber fehlen wird.»

«Braucht ihr den? Brauchen wir den Kontrageber, muss ich mich jetzt korrigieren. Wir haben genügend Bodenhaftung, sind auf dem richtigen Weg. Da wäre ich in meiner alten Rolle ein überflüssiger Bremsklotz gewesen.»

«Schön, dass du das selbst auch so siehst», sagte Kemper und schlug seinem Kollegen auf die Schulter, «und ich freue mich für dich und Constanze.»

Am späten Nachmittag, als Kemper im Justizzentrum auf den Weg in die Registratur war, kam ihm im Treppenhaus überraschend Constanze entgegen. «Du willst zu mir?», fragte Kemper und glaubte selbst nicht daran. Constanze lachte kurz auf. Ein anderer hätte es für das Lachen einer umschwärmten Frau halten können, für den lachend ausgesprochenen Dank eines charmanten Kompliments. Kemper sah es hingegen als kurzes Aufblitzen eines Spottes über ihn als einfältigen Gockel, der sich als verheirateter Mann ernsthaft Chancen bei einer attraktiven Lehrerin ausgerechnet zu haben schien. Eine, die im Leben genügend Probleme mit Männern gehabt hatte, um nicht noch auf einen weiteren hereinzufallen, der nach einer Liaison und bestenfalls heißen, längeren Affäre heim zu «Muttern» ging.

«Ich will zu Sven», sagte sie. «Zimmer 326», gab Kemper ihr mit auf den Weg und registrierte, dass sie ihren Schritt nicht verlangsamte, zu einem unverfänglichen Small Talk stehen blieb, sondern noch eins draufsetzte und «ich weiß, bin doch schon mal hier gewesen» antwortete.

Auf dem Rückweg von der Registratur kamen ihm beide, Sven und Constanze, händchenhaltend entgegen, wahrscheinlich auf dem Weg in die Kantine. Sven Hollenbeck nickte ihm nur kurz zu, während sie fortfuhr, ihm etwas ins Ohr zu säuseln, als beide an ihm vorbeigingen.

Das Leben war schwerer, als er es sich als Kind vorgestellt hatte, dachte Kemper. Viel schwerer, und wenn das Leben einem die Leichtigkeit präsentiert, die er sich immer vorgestellt hatte, dann scheint etwas faul, konnte es nur eine Pause sein, um Anlauf zu nehmen auf die nächste Hürde, die zu nehmen war oder an der man scheitern würde.

Im Büro sah er das blinkende Zeichen eines verpassten Anrufs. Er drückte auf «Enter» und ließ sich die Verbindung anzeigen. Es war Frederikes Vater, der offenbar versucht hatte, ihn zu erreichen. Eben noch hatte Kemper diese Phasen des Selbstmitleids gebraucht, um sich danach besser zu fühlen. Jetzt aber, mit Blick auf die Telefonnummer von Frederikes Vater, kam sofort die Erkenntnis von Einfältigkeit in ihm hoch. Wie töricht es von ihm war zu meinen, das Leben hätte es ihm schwerer gemacht. Es war komplexer, weil er als Kind die Zusammenhänge und Strukturen des Lebens noch nicht verstanden hatte und seine Eltern ihm wie allen Kindern das meiste abgenommen hatten, was er heute für sich und seine Familie regeln musste. Das alles war kein Hindernislauf, es war bestenfalls das Salz in der Suppe, Anspannungen, die schon deshalb notwendig waren, um danach entspannen zu können. So wie bei dem Kurs der progressiven Muskelentspannung, der kürzlich gegeben wurde, nur dass hier der Muskel das Gehirn war. Ausruhen. Zur Ruhe kommen. Das stand am Ende von etwas Hektischem, dachte Kemper. Und alles, was ihn früher belastet hätte, war ein Nichts im Vergleich zu dem, was Frederikes Vater verarbeiten musste. Wie hart hatte ihn und die gesamte Familie das unfassbare Verbrechen getroffen! Seinen Beruf hatte er darüber verloren, sich selbst in die Psychiatrie einweisen lassen, rief Kemper sich erneut in Erinnerung. Welche Stärke hatte sich durch alle Niederlagen in dem älteren Herrn aufgebaut? Das Unbeugsame in ihm ließ ihn überleben, obwohl er in dem Erlebten zu einem Hiob der Gegenwart geworden war. Frederikes Vater ging aufrecht durch die Welt, gehalten von einem Ziel, das allen Widerständen zum Trotz erreichbar erschien.

18. Januar 2016

Am Montagabend gegen 18.00 Uhr saß Kemper noch am Schreibtisch und formulierte eine Anklageschrift, als Caro anrief.

«Ist Emma vielleicht bei dir?»

«Nein, warum fragst du? Wollte sie noch in der Stadt bummeln? Bei der Kälte? Eben zog ein Schneeschauer über die Dächer. Ist aber alles wieder weggetaut.»

«Emma hatte noch Nachhilfestunde in Mathe, sie schreiben doch am Donnerstag wieder eine Arbeit, die letzte vor dem Halbjahreszeugnis, und sie will unbedingt die Drei halten.»

«Ja, schön», sagte Kemper müde. Er hatte seit dem frühen Vormittag an einem komplizierten Sachverhalt gesessen, nur durch die Mittagspause und das Kantinenessen mit Sven Hollenbeck unterbrochen. Er hatte ein paar gute Hinweise gegeben, die Kemper weiterbrachten, doch jetzt spürte er das lange Sitzen und konzentrierte Arbeiten als Rauschen und Dröhnen im Kopf. Höchste Zeit, den Arbeitstag zu beenden. «Emma wird bei einer Freundin stecken. Hör dich um, ich kann sie dann mitnehmen, bin sowieso froh, wenn ich jetzt einen guten Grund habe aufzuhören.»

«Bei welcher Freundin kann ich noch anrufen? Ich habe sie alle schon durch. Bei ihnen ist sie nicht.»

«Und bei diesem Studenten, wie heißt er doch gleich? Der ihr Nachhilfestunden gibt?»

«Sag mal, Hajo, wo wäre ich bloß ohne deine wahnsinnig hilfreichen Hinweise? Auf die Idee bin ich auch schon gekommen. Das ist Philipp. Aber weder er noch Emma gehen ans Handy. Ich habe schon dreimal auf die Mailbox gesprochen.»

«Unmöglich! Warum rufst du erst jetzt an?», rief Kemper, der plötzlich hellwach war, erschrocken.

«Weil eben der 17.50 Uhr Bus ankam und Emma nicht drin war. Es ist der letzte Bus für heute.»

«Sie hat den Bus verpasst. Dann kommt sie gleich ins Justizzentrum», fiel ihm als rettender Strohhalm noch ein.

«Und warum hat sie dann nicht angerufen? Warum geht sie nicht an ihr Handy? Außerdem war die Nachhilfestunde schon um 15.00 Uhr vorbei. Ich werde nochmal in der Schule anrufen.»

«Um diese Zeit wirst du in der Schule niemanden mehr erreichen.»

«Naja, sie wird schon kommen. Sie hat die Zeit nicht im Blick gehabt und ist vielleicht schon zu Hause.»

«Und wo bist du?»

«An der Bushaltestelle. Der Bus ist gerade losgefahren. Ich

gehe jetzt heim. Wenn sie da ist, gebe ich dir Entwarnung.»

Caro wirkte nicht aufgeregt. Nach ihrer Vorstellung gab es nur die eine Variante, dass sie nicht mit dem Bus, sondern mit anderen aus der Stadt nach Hause gekommen war und längst in ihrem Zimmer oder vor dem Fernseher saß. Caro legte auf. Kemper brauchte dagegen nicht lange zu überlegen. Nach den Stichworten «weder bei Freundinnen noch im letzten Bus», «kein Handyempfang», war klar, dass irgendwas passiert sein musste. Caro und ihre verdammte Zuversicht, ärgerte er sich. Als Staatsanwalt wusste er, was zu tun war. Mit klopfendem Herzen rief er bei der Polizeiinspektion an. An diesem Tag leitete Richard die Schicht. Sie kannten sich aus der Fußballmannschaft. Einmal im Jahr wurde auf dem umzäunten Sportfeld der Jugendvollzugsanstalt in Hainbergen ein Fußballturnier veranstaltet, Justiz gegen Häftlinge. Hajo Kemper und Richard spielten in der Verteidigung. Sogar Hollenbeck machte mit und kam immer mit den schrillsten Fußballschuhen, perlmuttfarben oder in grellen Neonfarben. Kemper verschwendete keine Zeit an diese Erinnerungen. Er merkte, wie sein Puls sich beschleunigte und sich auf der Stirn winzige Schweißperlen aus der Haut pressten. «Hajo, was gibt's?», fragte Richard.

«Nur eine Nachfrage. Habt ihr einen Unfall gemeldet bekommen, eine Jugendliche in der Klinik, Verkehrsunfall, irgendwelche besonderen Vorkommnisse?»

«Nein, warum? Es ist auffallend ruhig, bisher jedenfalls. Vorhin hat es geschneit, aber im Januar haben sich die Autofahrer inzwischen an Eis und Schneeglätte gewöhnt. Anders als in kalten Oktobernächten. Aber warum fragst du? Du hast doch irgendwas, klingst so anders.»

«Nichts, ich frag nur.»

«Komm Hajo, mir machst du nichts vor.»

«Emma ist weg.»

«Emma? Deine Kleine? Mach keinen Witz!»

«Scheiße», Richard konnte ihn nicht beruhigen. «Sie ist weder bei Freundinnen noch bei dem Nachhilfelehrer. Und der letzte Bus aus Hainbergen war schon bei uns, darin saß sie auch nicht.»

«Und seit wann genau wird sie vermisst? Seit gestern also?»

«Nein, nein, seit ein oder zwei Stunden.»

«Seit soeben vermisst! Sag mal Hajo, komm mal wieder runter. Deine Emma müsste doch eine Jugendliche sein, wie alt? Fünfzehn? Sechzehn? Wann fangen wir an zu suchen? Das wirst du doch wissen. Ist sie als..., Verzeihung, aber ich muss das fragen, ist sie als Abgängerin bekannt, schon einmal ausgerissen, unpünktlich heimgekommen?»

«Emma? Nie.»

«Du weißt, wie wir vorgehen. Einzelfallbezogen und mit Gefährdungsabschätzung. Jetzt im Winter, bei dieser Witterung da draußen legen wir los, wenn du es sagst. Aber eine Stunde sollten wir noch warten.»

«Eine Stunde! Hast du eine Ahnung, was alles in einer Stunde passieren kann?»

«Hajo, denk doch mal nach. Wir wären ja nur noch am Ausschwärmen.»

«Richard, ich habe so ein verdammt blödes Gefühl. Ihr müsst etwas machen. Kannst du sofort die Strecke abfahren lassen. Ich fahre auch gleich los.» Kemper kam in Panik. Er spürte, dass er mit seinem Fußballfreund keine Diskussion mehr wollte. Er musste raus aus seinem Büro, auf die Straße, die Strecke von Hainbergen bis zum Wohnort abfahren. Verdammt, alles Denken war plötzlich blockiert. Er sah nur noch Emma, wie sie im Dunkeln, in eisiger Nacht... hoffentlich war sie nicht getrampt. «Richard, ich muss los. Ich fahre jetzt zu Caro und komme sofort zurück, wenn Emma immer noch weg ist.»

»Jetzt mal den Teufel nicht an die Wand, wirst sehen, das klärt sich bald auf. Schick mir mal ein Foto rüber, gutes Portrait aus letzter Zeit und Beschreibung der Kleidung.»

«Ja, von zu Hause. Was sie heute trägt, da muss ich meine Frau fragen.»

Mit zittrigen Händen legte Kemper den Hörer auf, schaltete den Computer aus und eilte in die Tiefgarage. Als sich das Gittertor der Garage hinter dem Wagen absenkte, fuhr er auf den Besucherparkplatz und lief zur Pforte. «Ist meine Tochter bei Ihnen vorbeigelaufen?», fragte er den Pförtner, der schüttelte aber nur den Kopf. «Wenn sie gleich kommen sollte, bitte umgehend bei mir anrufen, es ist Emma Kemper.»

Kemper lief zum Wagen zurück. Von unterwegs rief er Caro an. Nein, sie war noch nicht da. Kemper fuhr langsam, beschleunigte, bremste wieder ab, hielt ständig Ausschau und musste aufpassen, um nicht dem Vordermann ins Heck zu krachen. Fuhr er zu langsam, hupte es von hinten. Wäre er auch so aufgeregt und kopflos gewesen, wenn er nicht diesen Aktenstapel im Büro hätte? Diesen furchtbaren Fall, der kein Ende nehmen wollte?

Im Dorf fuhr er eine Runde um den Kirchplatz, dann das Neubaugebiet ab, bis er den Wagen, halb auf dem Bürgersteig, halb auf der Straße, vor seinem Haus parkte. Er lief in die Küche, wo Caro ein paar Möhren für eine Suppe schnitt. «Du hast ja die Ruhe weg», sagte er erschöpft. «Was machen wir nur?»

«Ah, Hajo, ich wollte dich anrufen, da habe ich deinen Wagen gehört. Emma ist im Bad. Ich wollte ihr eine heiße Suppe machen, sie hat mittags kaum was gegessen.»

«Oh nein, Gott sei Dank! Also wenn du wüsstest. Ich muss Richard anrufen.»

«Richard?»

«Ach, kennst du nicht. Aber ich war kurz vor dem Infarkt. Wo hat sie gesteckt? Weiß sie, dass wir durch die Hölle gegangen sind?»

«Hajo, jetzt übertreib nicht. Es ist doch klar, dass sie wiederkommt. Sie hat Philipp nach der Nachhilfestunde überredet, mit ihr ins Kino zu gehen.»

«Du meinst, während wir sie in Panik suchten, amüsierte sich das Fräulein im Kino?»

«Du redest ja wie dein Großvater. Sie ist eine Jugendliche und ja, sie hat sich wohl ein wenig in Philipp verknallt. Kann doch mal passieren und wird nicht das einzige Mal bleiben.»

«Und wie kam sie nach Hause?»

«Oh, unser Kavalier hat sie bis vor die Haustür gefahren.»

Caro war offensichtlich begeistert von dem Nachhilfelehrer.

«Dieser Philipp ist ein netter Kerl. Der ist kurz vor dir weggefahren. Du müsstest noch die Rücklichter gesehen haben.»

Kemper war immer noch aufgeregt. Wäre es nicht bereits eine tiefschwarze Winternacht gewesen, er hätte sich umgezogen und wäre über die Feldwege gejoggt, um sich abzureagieren. Und dann im Kontrast diese kontemplative Ruhe von

Caro, dachte Kemper. Wie oft ging so etwas schief, blieb ein junger Mensch verschwunden. Für immer. Von heute auf morgen. Ohne Vorwarnung.

23. März 2016

Peter Brandt hatte seine früheren Kollegen Hollenbeck und Kemper zur Berufungsverhandlung vor dem Oberlandesgericht eingeladen, doch beide mussten aufgrund ihrer Dienstpläne absagen. Constanze Möllers durfte aufgrund ihrer Unterrichtsverpflichtung und eines anschließenden Lehrgangs keinen Urlaub einreichen. Abends rief Kemper bei Brandt an und erkundigte sich nach dem Verlauf.

«Ich habe immer gedacht, ich bin ein alter Hase und stecke die Aufregung weg, aber heute Morgen, als ich vor dem Gerichtssaal stand, war ich ziemlich zittrig», gab Peter Brandt zu. «Die Pressearbeit von Constanze war offensichtlich perfekt, denn einige Kamerateams hatten ihre Technik aufgebaut, Stative, Stangen mit Mikrofonen und das ganze Equipment, das du immer dann siehst, wenn Politiker bei der ‹Tagesschau› anlässlich wichtiger Ereignisse von der Presse umzingelt werden. Sie haben den Anwalt vom Beklagten interviewt, der sich im Blitzlicht aalte. Das passte zu ihm, der blühte so richtig auf.»

«Da bist du zurückhaltender, stimmt's?», unterbrach Kemper.

«Du kennst mich, aber das gehört zum Anwaltsleben dazu:

Wenn irgendwo ein Mikro hingehalten wird, musst du hin und total überzeugend reinsprechen. Ach, das ist mir ein Gräuel.»

«Lass mich raten, die Karawane der Pressevertreter zog vom gegnerischen Anwalt weiter zu dir als Klägeranwalt.»

«Unausweichlich. Frederikes Vater hielt sich immer eng an meiner Seite, was ja nicht verkehrt war, aber er erwartete natürlich auch geharnischte Kritik von mir an der derzeitigen Gesetzeslage und der Ungerechtigkeit in der Welt. Zugegebenermaßen war es beeindruckend für mich, es mal nicht mit der örtlichen Presse zu tun zu haben, sondern mit Redakteuren der Sendeanstalten und überregionalen Zeitungen. Den einen oder anderen hatte ich selbst schon in den Nachrichten im Fernsehen gesehen, und dann stehst du plötzlich vor ihm oder ihr und musst fehlerfrei ins Mikro sprechen. Nein, jeden Tag möchte ich das nicht erleben.»

«Lange Vorrede, spuck's aus, wie war's, voller Erfolg?»

«Halb und halb. Wir sollten uns demnächst in meiner Kanzlei treffen, dann muss ich nicht alles wiederholen.»

«Wann ist Verkündungstermin?»

«In drei Wochen.»

«Dann lass uns doch zusammenkommen, wenn du das Urteil hast. Ich bin ohnehin im Moment ziemlich eingespannt. Sven hat Bereitschaft, der winkt diese Woche sowieso ab und Constanze hat Fortbildungen. Sven war gestern bei mir und hat wieder abgelästert, weil er sich den Lehrerberuf entspannter vorgestellt hat, mehr Urlaub, mehr Freizeit, mehr Lust oder was auch immer.»

«Einverstanden, ich melde mich dann.»

16. April 2016

An einem Samstagnachmittag trafen sich alle in der Kanzlei von Peter Brandt. Sie hatten gerade Platz genommen, da zog Constanze Möllers aus einem Jutebeutel eine Flasche Sekt heraus.

«In Sektlaune?», Brandt zog die Augenbrauen hoch, «ihr wisst doch noch gar nicht, wie der Prozess ausgegangen ist.» Brandt sah in die Runde. Gegenüber Kemper hatte er von einer fifty-fifty-Chance gesprochen. Anscheinend wollten sie ihn in Ruhe lassen und nicht ständig mit Nachfragen nerven, wie er den Verhandlungsverlauf empfunden hätte, ob er positive oder negative Erwartungen an ein Urteil hätte, wie er möglicherweise Zwischentöne des Senats einschätzen würde. Alle diese tatsächlich nervenden Fragen hatten seine Gäste in den letzten Wochen unterlassen – und dafür war Brandt ihnen so dankbar, dass er sie nicht weiter auf die Folter spannen wollte. Mit einem Satz erstickte er die Spannung und jegliche Hoffnung, die in der Luft hing. «Wir haben den Prozess verloren», sagte er kurz und bündig. «Trinkt man da etwa Sekt?» Seine Gäste schwiegen betroffen, auch wenn für sie das Ergebnis nicht überraschend war.

«Oh, Hajo meinte, Sie hätten sich so vage geäußert, ‹halb und halb›, da dachte ich, …», Constanze war die Erste, die sich aus der kurzen Erstarrung der Runde löste, sah sich dabei hilfesuchend nach Kemper um.

«Nett gemeint», sagte Brandt, «wollen wir doch mal sehen, ob ihr doch noch einen Grund findet, die Flasche zu öffnen.»

«Du machst es ja superspannend», meldete sich Hollenbeck

zu Wort, «wir haben vor drei Wochen die Berichterstattung gesehen, lief ja in den Nachrichten auf vielen Kanälen, du bist gar nicht schlecht weggekommen.»

«In der Gerichtsverhandlung waren die Bemerkungen vom Richter schon eindeutig gegen uns gerichtet. Wir waren auf das Verlieren vorbereitet», sagte Frederikes Vater.

«Ja, leider, was der Senatsvorsitzende sagte und wie er auch meinen Mandanten ausfragte, das war schon ...»

«Tendenziell?», unterbrach Hollenbeck Brandt.

«So direkt will ich es nicht sagen, aber es trifft doch den Kern.»

«Was ich eine schöne Geste fand, waren die Schulterklopfer seitens der Presseleute. Die haben gar nichts sagen müssen, aber nach der Verhandlung, beim Rausgehen und nachdem mal wieder die Interviews mit dem gegnerischen Anwalt im Kasten waren, der sich als Gewinner im Scheinwerferlicht der Kamerateams sonnen konnte, da klopften sie mir auf die Schulter. Das fand ich rührend.» Kemper hatte den Eindruck, Frederikes Vater bekam auch jetzt noch mal feuchte Augen, als er davon erzählte.

«Allein der vom Gericht zusammengestellte Tatbestand in der Urteilsbegründung ist es wert, den Prozess geführt zu haben», sagte Brandt und seine Stimme nahm einen leicht optimistischen Klang an. «Das Gericht schreibt», fuhr er fort, «dass nach dem Gutachten des Landeskriminalamts aus dem Jahr 2012 davon auszugehen ist, dass der Beklagte unmittelbar vor dem Tod des Mädchens mit diesem Geschlechtsverkehr hatte und dass das Mädchen...»

«Sie reden immer vom Mädchen, schon der Artikel, ‹das› ist doch ein Aufreger für sich» unterbrach Kemper den Vortrag

Brandts. «Nur von dem Mädchen zu reden, degradiert das Opfer zu einem bloßen Neutrum, zu einer Sache, die man benutzen und wegwerfen kann, anstatt konsequent von Frederike als einer Persönlichkeit zu reden, aber das nur am Rande von mir vermerkt, 'tschuldigung, ich wollte dich nicht unterbrechen, Peter.»

«Also nochmal, sie schreiben, dass das Mädchen...», er machte eine kurze Pause und nickte Kemper zu. «Frederike hat den Geschlechtsverkehr maximal dreißig Minuten überlebt. Das Gericht hat folglich Feststellungen aus dem Gutachten als Tatsachen übernommen, aber es kommt noch besser. Später heißt es im Urteil, dass der Kläger unbestritten vorgetragen hat, dass der Beklagte seine Tochter vergewaltigt und getötet habe.»

Die Reaktion der Anwesenden schien Brandt zu träge, ja geradezu teilnahmslos.

«Habt ihr nicht gehört? Unbestritten war der Vortrag!», wiederholte er laut.

«Der Anwalt der Gegenseite war ja auch in einer Zwickmühle», sagte Kemper nüchtern, «wie hätte er denn reagieren können? Wenn der Beklagte oder dessen Prozessbevollmächtigter die Vorwürfe Vergewaltigung und Tötung bestritten hätten, dann hättest du als Klägeranwalt einen Beweisantrag stellen können. Außerdem sind sie der Wahrheit verpflichtet. Ein Bestreiten wider besseren Wissens könnte den Tatbestand des Prozessbetrugs erfüllen. Dann wäre das Gutachten des Landeskriminalamts hinzugezogen und in aller Öffentlichkeit der Mord erörtert worden. Das Ergebnis wäre eindeutig gewesen und dies wiederum konnten weder der Beklagte noch dessen Anwalt wollen.»

Brandt nickte. «Letztlich konnte der Anwalt, wie zu erwarten war, nur die Einrede der Verjährung erheben. In den Entscheidungsgründen können wir den kleinen Triumph als Zwischenschritt auf unserem Weg nach Hause tragen, dass der Senat davon ausgegangen ist, dass der Beklagte die Tochter des Klägers vergewaltigt und anschließend getötet hat. Der Beklagte hat in dem Verfahren nicht bestritten, die Tat begangen zu haben. Hier lesen wir zum zweiten Mal im Urteil die Bestätigung. Und dann noch der Zusatz, dass der im Strafverfahren geltende Grundsatz ‹in dubio pro reo› nicht auf den Zivilprozess übertragbar ist. Der Freispruch im Strafprozess sei kein zivilprozessual wirksames Bestreiten der Täterschaft. Das sind klare Worte des Gerichts.»

«Peter, mal ehrlich, noch vor einiger Zeit wirktest du niedergeschlagen, aber das ist doch das Maximum, was wir hätten erwarten können», sagte Kemper. «Mehr geht nicht! Wir können uns fast schon über das Urteil freuen, obwohl wir de facto verloren haben.»

In diesem Moment knallte es laut und ein Geschoss prallte gegen die Decke, von dort als Querschläger auf den Tisch und kullerte über den Boden, bis es im Flur ausrollte.

«Ups! Und deshalb habe ich jetzt die Flasche Sekt aufgemacht. Herr Brandt, haben Sie überhaupt Sektgläser?», wollte Constanze wissen. Aus der Sektflasche quoll heller, prickelnder Schaum empor. Geistesgegenwärtig ließ sie das Überschäumende in die bereitgestellten Kaffeepötte tropfen. Brandt hatte die Kaffeemaschine noch nicht eingeschaltet.

«Da haben Sie meine Sektgläser ja schon gefunden», sagte Brandt und deutete auf die Becher.

«Das klingt alles wie ein Boxkampf. Zumindest für mich als

Außenstehende», sagte Constanze Möllers nach einer Weile des Schweigens in der Runde. Sie hatten Constanze andächtig zugeschaut, wie sie den Sekt auf die Becher verteilte. Jetzt hielten sie ihre Kaffeetassen in Händen, aus denen winzige Perlchen des kalten Sektes emporsprangen.

«Wie meinst du das?», fragte Kemper.

«Na ja, hier mal ein Argument für uns, dann mal ein Treffer von der Gegenseite, damit meine ich den Tiefschlag mit der Verjährung, jetzt schildert Herr Brandt ein paar harte Schläge aus unserer Richtung, aber zum Schluss gewinnt der andere mit dem Hufeisen im Boxhandschuh, obwohl wir fair gekämpft haben.»

«Da ist was dran, an dem Bild. Auch die Feststellung des Gerichts, das Nichtbestreiten könne nicht als gerichtliches Geständnis gewertet werden, ist ein Schlag unter die Gürtellinie. Sonst, bei konkludenter Annahme eines Geständnisses, hätten wir den idealen Wiederaufnahmegrund gehabt. Dennoch hatte ich mit dem Tiefschlag gerechnet», sagte Brandt.

Kemper zog sich die zusammengehefteten Blätter des Urteils heran und studierte die Seiten. Die ersten Passagen mit dem Urteilstenor überblätterte er, auch den Sachverhalt, während er die Urteilsgründe sorgfältiger las.

«Hört euch das mal an, das ist doch die völlig einseitige Meinung des Senats. Das könnte der BGH schon wieder ganz anders sehen.»

«Lass hören und rede nicht Drumherum», drängelte Hollenbeck, der sich den Rest aus der Sektflasche eingoss.

«Der Senat schreibt hier, ich zitiere: ‹Im Zivilverfahren ist es nicht angezeigt, allein für das Erfahren von einem Mord eine Ausnahme von der absoluten Verjährung zu machen.

Denn die unterschiedliche Behandlung eines Opfers einer unerlaubten Handlung ist durch nichts gerechtfertigt. Für den nahen Angehörigen als Opfer ist es letztlich nicht maßgeblich bedeutsam, ob die Nachricht von dem Tod eines geliebten Menschen auf einem Mord, einem Totschlag oder einer fahrlässigen Tötung im Rahmen eines tragischen Unfalls beruht. Die Folgen, nämlich die Trauer und der Schmerz und die dadurch verursachten gesundheitlichen Beeinträchtigungen können identisch sein›, Zitatende.»

«Das gibt's doch nicht», ereiferte sich Constanze, «es ist doch ganz klar ein Unterschied, ob jemand bei einem Verkehrsunfall ums Leben kommt oder durch einen bestialischen Mord, bei dem das Opfer vorher vergewaltigt oder gefoltert wird.»

«Wenn ich so was lese, packt mich auch die Wut», sagte Frederikes Vater aufgebracht, «für mich als Angehörigen macht es sehr wohl einen Unterschied, denn ich habe mir immer wieder die letzten Minuten von Frederike vorstellen müssen, ob ich wollte oder nicht. Die Bilder kamen aus dem Nichts, mit jedem Detail zum Mord, das mir bekannt wurde. Ich kann bestimmt für andere Hinterbliebene sprechen, wenn ich mal behaupte, dass ich darin Trost gefunden hätte, wenn Frederikes Tod bei einem Unfall in Sekundenschnelle eingetreten wäre. Es wäre vielleicht von ihr gar nicht realisiert worden.»

«Genau!», sagte Constanze, «so leben wir doch mit der grausamen Vorstellung, dass sie gemartert und dann ermordet worden ist.»

«Lebensfremd», sagte Hollenbeck knapp.

«Was denn, ich?», fragte Constanze irritiert.

«Nein, das Gericht.»

«Kommt, prosten wir uns zu, denken an das Positive: Der Senat hat deutlich ins Urteil geschrieben, dass der Beklagte der Mörder von Frederike ist», sagte Kemper. «Weißt du, Peter, zuerst hast du uns Angst gemacht, wir dürften nicht sagen, dass er der Mörder sei, dass wir uns strafbar machen würden und der Freispruch ihn für immer vor Verfolgung schützen würde.»

«Mit dem Wissen, unantastbar zu sein, hat er es sich so richtig gemütlich gemacht, hat eine Familie gegründet und eine Villa gebaut. Er darf ein Leben als Vater, Ehemann, Nachbar, Kollege und Freund führen. Endlich tun sich durch das Urteil Abgründe auf und er wird als das Ungeheuer enttarnt, das er ist. Wir ziehen ihn raus in die Öffentlichkeit, bringen Unruhe in sein Leben, er soll spüren, was er uns angetan hat», sagte Frederikes Vater.

«Davor ist er nicht geschützt, dass er jetzt aus der Vergessenheit hervorgezerrt worden ist», sagte Kemper, nahm den letzten Schluck Sekt aus seinem Kaffeebecher und meinte genießerisch, »es ist herrlich, mal politisch unkorrekt zu sein, wenn der Staat einem sonst nicht hilft.»

«Wie habt ihr das mal gesagt, seine Strafe ist, frei zu sein, versteht ihr, wir dürfen nicht sagen, er ist ein Mörder, aber das Gericht hat es endlich einmal ausgesprochen. Das ist ein kleines Stückchen Wahrheit und Gerechtigkeit in dem merkwürdigen Stück. Wir müssten dem Senat eigentlich noch applaudieren.» Peter Brandt hob seinen Becher hoch, sah in die Runde und klopfte dem neben ihm sitzenden Vater von Frederike auf die Schulter. «Das haben die Kameraleute auch gemacht, die tolle Geste sprach doch Bände. Ein wenig mehr an Empathie hätte ich dem Senat auch gewünscht.»

Irgendwann erhob sich Frederikes Vater und sah auf die Uhr. «Meinen letzten Zug darf ich nicht verpassen.» Er stellte seine Tasse aufs Tablett, griff nach seinem Mantel an der Garderobe und verabschiedete sich bewegt von allen. «Darf ich Sie zum Bahnhof begleiten?», fragte Kemper spontan. «Danke, nein, das geht schon», Frederikes Vater nickte in die Runde, während er seinen Mantel überzog und leise die Bürotür hinter sich schloss.

«Du weißt, dass das nicht geht, Hajo», sagte Hollenbeck.

«Dass was nicht geht?»

«Wir ziehen ihn raus in die Öffentlichkeit, bringen Unruhe in sein Leben, er soll spüren, was er uns angetan hat. Ich meine, was Frederikes Vater gesagt hatte.»

«Mann, wir waren mal einen Moment ausgelassen, haben Sekt getrunken und uns über die ein oder andere Formulierung im Urteil gefreut.»

«Das kann bei ihm aber anders angekommen sein. Ich würde das sofort richtigstellen», mahnte Hollenbeck. «Egal was die Richter im Urteil schreiben, für uns, für die Öffentlichkeit ist der Täter freigesprochen worden. Ich glaube Frederikes Vater hat eben aus unserer Sektlaune eine falsche Botschaft mitgenommen.»

Kemper schüttelte den Kopf, stand aber dennoch auf, zog auch seine Jacke von der Garderobe und eilte aus der Kanzlei.

Frederikes Vater hörte Schritte hinter sich, drehte sich verwundert zu Kemper um und sah an sich herunter. «Habe ich was vergessen, Herr Kemper?»

«Nein, nein, es ist nur, wie sage ich es Ihnen?»

«Möglichst schnell», Frederikes Vater sah auf die Uhr. «Mein Zug fährt gleich, kommen Sie, begleiten Sie mich zum Bahnhof.»

Sie eilten durch die Fußgängerzone zur Bahnhofstraße. «Es ist unbefriedigend, wie das alles ausgegangen ist, manchmal schämt man sich, als Jurist ein Rädchen im Getriebe einer unfairen Maschinerie zu sein», sagte Kemper.

«Ach, lassen Sie. Der letzte Prozess hat mich stark gemacht, auch wenn es wenig Grund dazu gegeben hatte, aber so, wie es jetzt im Urteil steht, könnte es eine Art Abschluss sein.»

«Es ist nur, wir waren eben etwas ausgelassen. Sie müssen wissen, der Mörder von Frederike bleibt ein freier Mann. Wenn das Gericht in seinem Urteil von Mörder spricht, dann bleibt das nur dem Gericht vorbehalten. Wir sollten uns nicht dazu verleiten lassen, dass wir jetzt den Mörder belagern. Dann stellen wir uns ins Unrecht.»

«Das glaube ich Ihnen nicht.»

Frederikes Vater hielt inne und sah Kemper mit einem Lächeln an. «Wir kennen uns noch nicht so lange, aber ich kann Ihnen nichts vormachen. Ich bin über diese Tragik alt geworden, vielleicht innerlich älter als jemand, der in einer glücklichen Familie leben konnte. Aber wenn ich mich von den letzten Tagen ausgeruht habe, dann..., dann geht's weiter.»

Kemper sah, wie seine Augen wässrig wurden und er sich mit dem Handrücken verstohlen Tränen wegwischte. Frederikes Vater drehte seinen Kopf weg und ging weiter, sah nochmal auf die Uhr. Jetzt hatten seine Schritte etwas Energisches und Kemper wunderte sich, woher der alte Herr diese Robustheit und den Kampfeswillen nahm.

«Wir müssen das akzeptieren», sagte Kemper eindringlich und eilte ihm hinterher.

«Aber eines dürfen wir nie akzeptieren», sagte Frederikes Vater fordernd.

Kemper wusste, was jetzt kam, und für ihn war es erleichternd. «Ja, das werden wir auch nicht, das versichere ich Ihnen. Wir haben viele Unterstützer in den letzten Monaten gewonnen. Über einhunderttausend Unterschriften von Leuten, die nicht einfach ein «Ja» angeklickt, sondern sich mit dem Fall auseinandergesetzt und die unerträgliche Situation kommentiert haben. Da mag so mancher Multiplikator darunter gewesen sein, der den Fall weiterträgt. Die Rechtslage können wir nicht akzeptieren, solange, bis die Gesetze wie in einigen anderen Ländern geändert werden. So etwas darf nie wieder passieren. Dafür sollten wir kämpfen. Machen Sie mit – auf dieser Basis?»

«Aus dem Tod meiner Tochter muss die Politik Lehren ziehen. Wir machen weiter!» Frederikes Vater nickte Kemper dankbar zu.

Am Bahnsteig reichte Kemper ihm zum Abschied die Hand. In der Tür stehend drehte sich Frederikes Vater noch einmal um und nickte ihm stumm zu. Der Pfiff vom Bahnpersonal war zu hören. Ein schrilles Warnsignal über der Tür ertönte, dann wurden die Wagontüren geschlossen und der Zug setzte sich in Bewegung.

In Gedanken versunken ging Kemper den Weg zurück und bog vor Brandts Kanzlei auf den Parkplatz ab. Er musste an Stefan denken, seinen Kommilitonen, mit dem er auch das Referendariat angefangen hatte. Sie hatten sich an einem

Wochenende verabredet, Kino oder Theater. Kemper wartete am vereinbarten Treffpunkt, doch Stefan kam nicht. Martinshörner schallten durch die Stadt. Der Verkehr an der Hauptstraße stockte, ein Unfall, vermutete er. Vielleicht saß Stefan noch im Stau oder hatte die Verabredung vergessen. Kemper überlegte, ob er allein ins Kino gehen sollte, ging dann aber aus Neugier den Martinshörnern entgegen, bis zur Polizeiabsperrung. Es war bereits dunkel. Die Feuerwehr hatte den Kreuzungsbereich ausgeleuchtet, überall flackerte Blaulicht, überstrahlte die Beleuchtungen und Werbeneonreklamen der Geschäfte. Polizisten maßen Strecken ab. Von weitem waren zwei Autowracks zu erkennen. Auf einer Verkehrsinsel hatten sich die Autos um Ampelmasten gewickelt. Halb gefällt sahen sie aus, als würden sie gleich vollends nach unten kippen, doch wie von unsichtbarer Hand wurden sie in schräger Position gehalten. Ein Wettrennen hätten sich die Fahrer geliefert, hörte man von Passanten. Unter den Wartenden an der Ampel hätte es einen Toten gegeben. Kemper hielt vergeblich nach Stefan Ausschau. Stefan sollte nie mehr ins Kino oder ins Theater gehen können. Sein Leben endete an eben jener Verkehrsinsel, die die Raser übersehen hatten und dann mit der Ampel und den wartenden Passanten frontal kollidierten. Stefan hatte keine Chance und musste auf der Stelle tot gewesen sein.

Kemper nahm an dem Prozess um die beiden jungen Fahrer teil. Beide waren Anfang zwanzig. Sie fanden in der Verhandlung weder Worte der Reue, noch gingen sie auf Stefans Eltern zu, die als Nebenkläger ebenfalls den Prozess verfolgten. Am Ende verließen die beiden Angeklagten mit zwei Jahren auf Bewährung grinsend den Saal. Lange dachte er an die Worte von Stefans Vater und sie fielen ihm immer wieder ein, wenn er von ähnlich milden Urteilen hörte, die kaum glauben ließen, dass hinter dem Urteilsspruch der Tod eines Menschen stand. Eines Menschen, der keine Chance erhalten hatte, sein Leben nach seinen Vorstellungen zu Ende leben zu dürfen. Das Urteil sei nicht würdig dessen, was ein Menschenleben darstellt und was das Leid der Opfer ausmache, hatte Stefans Vater einem Reporter ins Mikrofon gesagt.

Es war spät geworden an dem Samstagabend. Kemper fuhr nach Hause, dachte während der Fahrt an Frederikes Vater und wie ein Verbrechen vor über 35 Jahren das ganze Leben des Mannes sowie der Familie verändert hatte. Was heißt verändert, dachte er, so ein Verbrechen verändert nicht nur, es zerstört einen Menschen und den ganzen Familienverbund, der hinter ihm stand. Seinen Beruf hatte der Vater nicht mehr ausüben können und nicht selten zerbrach auch eine Ehe daran, wenn ein Kind starb. Und was war die Quittung für den Mörder? Sie blieb aus. Er führte ein gutbürgerliches Leben. Und jetzt kam etwas Unruhe in sein Leben. Nicht mehr, nicht weniger. Dann kam ein Anwalt, klagte auf Abstand halten und ein Gericht goss neue Worte zu neuer Ungerechtigkeit in ein bleiernes Urteil. Mit der Ungerechtigkeit hatte ein demokratisch verfasstes Gemeinwesen zu leben.

Er fuhr den Wagen in die Garage und schloss die Haustür auf. Caro kam ihm im Flur entgegen. «Hast du Heuschnupfen?», fragte sie, «deine Augen sind so rot.»

Kemper nickte, aber da war Caro schon bei ihm und nahm ihn in die Arme. Wie lange hatte sie das nicht mehr gemacht?

Haselnusspollen war schon durch und Birke durch die kalten Wochen noch nicht dran. Er konnte ihr nichts vormachen. Und Frederikes Vater? Hatte er auch jemanden zum Festhalten? Sie redeten immer nur über die Vergangenheit. Hatte er keine Gegenwart, keine Zukunft?

Hatte er sein Ich für die Tochter aufgegeben? Würden wir alle so weit gehen wie Frederikes Vater, der am Anfang der jungen Familie Fehler gemacht haben mochte? Die Eltern von Frederike lebten getrennt, als das Verbrechen geschah. Wollte er für seine Fehler sühnen und hatte er sich für den Rest seines Lebens mit der Suche nach dem Täter und nach Gerechtigkeit nicht selbst verloren? Er sühnte an Stelle des Täters. All das ging Kemper durch den Kopf, während Caro und er sich in den Armen lagen. Irgendwann hatte er einmal gelesen, dass Leute einen dicken Baumstamm umarmen würden, um daraus Kraft zu schöpfen, als könnten sie gleichsam Kraftströme des Baumes in ihre Batterien laden. Ob es wirkte, wusste er nicht. Naheliegender war es da schon, seinen Partner zu umarmen und daraus Kraft zu gewinnen.

«Oh, große Gefühle, großes Kino!», rief Emma, die plötzlich in der Tür stand. «Da will ich sowieso am Wochenende hin.»

«Psst, wir sind hier noch nicht fertig», sagte Caro, aber da hatte Emma die Tür schon hinter sich zugeworfen.

Kemper atmete tief durch. Das war sein Mädchen. Um einen halben Kopf war sie gewachsen, vielleicht seit Weihnachten. Keck, hübsch, zum Verlieben.

«Wie groß sie geworden ist», flüsterte Caro ihm ins Ohr. Dabei fielen ihm Brandts Worte wieder ein, als er vor über einem halben Jahr plötzlich in seinem Büro stand, eine dünne

Mappe in der Hand und draußen auf dem Flur einen vollen Aktenwagen. Der Fall würde ihn nie wieder loslassen. Das konnte er ihm jetzt bestätigen.

«Harter Tag?», fragte Caro, als sie die Umarmung lösten.

«Ja, aber so langsam sehen wir Licht am Ende des Tunnels.»

Nachwort

«Mordfall Frederike» ist ein Roman. Sämtliche Personen und Dialoge in diesem Buch sind frei erfunden. Es gibt zwei Ausnahmen: Frederike ist an dem besagten Datum unter den dort geschilderten Umständen ermordet worden. Während ihr mutmaßlicher Mörder aus Gründen der Persönlichkeitsrechte und des Täterschutzes verfremdet wurde, entsprechen Beweisführung, Urteilsbegründungen der Landgerichte und Beschluss des Bundesgerichtshofs zur begründeten Revision der Aktenlage, die rechtliche Würdigung, dass der mutmaßliche Täter nicht mehr zur Rechenschaft gezogen werden darf sowie die Urteilsbegründung des Oberlandesgerichts im Zivilprozess der aktuellen Rechtslage in Deutschland.

Als ich vor einiger Zeit vom Mordfall Frederike erfuhr und davon im Bekanntenkreis berichtete, war das Unverständnis groß, warum der mutmaßliche Täter trotz erdrückender Beweise nicht zur Verantwortung gezogen werden kann und auf freiem Fuß bleiben wird.

Weder die strafprozessuale Regelung, das Institut des Strafklageverbrauchs, noch die Verjährung eines Schadensersatz- oder auch Schmerzensgeldanspruchs wurden verstanden. Der Annahme, wenn Mord nicht verjährt, dann dürften auch die zivilrechtlichen Folgen daraus nicht verjähren, würde fast jeder juristische Laie zustimmen. Er liegt damit aber falsch.

Wir leben in einer derart hochspezialisierten Welt, dass wir heutige Berufsbilder kaum noch nachvollziehen können, wenn beispielsweise nur der Informations-, Kommunikations- und Technologiesektor betrachtet wird, sofern die eigene Tätigkeit nicht dort angesiedelt ist. Auch die jeweilige Fachsprache entfernt sich immer weiter vom allgemein verständlichen Wortschatz. Gesetzestexte bilden vielleicht sogar eine Ausnahme in unserem schnelllebigen Kosmos: Sie waren für Nichtjuristen schon immer schwer verständlich. Hinzu kommen antiquiert klingende Formulierungen, die zum Teil aus dem 19. Jahrhundert stammen: 1874 setzte der Reichstag eine Juristenkommission ein, die einen Entwurf des Bürgerlichen Gesetzbuches (BGB) vorlegen sollte. Dieser wurde verworfen, eine neue Fassung schließlich vom Kaiser 1896 unterschrieben. Das BGB trat am 1. Januar 1900 in Kraft. Nicht nur die Formulierung, auch die Anwendung der Gesetze haben wir Juristen überantwortet. Mit den Ergebnissen ihrer Arbeit hadern wir, wenn wir einen Urteilsspruch nicht nachvollziehen können und die Urteilsbegründung uns in der Komplexität juristischer Begrifflichkeiten unerschlossen bleibt. Da ist es nur ein schwacher Trost, dass selbst gestandene Juristen manchmal nicht verstehen können, was ihre Kollegen formuliert haben. Sie wollen ein Beispiel lesen? Der Pressesprecher eines Oberlandesgerichts – diese Funktion wird in der Regel von einem Richter ausgeübt – wurde in der Frankfurter Allgemeinen Zeitung am 15. Januar 2016 wie folgt zitiert: «Was heißt das nun auf Deutsch?», fragte er in der Mitteilung des Gerichts über einen Urteilsspruch, der mit folgendem Satz begann und den sich nach Aussage des Pressesprechers «wirklich nur Juristen» ausgedacht haben können: «In Filesharing-Fällen betrifft die sekundäre Darlegungslast des Anschlussinhabers die der Feststellung der Täterschaft vorgelagerte Frage, ob die Voraussetzungen für die tatsächliche Vermutung vorliegen, er sei der Täter.»

Umso wichtiger war mir, mit diesem Buch in einfacher und verständlicher Sprache die juristischen Hürden aufzuzeigen, warum der mutmaßliche Täter nicht erneut angeklagt werden darf.

Es ging mir nicht darum, den Täter an den Pranger zu stellen. Ziel ist es vielmehr, die derzeitige Gesetzgebung zu kritisieren, die den alten römischen Rechtsgrundsatz «ne bis in idem» überdehnt und im Ergebnis den Täterschutz deutlich über den Opferschutz stellt. Niemand darf wegen derselben Tat auf Grund der allgemeinen Strafgesetze mehrmals bestraft werden. Dieser «ne bis in idem» Grundsatz, normiert in Artikel 103 Absatz 3 Grundgesetz, ist richtig und wird anerkannt. Aber hier im Mordfall Frederike wurde der Täter noch nicht bestraft, mithin kann es sich nicht um eine Doppelbestrafung handeln. Bereits an dieser Stelle weicht das Strafprozessrecht in § 362 vom Text des Grundgesetzes ab. Wie oben ausgeführt, heißt es im Grundgesetz noch leicht verständlich: «Niemand darf wegen derselben Tat auf Grund der allgemeinen Strafgesetze mehrmals bestraft werden.»

Die Strafprozessordnung normiert aus diesem Grundsatz die Regel: «Die Wiederaufnahme eines durch rechtskräftiges Urteil abgeschlossenen Verfahrens zuungunsten des Angeklagten ist zulässig, wenn …», dann folgen vier hier in dem Fall nicht einschlägige Voraussetzungen. Da ein Freispruch auch ein Abschluss des Verfahrens mit rechtskräftigem Urteil ist, sperrt die Strafprozessordnung eine erneute Anklage des mutmaßlichen Täters. Diese Rechtsfolge, die unmittelbar aus der Fassung des Grundgesetzes nicht ablesbar ist, benachteiligt das Opfer gegenüber einem Täter. Diese Folgerung versteht ein beachtlicher Anteil der Bevölkerung nicht.

Das Revisionsgericht ist einem fragwürdigen Gutachten gefolgt, von dessen Inhalt sich heute der Gutachter distanziert. Das Gericht hat ferner eine Wertung von Indizien vorgenommen, die ein anderes Gericht anders einschätzen würde: Sieben unterschiedliche Faserspuren, darunter ein ungewöhnlicher Fußmattenersatz im PKW des Täters, die dem Täter wie auch dem Opfer anhafteten, wurden als Indizien für eine Täterschaft als nicht ausreichend erachtet. Das Gericht hatte in der Urteilsbegründung ausgeführt, dass die Kombination von sieben unterschiedlichen Fasern für ein starkes, für einen Kontakt sprechendes Moment spreche. Dennoch stehe nicht fest, dass ein solcher Kontakt stattgefunden hätte. An dieser Stelle wären zumindest Restzweifel angebracht gewesen mit der Folge, dass das Verfahren hätte eingestellt und jederzeit bei neuer Beweislage hätte wiederaufgenommen werden können. Das Gericht hätte auch in die Beweisaufnahme eintreten können, um der Frage nachzugehen, warum die Faserspuren auch in der Unterwäsche des Opfers nachgewiesen werden konnten. Beim bloßen Mitfahren im PKW des Tatverdächtigen gelangen Fasern des Fußteppichs wohl kaum bis in die Unterwäsche des Opfers.

Eine Harmonisierung durch Rechtsangleichung innerhalb der Europäischen Union wäre wünschenswert, da andere Länder in ihrer strafprozessualen Würdigung vergleichbarer Fälle weiter sind. Bisher wird jedoch eine Rechtsangleichung lediglich als zentrales Element der Errichtung und Sicherung des Gemeinsamen Markts bzw. des Europäischen Binnenmarkts angesehen und weniger auf anderen Rechtsgebieten wie dem Strafrecht.

Nach jetzigem Stand haben Norwegen, Finnland, Schweden, England, Österreich, Bulgarien, Rumänien und Russland eine Wiederaufnahme eines Strafverfahrens bei neuen stichhaltigen Beweisen in ihren Strafprozessordnungen vorgesehen. Im Rahmen der angesprochenen Harmonisierung des EU-Rechts wäre ein Gleichziehen mit den genannten Staaten der EU oder des Kontinents angebracht, damit auch eine Erweiterung des § 362 Strafprozessordnung und der zivilrechtlichen Verjährungsregelungen mit der Folge, dass die Frist erst bei Feststellung der Täterschaft zu laufen beginnt. Das Bundesverfassungsgericht hat in seinem Beschluss des Zweiten Senats vom 8. Januar 1981 (Az. 2 BvR 873/80) Grenzkorrekturen des Artikels 103 Abs. 3 Grundgesetz für möglich erachtet.

Ferner hat Deutschland am 22. November 1984 in Straßburg das Protokoll Nr. 7 zur Konvention zum Schutz der Menschenrechte und Grundfreiheiten unterschrieben, das in Artikel 4 Ziffern 1 und 2 das Folgende normiert:

«1. Niemand darf wegen einer Straftat, wegen der er bereits nach dem Gesetz und dem Strafverfahrensrecht eines Staates rechtskräftig verurteilt oder freigesprochen worden ist, in einem Strafverfahren desselben Staates erneut verfolgt oder bestraft werden.

2. Absatz 1 schließt die Wiederaufnahme des Verfahrens nach dem Gesetz und dem Strafverfahrensrecht des betref-

fenden Staates nicht aus, **falls neue oder neu bekannt gewordene Tatsachen vorliegen** oder das vorausgegangene Verfahren schwere, den Ausgang des Verfahrens berührende Mängel aufweist.» *(Hervorhebung vom Autor).*

Es ist nicht verständlich, warum das Grundgesetz mit über 60 Änderungen seit Inkrafttreten im Jahr 1949 nicht längst seit 1984 um den Passus in Artikel 103 Absatz 3 erweitert worden ist.

Was folgt aber, wenn die Rechtspolitik versagt? Welche Konsequenzen können wir daraus ziehen, wenn der Gesetzgeber eine notwendige Gesetzesänderung nicht auf den Weg bringen will?

Der Vater der Ermordeten sowie dessen Anwalt haben nahezu alle Register gezogen, die möglich sind: Sie sind auf Mitglieder des Landtages wie auch des Bundestages zugegangen. Sie sind in einen leider vergeblichen Dialog mit dem Bundesjustizministerium getreten, sie haben über einen Landtagsabgeordneten eine Große Anfrage zu dem Thema initiiert, auf der online-Plattform change.org eine Petition gestartet, die weit über 100.000 Menschen unterzeichnet haben. Ferner wurde Fundraising betrieben, um über Spendeneinnahmen die Prozesskosten abzudecken und schließlich wurde die Presse als vierte Gewalt des Staates einbezogen, die in Nachrichtenmagazinen, überregionalen und regionalen Zeitungen sowie in TV-Talkshows über den Fall eines zwar identifizierten, aber nicht verfolgbaren Täters berichteten. Der Anwalt wies stets darauf hin, dass die Beweiskette eindeutig ist und der damals Verurteilte, dann Freigesprochene, der Täter ist, er jedoch nicht als Mörder bezeichnet werden darf, ansonsten mache man sich strafbar. So gesehen ist das Urteil des OLG Celle vom April 2016 tatsächlich als kleiner Erfolg zu feiern: In dem Urteil wurde zweimal ausgesprochen, dass der Beklagte die Schülerin Frederike vergewaltigt und erstochen hat.

Der Opferanwalt, der Frederikes Vater vertritt, sagte mir hierzu zwei Sätze, die ich für so prägnant halte, dass ich sie in dem Buch verwendete und von dem Anwalt Peter Brandt zitieren ließ:

»Ein Freigesprochener soll sich auf den Freispruch verlassen können, aber ein falsch Freigesprochener soll sich seines falschen Freispruchs nicht sicher sein. Das ist der letzte Triumph, den der Rechtsstaat hat.«

Dank

Ich danke dem Bundesanwalt am Bundesgerichtshof a.D., Herrn Rechtsanwalt Dr. Wolfram Schädler, der mir nicht nur für das Buchprojekt zum Mordfall Frederike ein wertvoller Berater war, sondern auch den Kontakt zu Frederikes Vater herstellte, der aufgrund einer Gefährdungsanalyse des Landeskriminalamts nur über Tarn- und Geheimadressen erreichbar ist.

Mit Hans von Möhlmann, dem Vater von Frederike, habe ich zahlreiche Gespräche geführt. Von Anfang an hat er mir großes Vertrauen entgegengebracht, sehr offen gesprochen, so dass ich ihm bereits beim ersten Zusammentreffen versichert habe, dass keine Zeile ohne sein Einverständnis veröffentlicht wird. Hans von Möhlmann bat mich um Angabe seiner E-Mail-Adresse im Buch: *von-moehlmann@t-online.de*
Leser können bei Bedarf mit dem Vater von Frederike in Kontakt treten.

Danken möchte ich dem Verleger Richard A. Windmeißer für die Aufnahme des Buches in den Spielberg Verlag und der umsichtigen Lektorierung durch Frau Sigrid Müller, des Weiteren meiner Frau, Andrea Felser, für ihre Korrekturanmerkungen und kritischen Kommentare. Ohne Ursula Maria Göckeritz, die als Lektorin von Beginn an den Text begleitete, wäre das Buch nicht in dieser Form entstanden. Sie hat die eine oder andere Figur des Romans aus der Taufe gehoben und mit ihren Ideen den Fall noch plastischer werden lassen.

Auch bremste sie mich als Juristen häufig in allzu theoretischen Abhandlungen, damit der Lesefreude nicht unter der Bürde rechtswissenschaftlicher Ausführungen die Luft ausgeht.

Zuletzt möchte ich auch Ihnen danken, wenn Sie das Anliegen von Frederikes Vater unterstützen wollen. Für das Bundesverfassungsgericht hat – wie im Buch geschildert – die Rechtssicherheit so eine überragende Bedeutung für die Rechtsstaatlichkeit, dass um ihretwillen die Möglichkeit einer im Einzelfall vielleicht unrichtigen Entscheidung in Kauf genommen werden muss. Daher zeichnet sich ab, dass im Instanzenzug Frederikes Vater vor deutschen Gerichten unterliegen wird. Gehen Sie auf den Bundestagsabgeordneten Ihres Wahlkreises zu, der sich in Fraktion oder in Ausschüssen für die oben angesprochenen Gesetzesänderungen starkmachen kann. Wenn die Wiederaufnahme des Verfahrens bei neuen oder neu bekannt gewordenen Tatsachen möglich und das Grundgesetz um den entsprechenden Passus in Artikel 103 Absatz 3 sowie entsprechend § 362 Strafprozessordnung erweitert würden, dann wäre zumindest in Zukunft ein vergleichbarer Fall wie der ungesühnte Mord an Frederike ausgeschlossen.

Wer mehr über Opferschutz erfahren möchte oder selbst ein von Verbrechen betroffener Angehöriger ist, kann sich an den Bundesverband - ANUAS e.V. - wenden.

Der Bundesverband ANUAS e.V. - Hilfsorganisation für Angehörige von Mord-, Tötungs-Suizid- und Vermisstenfällen, nachfolgend ANUAS genannt, ist eine bundesweite Betroffenen-Opfer-Hilfe- und Selbsthilfeorganisation. Er versteht sich als bundesweiter Interessenvertreter und stützender Partner für betroffene Angehörige. Dazu zählen alle in Deutschland lebenden Betroffenen, eingeschlossen Flüchtlinge und Migranten.

Darüber hinaus will der Bundesverband im Sinne sozialer Verantwortung und aus Erfahrungen der eigenen Betroffenheit für die Betroffenen als Hilfsorganisation Einfluss auf die Gesellschaft nehmen, um die Sorgen und Nöte dieser Menschen stärker in das Bewusstsein der Öffentlichkeit zu rücken und Verbesserungen in der Umsetzung der Gesetze zu ermöglichen.

ANUAS setzt sich für Hilfen und Gerechtigkeit im Umgang mit betroffenen Angehörigen ein, die überlebendes Opfer psychischer und / oder körperlicher Gewalt geworden sind.

Als Selbsthilfeorganisation koordiniert ANUAS bundesweit die Hilfe zur Selbsthilfe, in Berlin u.a. in Form einer Selbsthilfekontaktstelle.

Weiterhin wird in enger Zusammenarbeit mit den Landesverbänden, Regionalstellen, Selbsthilfevereinen und Selbsthilfegruppen ein flächendeckendes Selbsthilfeangebot im Gesundheitswesen für Betroffene bundesweit angestrebt und unterstützt.

Die Hilfsangebote dienen ebenfalls der bundesweiten Unterstützung für Angehörige von Tätern.

Der ANUAS organisiert und bündelt die Interessen seiner Mitglieder und vertritt diese gegenüber Leistungsträgern, den Länder- und Bundesverwaltungen, der Länder-, Bundes- und Europapolitik sowie anderen Verbänden.

ANUAS leistet unter der Bezeichnung «Sorgentelefon» eine Akut- und Krisenhilfe in Form der Telefonseelsorge und setzt sich für die Förderung der rechtlichen Gleichstellung von betroffenen Menschen mit seelischen Erkrankungen / Behinderungen ein.

Ziele:

Förderung und Unterstützung der Interessen der betroffenen Angehörigen, Förderung der Kriminalprävention.

«Denn jemand, der nichts mehr zu verlieren hat, ist zu allem fähig und das ist die gefährlichste Waffe der Welt…»

Aufbau eines Netzwerkes zur besseren Unterstützung der Gewaltopfer, Erstellung von Forschungsvorhaben in den Bereichen der Gewalt- und Opferforschung, Ethnologie, Psychotraumatologie und Traumatherapie sowie Akutintervention, Trauma- und Krisenintervention, bundesweite Onlinefachberatung, Angebote bundesweiter Projekte und Fachfortbildungen zum Opferschutz und Gewaltprävention sowie der Gesundheitsförderung, Präventionsangebote bei der Bewältigung von Suizid- und Selbstjustizgedanken, Restorativen Justice, z.B. Täter-Opfer-Ausgleich speziell mit dem Ziel der Umsetzung und Verbesserung des Opferschutzes, Errichtung einer neutralen Schiedsstelle, in Form eines Ombuds-Projektes für betroffene Angehörige des ANUAS, Aufbau eines Gewaltpräventions-Netzwerks.

Wichtiger Erfolg: Angehörige von Tötungsfällen haben den Opferstatus!

Die neuen Vorschriften sollen sicherstellen, dass alle Opfer von Straftaten und ihre Angehörigen als solche anerkannt und respektvoll ihren individuellen Bedürfnissen entsprechend und diskriminierungsfrei behandelt werden.

Hervorzuheben sind insbesondere folgende Rechte:

Rechte der Angehörigen – Familienangehörige von Personen, die infolge einer Straftat zu Tode kamen, genießen dieselben Rechte wie die Opfer selbst einschließlich des Rechts auf Information, Unterstützung und Entschädigung.

Auch Familienangehörige von Überlebenden haben Anspruch auf Unterstützung und Schutz!

EU-Pressemitteilung zu den Opferrechten:

http://europa.eu/rapid/press-release_IP-15-6095_de.htm

Bundesverband ANUAS e.V.
Hilfsorganisation für Angehörige
von Mord-/Tötungs-/Suizid- und Vermisstenfällen

Bundesgeschäftsstelle: Erich-Kurz-Str. 5, 10319 Berlin
*Tel./AB/Fax: 030 – 25 04 51 51 * Funk: 0178 – 57 82 333*
*Internet: www.anuas.de * Email: info@anuas.de*

Spenden für Gewaltopfer:
ANUAS e.V. - KD-Bank e.G.
*BIC: GENODED1DKD * IBAN: DE65 3506 0190 0000 801801*

*Vereinsregister: Amtsgericht Berlin Charlottenburg * VR 28394 B*
*Finanzamt für Körperschaften 1 Berlin * St. - Nr. 27/657/54355*

Klaus Paffrath, Jahrgang 1961, studierte Rechtswissenschaft in Trier, war anschließend Forschungsreferent am Institut für Öffentliche Verwaltung und promovierte an der Deutschen Hochschule für Verwaltungswissenschaften in Speyer.
Paffrath veröffentlichte u.a. unter dem Pseudonym Johannes Goettsche den Roman »Kanzlerbonus«. Mit seinem Krimi »Beamtensterben« gelangte er auf die Longlist zum Thüringer Krimipreis 2012, der Folgeband »Sonne, Wind und Tod« gewann schließlich 2014 den Thüringer Krimipreis. 2015 erschien der Roman »Mordskunst«, der rund um die Stadt Erfurt spielt. Mit seinem aktuellen Buch »Mordfall Frederike« greift er einen spektakulären Fall auf, der auch nach 36 Jahren immer noch Politik und Medien beschäftigt.

spielberg